«Azzurro cielo

Alice Gallotti
Mio caro Giacinto

Copyright © Alice Gallotti 2023
ISBN: 979-8359274807

Alcuni passaggi del mito sono stati in parte o completamente modificati per questioni di trama.

Ad Apollo, che ha illuminato le mie giornate.
A Giacinto, che le ha rese migliori.

"Si può chiamare colpa avere amato?
E almeno potessi pagare con la vita,
morendo con te!
Poiché la legge del destino me lo impedisce,
io ti avrò sempre nel cuore
e tu sempre sarai sulle mie labbra."

OVIDIO, *Metamorfosi*

Prologo

Giacinto amava il sole.
Lo faceva sentire al sicuro e protetto.
Una volta qualcuno gli aveva detto che la vita era come il tragitto del sole nel cielo.
Inizia a sorgere quando si nasce, scalda la terra quando ci sono momenti felici, è coperto dalle nuvole quando succede qualcosa di brutto, si trova nel punto più alto quando si è nel pieno della vita e inizia ad abbassarsi quando si invecchia. Infine scompare, lasciando il posto alla luna, al termine della vita.
In quel momento, Giacinto, sapeva che il suo sole era alto nel cielo ed era anche terribilmente caldo.
Forse era per quello stesso motivo, che il calare del giorno gli lasciava una sensazione di solitudine che si accentuava quando si trovava immerso nel silenzio dei suoi pensieri e intorno a sé vedeva solo il buio.
Giacinto odiava la notte.
Il buio gli aveva tolto quello che per molti anni era stata la sua ragione di vita, aveva imparato solo da poco che il giorno era ancora in grado di entrare nella sua vita.
Voleva che il sole non se ne andasse mai, che rimanesse con lui fino al momento in cui avrebbe dovuto chiudere gli occhi per l'ultima volta.
Così era stato.

Girò la testa, per poter guardare il ragazzo sdraiato al suo fianco, la luce lo illuminava quel tanto che bastava perché lui potesse osservare i suoi lineamenti delicati e perfetti.

La notte e il buio non erano i suoi elementi. Lui era luce pura, il giorno stesso.

Forse era proprio per quello che Giacinto era così attratto da lui, riusciva a completare quel vuoto che era stato lasciato nella sua vita.

Allungò una mano per accarezzargli la guancia e lui sorrise, quando aprì gli occhi quasi brillarono nel buio e Giacinto pensò di aver preso la decisione migliore, scegliendo di stare al suo fianco.

L'altro continuò a guardarlo, portando un braccio sul suo fianco, mentre Giacinto chiudeva gli occhi sorridendo. Un sorriso che dopo tanto poteva permettersi.

Si era quasi riaddormentato quando l'altro lasciò la presa sul suo fianco, Giacinto riaprì gli occhi, nonostante tutto non riusciva a tranquillizzarsi durante la notte.

Era quasi sicuro che ormai fosse rimasto solo lui disposto a stargli vicino.

L'altro sembrò accorgersi del suo turbamento, perché gli si avvicinò di nuovo, stringendolo tra le sue braccia.

«Non devi preoccuparti» disse. «Ci sono io con te, *mio caro Giacinto*.»

Era come se la notte si fosse appena ricongiunta con il giorno. Come il vento che faceva incontrare le foglie cadute dagli alberi. Come le onde che si fondevano di continuo nel mare.

La sua vita era ricominciata da quando lo aveva incontrato.

Come un fiore che era sbocciato solo per lui.

Parte uno
Thámyris

Capitolo uno

All'età di otto anni, l'unico luogo in cui Giacinto fosse mai stato era il palazzo di Sparta. Suo padre, Amicla, era il re della città. Lui era cresciuto in quell'ambiente, insieme ai suoi quattro fratelli, con una madre che si occupava poco dei figli più grandi e con un padre forse troppo occupato nelle sue mansioni per accorgersi di loro.
O almeno troppo occupato per rendersi conto di avere altri quattro figli oltre ad Argalo, il primogenito.
Ma a quel punto della sua vita Giacinto ancora non lo aveva capito, non faceva caso ai suoi sguardi quando anche per sbaglio lo interrompeva mentre si occupava di qualcosa o semplicemente quando si avvicinava a lui.
In quel momento, stava correndo per i corridoi del palazzo per non farsi raggiungere da sua sorella Laodamia – che aveva un anno in meno di lui – con cui stava giocando.
Non aveva bisogno di guardarsi in giro per vedere dove stesse andando, conosceva bene il luogo in cui viveva ed essendo il figlio del re nessuno lo fermava, anche se correndo avrebbe potuto dare fastidio a qualcuno.
Aprì la prima porta che si trovò davanti, guardandosi intorno per vedere se Laodamia era riuscita a seguirlo.
Si spostò il ricciolo scuro che gli pendeva davanti agli occhi ed entrò nella stanza.

Già da prima che si girasse per vedere chi ci fosse alle sue spalle, le voci si erano ammutolite.

«Giacinto, non è il momento.» Riconobbe la voce di suo padre, ancora prima di posare lo sguardo su di lui. «Se proprio hai bisogno di qualcosa, vai a cercare qualcun altro.»

Giacinto non rispose, stava per girarsi verso la porta e andare a cercare un altro nascondiglio, quando vide due persone sedute davanti a suo padre.

Un uomo, che non aveva mai visto prima, e un ragazzo che poteva avere al massimo quattro o cinque anni in più di lui, forse la stessa età di Argalo.

Il ragazzo lo guardava sorridendo, come se la scena che aveva appena visto fosse la più divertente a cui avesse assistito da molto tempo.

«Giacinto» ricominciò suo padre, con un tono che non ammetteva repliche.

Giacinto uscì dalla stanza, non prima di sentire Amicla scusarsi per l'interruzione.

Non riprese a correre, non sapeva perché ma quell'incontro lo aveva turbato.

Forse per lo sguardo che il ragazzo gli aveva rivolto, oppure per suo padre che quasi non lo aveva neanche guardato in faccia.

Ripercorse il corridoio trovandosi di fronte ad Argalo che lo guardò stranito, forse per il suo umore che non sembrava dei migliori.

Giacinto era sempre stato molto sensibile, qualsiasi cosa succedesse poteva cambiare le sorti della sua giornata in modo irrimediabile.

Suo fratello lo salutò e lui ricambiò con un gesto della mano, non gli fece domande come era solito fare. Non gli chiese dove stesse andando, o se volesse giocare con lui.

Voleva solo trovare Laodamia per perdere il gioco che avevano iniziato insieme.

Suo fratello gli passò accanto appoggiando una mano sulla sua testa per una carezza veloce e Giacinto si girò per vedere dove stesse andando.

Argalo entrò nella stanza da cui lui era appena uscito, di sicuro suo padre lo aveva chiamato perché gli stesse accanto. Capitava spesso, voleva farlo partecipare ai suoi incontri per insegnargli come comportarsi, visto che sarebbe stato lui il suo successore.

Si girò, tornando a camminare alla ricerca della sorella.

Capitolo due

Un paio di giorni dopo, Giacinto, camminava con i suoi fratelli nel giardino del palazzo.
Argalo lo teneva per mano rimanendo in silenzio, mentre Cinorta parlava delle ultime cose successe a palazzo, come se il fratello maggiore non le sapesse già o se a lui importassero.
Giacinto non lo ascoltava nemmeno, si limitava a camminare al fianco di Argalo in silenzio e rispondeva se gli venivano poste delle domande, cosa che accadeva di rado.
Tendeva sempre a rimanere silenzioso quando non si trovava con Laodamia, suo padre gli aveva detto spesso che non doveva intromettersi nei discorsi delle persone più grandi. Questo comprendeva tutte le persone che si trovavano a palazzo, con l'eccezione delle sue sorelle, però Polibea era ancora troppo piccola per parlare.
La tunica che gli avevano fatto indossare quel giorno era troppo grande per lui e continuava a scivolargli dalle spalle, però non si lamentava neanche di quello.
Gli bastava che Argalo gli avesse chiesto di andare con loro quella mattina, spesso capitava che lui e Cinorta passassero del tempo da soli e Giacinto non era quasi mai incluso.

Non sapeva perché quella mattina lo avessero cercato, però era contento quando succedeva e gli andava bene così.

Forse doveva solo aspettare di crescere, per iniziare a essere preso più in considerazione.

«Hai sentito delle nuove persone che sono arrivate? Nostro padre ha accettato di farle alloggiare a palazzo» disse Cinorta, riportando l'attenzione di Giacinto su di loro.

Cinorta e Argalo si assomigliavano molto, avevano gli stessi capelli scuri e gli occhi chiari come quelli della madre.

«Sì, ero con lui quando ha preso la decisione, arrivano dalla Tracia» rispose Argalo.

Grazie a quella conversazione, Giacinto scoprì che le due persone, che aveva per sbaglio incontrato mentre parlavano con Amicla, erano padre e figlio.

Cinorta raccontò anche che si diceva che il ragazzo fosse figlio di una Ninfa e che avesse abilità innate nel canto e nella musica.

Il giorno dopo, Giacinto, era da solo in giardino.

Era annoiato e perso nei suoi pensieri e di certo non si preoccupava molto di quello che lo circondava.

Forse era proprio quello il motivo per cui cadde. Non era la prima volta che gli capitava e non ne avrebbe fatto neanche un problema, se qualcuno non gli si fosse avvicinato per aiutarlo ad alzarsi.

«Stai bene?»

Giacinto annuì, poi alzò la testa per osservare il suo nuovo interlocutore.

Davanti a lui c'era il ragazzo che aveva incontrato mentre si nascondeva da Laodamia.

Il suo sorriso era inconfondibile: se Giacinto si concentrava solo su quello gli sembrava che lo stesse prendendo in giro. Però gli occhi dicevano tutt'altro, erano gentili e, in quel caso, preoccupati.

Il ragazzo lo guardò, come per rassicurarsi che non si fosse davvero fatto nulla, prima di incominciare a parlare: «Sei il principe Giacinto, giusto?»

Di solito trovava sempre strano che qualcuno lo chiamasse principe, però quella volta gli sembrò ancora più insolito visto che a chiamarlo così era stato uno sconosciuto.

«Io mi chiamo Tamiri. Ci siamo incontrati quando sono arrivato.»

«Mi ricordo di te» rispose, ripensando ai discorsi dei suoi fratelli.

«Perché sei qui a palazzo?» domandò e Tamiri iniziò a camminare, facendogli segno di seguirlo.

«Io e mio padre abbiamo lasciato la nostra città e siamo venuti qui a Sparta. I nostri genitori si sono conosciuti da giovani e tuo padre ha accettato di ospitarci qui.»

Si fermò un attimo per prendere da terra una lira, probabilmente l'aveva lasciata lì per raggiungerlo quando lo aveva visto cadere.

«Per quanto tempo rimarrai?»

«Non lo sappiamo, potremmo rimanere qui anche per anni» rispose, sorridendogli.

Ma Giacinto non aveva ancora finito con le domande.

«É vero che sei figlio di una Ninfa?»

Tamiri rise: «Vedo che sei ben informato. È vero, mia madre è Argiope.»

Gli occhi di Giacinto si illuminarono: «Davvero? E lei com'è?»

Tamiri si sistemò i capelli mori dietro l'orecchio e pizzicò una corda della lira.

«Non ho molti ricordi di lei» rispose. «Però se vuoi posso raccontarti della Tracia.»

Giacinto sorrise, annuendo.

Tamiri sembrava simpatico e non pareva essere infastidito nel passare il suo tempo con un bambino.

Poi a Giacinto piaceva ascoltare la sua voce mentre parlava, era calda e dolce, lo tranquillizzava.

Una volta cresciuto, avrebbe ripensato a quel giorno rivedendosi mentre camminava al fianco di Tamiri, con il vento che gli scompigliava i capelli facendoglieli finire davanti agli occhi, ma per la prima volta senza dargli fastidio.

Mentre Tamiri parlava non sentiva neanche più il dolore al ginocchio che si era sbucciato cadendo.

Si sarebbe ricordato di quel giorno come l'inizio di tutto. Come se solo in quel momento avesse iniziato a respirare per la prima volta.

Ma all'epoca era un bambino e l'unica cosa che capiva, senza riuscire a dargli un significato, era il desiderio di continuare a sentire la voce di Tamiri risuonargli nelle orecchie.

Ancora un'ultima volta.

Capitolo tre

Non ne sapeva il motivo, tuttavia Giacinto era uscito dalla sua camera proprio con l'intenzione di cercare Tamiri.
Il giorno prima il ragazzo gli aveva raccontato un po' della sua patria, prima di accorgersi che Giacinto si era ferito cadendo.
Poi lo aveva rimproverato dicendogli che glielo avrebbe dovuto dire prima e lo aveva portato all'interno del palazzo, contro la sua volontà.
Era il primo, al di fuori della sua famiglia, che lo avesse mai sgridato. Nessun altro avrebbe mai avuto il coraggio di dirgli che non doveva mentire, soprattutto se si trattava della sua salute.
Inaspettatamente aveva preso la sua mano con quella libera, mentre con l'altra continuava a tenersi la lira stretta al petto. Lo aveva trascinato fino a che non aveva trovato un servitore, gli aveva spiegato l'accaduto e poi glielo aveva affidato.
Lo aveva salutato, prima di andarsene.
Giacinto non aveva seguito subito il servo, per un po' era rimasto fermo a guardare Tamiri allontanarsi.
Avrebbe voluto chiedergli di raccontargli ancora delle storie o suonargli qualcosa con la sua lira, magari un altro giorno, però ormai era troppo lontano per sentirlo.

Quel giorno era riuscito a trovare Tamiri seduto, da solo, in un angolo del giardino.

Tra le mani teneva la sua lira che sembrava suonare con estrema facilità e cantava una melodia a lui sconosciuta.

La sua voce era bellissima, non trovava altre parole per poterla descrivere. Non aveva sentito molte persone cantare prima di allora, però capiva che in Tamiri c'era qualcosa di diverso.

C'era qualcosa nella sua voce che lo pregava di continuare ad ascoltarlo.

Per quanto lo avesse cercato, non ebbe il coraggio di disturbarlo, non voleva interromperlo, perciò rimase a distanza cercando di non farsi notare.

Continuò a sperare che, finita la melodia, Tamiri aprisse gli occhi e lo guardasse, dicendogli di avvicinarsi a lui.

Quando quella sera la cena finì, Giacinto, come al solito, fu uno dei primi ad alzarsi dal tavolo, non ascoltando nemmeno Argalo che gli diceva di non correre.

Arrivò nel salone poco dopo, spesso dopo cena arrivava lì di corsa, per vedere il fuoco che veniva acceso per scaldare la stanza, prima dell'arrivo dei suoi genitori.

Quasi tutte le sere, rimaneva qualche minuto davanti alle fiamme che crescevano a osservare il rosso e il giallo che si rincorrevano in una danza verso l'alto.

«Lo sai perché noi mortali abbiamo il fuoco?»

Giacinto, riconobbe subito la voce e si girò all'istante.

Tamiri era davanti a lui e gli sorrideva.

«Allora? Sai da dove proviene il fuoco?»

«No.»

«Sai chi è Prometeo?»

Aveva sentito quel nome un paio di volte.

«Un Titano.»

«Sì, il Titano che sfidò il potere degli dèi» spiegò Tamiri. «Quando gli dèi salirono al potere, Zeus decise di togliere il fuoco agli uomini, sapendo che senza quello non avremmo potuto sopravvivere. Però Prometeo non era d'accordo con quella decisione e volle renderci indipendenti dagli Olimpi, donandoci il fuoco. Quando Zeus lo venne a sapere punì Prometeo, incatenandolo a una rupe ai confini del mondo, per poi farlo sprofondare nel Tartaro, dove viene mandata un'aquila ogni giorno per divorargli il fegato che gli ricresce durante la notte.»

Giacinto continuò a guardarlo curioso.

«Ma se Zeus voleva ucciderci, perché tutti lo venerano?»

Tamiri gli appoggiò una mano sui riccioli, scompigliandoglieli.

«Questo lo capirai meglio quando diventerai più grande, per il momento ti dico che spesso i mortali tendono a venerare ciò di cui hanno paura. Spesso gli dèi dell'Olimpo non si comportano bene con noi, però rimaniamo indispensabili a loro, come loro lo sono per noi.»

Giacinto si tolse la sua mano dai capelli, rigirandosi un attimo verso il fuoco.

«Perché gli dèi avrebbero bisogno di noi?»

«Che divertimento ci sarebbe a essere un dio se nessuno crede in te? La verità è che gli dèi vogliono essere come noi, ma non possono. Anche se agiscono con buone intenzioni, finiranno sempre per ferirci» continuò Tamiri, serio.

«Quindi noi non possiamo convivere con loro?» domandò Giacinto, anche se non riusciva a capire il discorso fino in fondo.

«Certo che possiamo, ci sono un sacco di dèi che hanno anche amato dei mortali, però bisogna stare attenti, dobbiamo ricordarci che non sono come noi.»

Tamiri lo aveva sempre saputo.

Si ricordava il bagliore nei suoi occhi blu, illuminati dalla luce del fuoco, in quella stanza in cui per la prima volta aveva capito che Tamiri era davvero diverso dagli altri.

Oltre al fuoco, i suoi occhi, riflettevano qualcos'altro come se vedesse ciò che ancora non era successo nella vita di Giacinto ma che lui era già riuscito a capire, solo guardandolo in volto.

Come se ciò che gli sarebbe successo da quel momento in poi fosse scritto nel suo destino, impresso a sua volta nel suo sguardo.

Capitolo quattro

«Stai bene?»

Giacinto alzò la testa per guardare Tamiri, non si era accorto di essersi incantato a osservare le sue dita muoversi sulla lira.

Quel pomeriggio, dopo un mese da quando lo aveva conosciuto, aveva deciso di chiedergli se potesse suonare qualcosa. Tamiri gli aveva sorriso e gli aveva detto che sarebbe stato contento di farlo.

Si erano seduti nello stesso luogo dove Giacinto lo aveva sentito suonare la prima volta.

«Sì.»

Tamiri sorrise, ricominciando a suonare.

Pochi minuti dopo si fermò, tornando a guardare Giacinto, cercando il suo sguardo.

«Vuoi provare?» domandò, allungando la lira verso di lui.

Giacinto negò con la testa: «Non so suonare.»

«Allora ti insegnerò io» disse Tamiri, porgendogli la lira.

Giacinto, anche se impaurito, spostò le mani sulla lira tenendola come se fosse la cosa più preziosa che esistesse.

Era davvero bella, aveva delle foglie di alloro incise sul legno scuro.

«È un regalo che mi ha lasciato mia madre, quando sono nato» spiegò Tamiri. «Mio padre dice che l'ha costruita lei.»

Tamiri prese la piccola mano destra di Giacinto nella sua, posizionandogli le dita sulle corde e poi sistemò anche l'impugnatura della sua mano sinistra.

«Bene» disse, allontanando la mano dalla sua. «Ora memorizza dove ti ho posizionato le dita e poi muovi le corde.»

«Come?»

«Come hai visto fare prima a me. Non è difficile.»

Giacinto provò a fare quello che gli era stato detto.

«Vedi? È facile. Dai, riprova.»

Giacinto annuì e una volta che il suono finì guardò Tamiri, sorridendogli.

Il ragazzo gli mise una mano tra i capelli, come era solito fare. Era un gesto affettuoso che gli ricordava quelli di Argalo o di sua madre Diomeda.

«Sai chi ha inventato la prima lira?» chiese Tamiri, un'altra cosa che faceva spesso era raccontargli sempre storie nuove.

Giacinto negò, lo faceva sempre. Alcune volte capitava che già conoscesse quello che Tamiri stava per raccontargli, però non gli importava. Voleva ascoltare la storia narrata da lui.

Una volta gli aveva chiesto come facesse a sapere tante cose, e lui gli aveva detto che delle volte bastava ascoltare e stare vicino alle persone più esperte, per poterle superare nelle cose in cui erano più brave.

Suo padre era Filammone, figlio di Apollo, ed era bravissimo a cantare e a suonare.

Era una delle poche cose che Tamiri gli aveva raccontato della sua vita prima del suo arrivo a Sparta, non parlava quasi mai dei suoi genitori e non lo aveva mai visto al fianco del padre.

«È stato Ermes a inventarla mentre era ancora neonato, la costruì utilizzando il guscio di una tartaruga, due corna d'ariete e i nervi dei buoi che aveva rubato ad Apollo. Per farsi perdonare dal fratello alla fine gliela regalò.»

«E poi? Apollo lo ha perdonato?» domandò Giacinto.

Tamiri annuì: «Sì, Apollo amava il suono della lira, gli bastò quello per fargli dimenticare il furto che aveva subito. E poi, ricorda, che non è bello rimanere adirati con qualcuno per qualcosa che ha fatto, l'importante nella vita è anche riuscire a perdonare.»

Giacinto annuì, guardando lo strumento musicale, ancora tra le sue mani.

«Quindi?» domandò Tamiri dopo un po', tornando a sorridere. «Vuoi continuare a suonare?»

Giacinto annuì di nuovo, spostando lo sguardo su di lui.

Tamiri gli si avvicinò, sistemandogli la mano sulle corde.

Giacinto pensò che lui avrebbe perdonato Tamiri, qualsiasi cosa fosse successa.

Capitolo cinque

Giacinto si sistemò un'altra volta la tunica, non accennando ancora a uscire dalla sua stanza.
Non sapeva nemmeno lui perché si sentiva agitato.
La porta alle sue spalle si aprì, tuttavia non ci fece quasi caso.
Si passò una mano nei capelli per cercare di sistemarli. Sentì la persona che era appena entrata ridacchiare, non si stupì di aver già capito chi fosse.
«Credo sia meglio che ti sbrighi» disse Tamiri, alle sue spalle. «Tua sorella ti sta cercando perché ci stai mettendo troppo a prepararti, ringrazia che ti ho trovato per primo.»
«Immagino che tu abbia fatto davvero fatica a trovarmi, visto che sono nella mia camera» rispose e si girò verso l'altro ragazzo.
Tamiri in cinque anni non era cambiato molto, era cresciuto in altezza, ma il suo sguardo, il suo modo di sorridere e di parlare erano ancora gli stessi, anche se aveva assimilato in parte l'accento di Sparta.
Invece la sua musica era migliorata oltremodo, anche se da piccolo Giacinto riteneva che fosse impossibile.
Era rimasto a palazzo anche dopo che suo padre era partito, due anni dopo il loro primo arrivo.
Tamiri aveva pensato tanto su cosa fare. Giacinto si ricordava che gli era stato vicino tutto il tempo che poteva, delle volte ne parlava con l'ingenuità che

contraddistingueva i bambini, solo per mascherare quello che provava veramente. Aveva dieci anni e il pensiero che se ne sarebbe andato lo faceva stare molto male.

Infine una sera, mentre gli raccontava un'altra delle sue storie sugli dèi, lui era scoppiato a piangere.

Tamiri si era subito preoccupato, insistendo sul farsi dire cosa c'era che non andasse e alla fine Giacinto aveva confermato che era per lui, che non voleva che lui partisse.

Tamiri non aveva più risposto, lo aveva abbracciato mentre lui si sforzava di tranquillizzarsi.

Un paio di giorni dopo gli aveva annunciato che sarebbe rimasto a Sparta.

Giacinto, dopo anni cercava ancora di convincersi che non fosse colpa sua quella decisione.

«Andiamo?» domandò Tamiri.

Giacinto annuì e uscirono dalla stanza, recandosi alla cerimonia.

C'erano già un sacco di persone, troppe.

Suo fratello si stava per sposare con una semidea. Giacinto non aveva parlato tanto con Argalo negli ultimi tempi, però sapeva che lei era una figlia di Zeus.

Tamiri gli si avvicinò ancora di più, per fare in modo che lo sentisse solo lui.

«Non guardarti i piedi e osserva in giro» gli disse, lo prese per il braccio e lo trascinò, in mezzo alla folla.

Giacinto vide Laodamia insieme a Cinorta e alzò la mano per farsi notare e dire alla sorella che era arrivato anche lui.

Tamiri gli diede una gomitata leggera.

«Ci sono gli Olimpi» disse e Giacinto guardò nella sua stessa direzione.

Sapeva che spesso si presentavano a cerimonie del genere, però ne rimase comunque stupito.
Erano solo quattro ma si distinguevano senza dover fare nulla.
Stavano in disparte e li guardavano come se fossero dei burattini davvero divertenti.
Sapevano di aver un potere assoluto su di loro e non lo nascondevano.

«Il primo da destra è Ermes» disse Tamiri, anche ora che era cresciuto gli spiegava ancora alcune cose come se un po' fosse rimasto quel bambino che aveva conosciuto. Giacinto guardò il ragazzo con la tunica verde che in mano teneva il caduceo, lui si girò sorridendo con uno sguardo furbo, come se sapesse che lo stesse osservando.

Giacinto distolse lo sguardo, ma Tamiri ricominciò subito a parlare: «Quelle al suo fianco sono Demetra, Artemide...»

Giacinto rialzò lo sguardo, per guardare meglio anche le dee, erano anche loro del tutto simili a come venivano raffigurate. «... e Afrodite» aggiunse Tamiri.

Giacinto non si soffermò troppo su di loro, per paura che notassero il suo sguardo, come aveva fatto Ermes.

«Potresti fingerti un po' più interessato.» Rise Tamiri.

«Sono interessato, solo...»

«Più li guardi e li indichi più li fai felici. E fidati che è meglio vederli felici.»

Giacinto sorrise e Tamiri gli accarezzò i capelli.

«Smettila» si lamentò, spostandosi dal suo tocco.

«Scusa, mi ero dimenticato che hai impiegato ore per prepararti.» Tamiri riprese a ridere e Giacinto si girò per non fargli notare il suo sorriso.

Non passò molto tempo prima che la cerimonia iniziasse, Giacinto si mise al fianco dei suoi fratelli.

Incrociò per un attimo gli occhi di Argalo e gli sorrise prima di distogliere lo sguardo.
Si voltò per cercare Tamiri, senza saperne bene il motivo, ma era qualcosa che negli ultimi tempi faceva spesso.
Cercava in lui una rassicurazione per qualsiasi cosa dovesse fare.
Nella sua visuale però entrò un ragazzo che camminava dirigendosi verso il luogo che suo padre aveva destinato alle divinità, aveva dei lunghi capelli biondi e indossava una tunica arancione.
«Giacinto» lo chiamò Laodamia. «Va tutto bene?»
«Certo» rispose guardandola, poi sorrise.
«Stavi cercando qualcuno?» continuò a chiedere la sorella, che con il tempo era diventata più curiosa di quanto lo era lui cinque anni prima.
«Chi vuoi che stesse cercando? È sempre con Tamiri, sembra la sua ombra per quanto gli sta vicino» commentò Cinorta.
Giacinto non faceva quasi più caso a lui, tra tutti i suoi fratelli era quello con cui andava meno d'accordo. Fin da quando erano piccoli si parlavano solo se necessario e crescendo la situazione non era migliorata. Ma se Giacinto optava per ignorarlo, capitava che Cinorta invece gli facesse sapere, anche in modo poco carino, cosa pensasse di lui.
Spesso gli aveva detto che invece del principe, sembrava il servo di Tamiri.
Lui ormai stava imparando, con molta fatica, a farsi scivolare addosso i commenti degli altri. Altrimenti non sarebbe sopravvissuto a suo padre, che quando aveva iniziato a crescere gli aveva detto più volte che tra i suoi

figli maschi, lui era quello più debole ed era meno probabile che diventasse re.

Rimaneva ancora male alle sue parole, soprattutto perché ripetute più volte e con un tono sempre più tagliente, e ricordava bene gli sguardi di sua madre che sembravano volergli chiedere scusa.

Una volta era capitato che glielo facesse notare anche nella sala da pranzo, davanti a tutte le persone che abitavano a palazzo, quando aveva inavvertitamente fatto rovesciare una coppa di vino sul tavolo.

Lui era uscito poco dopo dalla sala, perché non riusciva a sostenere lo sguardo di tutti e si era chiuso in camera sua.

Tamiri era rimasto con lui a consolarlo. Giacinto lo aveva fatto sedere sul letto al suo fianco e per un po' erano stati in assoluto silenzio, poi alla fine aveva deciso di sfogarsi.

Tamiri aveva ricambiato raccontandogli di come sua madre lo avesse abbandonato neonato, alle cure di un padre che non lo desiderava.

Da quel giorno non avevano più parlato dei loro genitori.

Però Giacinto sperava che un giorno suo padre si sarebbe pentito di come lo aveva trattato e si sarebbe scusato con lui, cercando di riconciliarsi.

Come Filammone aveva fatto con Tamiri.

Quando si voltò non riuscì più a trovare con lo sguardo il ragazzo dai capelli biondi che prima non era riuscito a vedere in viso.

Quella sera Tamiri lo riaccompagnò in camera. Era stanco, però la cerimonia era stata meglio di quello che avrebbe potuto sperare.

Poche persone erano andate da lui a parlare ed era stato tutto il tempo con Tamiri, perciò la giornata non si era differenziata troppo dalle solite.
Arrivati davanti alla porta, Tamiri si fermò.
«Domani hai qualcosa da fare?» chiese.
«No.»
Tamiri sorrise.
«Allora ti porto in un posto.»
«Dove?» domandò curioso.
«Lo scoprirai domani, sempre se accetterai il mio invito.»
«Certo che lo accetto, quando mai non l'ho fatto?»
Tamiri rise, annuendo.
«Bene, a domani allora» disse poi, allontanandosi e lasciandolo solo.

Capitolo sei

Quando Giacinto uscì dalla sua camera, Tamiri lo stava già aspettando, con la schiena appoggiata al muro come era solito fare.

«Sei qui da tanto?» chiese.

«No, andiamo?»

Giacinto annuì e lo seguì fuori dal palazzo, senza fare domande.

Di solito non gli chiedeva mai dove volesse andare, si limitava a seguirlo, tanto i posti in cui stavano erano sempre gli stessi. Spesso rimanevano in giardino dove si sedevano lontano da palazzo, mentre Tamiri suonava la lira.

Altre volte si sdraiavano l'uno al fianco dell'altro, osservando il cielo mentre parlavano.

Quel giorno invece, sapeva che non sarebbe andata in quel modo, Tamiri non aveva con sé nemmeno la sua amata lira, nonostante ciò Giacinto non gli fece nessuna domanda.

Tamiri teneva molto alle sue sorprese e non gli avrebbe mai detto nulla, neanche se avesse insistito per ore.

Camminarono per molto tempo in silenzio, prima che Tamiri incominciasse a parlare: «Sai chi era Eurota?»

«Sì» rispose Giacinto. «Però raccontamelo lo stesso.»

Tamiri sorrise, ormai aveva scoperto da anni che Giacinto conosceva già alcune delle sue storie, però a nessuno dei due importava. A lui piaceva narrare e Giacinto avrebbe ascoltato quei racconti anche mille volte, ma solo dalla voce di Tamiri.

«Eurota era il nipote del primo re della Laconia, Lelego, fu lui a prosciugare la pianura paludosa che c'era al posto di Sparta e il fiume che rimase reca ancora oggi il suo nome.» Indicò davanti a sé e Giacinto si accorse solo in quel momento di essere quasi arrivato davanti al fiume di cui gli stava parlando.

«Cosa facciamo qui?» domandò.

«Volevo portarti in questo luogo, solo questo.»

Giacinto sorrise, era la seconda volta che andava sulle sponde dell'Eurota, la prima era stata da piccolo, in compagnia di Argalo.

Tamiri ricominciò a camminare, lasciando alle sue spalle Giacinto che si stava ancora guardando intorno.

Si sedette sull'erba e fece segno a Giacinto di raggiungerlo.

Quella mattina Tamiri gli sembrava un po' strano, era più silenzioso del solito e quando parlava il suo tono era fin troppo tranquillo e non esuberante come sempre.

«Sai, è da anni che ti voglio domandare una cosa» ruppe il silenzio Tamiri. «Perché da piccolo mi cercavi sempre, cosa vedevi in me?»

Giacinto non ebbe bisogno di pensarci.

«Mi incuriosivi e quando ti facevo le domande mi ascoltavi e rispondevi a tutte. Poi mi piaceva, mi piace, la tua musica e la tua abitudine di raccontare sempre delle storie, anche quando non ce n'è bisogno.»

Vedendo che non rispondeva, Giacinto si girò verso Tamiri, aveva paura di aver detto qualcosa di sbagliato.

Il ragazzo stava guardando davanti a sé, con sguardo perso. I suoi occhi avevano il solito bagliore che aveva imparato a conoscere bene, però in quel momento non stava guardando il fiume, era assorto nei suoi pensieri.

Stava per chiedergli se andasse tutto bene, poi i loro occhi si incontrarono. C'era qualcosa di diverso dalle altre volte, sembrava quasi che Tamiri stesse cercando di comunicargli qualcosa soltanto con lo sguardo.

Giacinto non capiva, però percepiva il peso di ogni attimo passato in silenzio, non aveva il coraggio di parlare e sperava che l'altro lo facesse.

Sapeva che qualsiasi cosa stesse succedendo nella mente di Tamiri, lui avrebbe potuto rompere quell'equilibrio solo spostando lo sguardo. Perciò continuò a rimanere immobile anche quando Tamiri iniziò ad avvicinarsi a lui.

Non si mosse neanche quando le loro labbra si sfiorarono. Però si avvicinò per baciarlo di nuovo, quando Tamiri si scostò.

Sentì Tamiri sorridere, con le labbra ancora appoggiate sulle sue.

Tutte le piccole cose successe negli ultimi mesi parvero avere un significato diverso.

Avevano senso tutti quei sorrisi e quegli sguardi che sembravano d'improvviso diversi. Avevano senso anche quei momenti a volte passati in silenzio a guardarsi e anche quelle sensazioni che Giacinto aveva iniziato a provare quando passava del tempo con lui.

Come la preoccupazione che Tamiri non si sarebbe presentato al solito posto o avrebbe preferito fare altro piuttosto di stare con lui.

Tamiri lo osservò ancora per un po', mentre i loro visi erano ancora vicini, poi gli accarezzò una guancia facendolo sorridere.

Lo baciò un'altra volta.

«Sei bellissimo quando sorridi» gli disse e Giacinto non smise di farlo. «Lo sei sempre, *mio caro Giacinto*.»

Capitolo sette

Tamiri appoggiò la lira sull'erba, prima di avvicinarsi a Giacinto che, appoggiato al tronco di un albero, stava guardando il cielo.

Tamiri rimase un po' a osservarlo, prima di cercare la sua attenzione, aveva smesso di suonare per una ragione specifica. Era da diversi minuti che la sua testa non faceva altro che pensare a una storia che aveva sentito molto tempo prima, quando ancora viveva in Tracia.

Gli era tornata in mente per caso, nell'esatto momento in cui Giacinto si era avvicinato a lui quel pomeriggio e ogni volta che il suo sguardo cadeva sul ragazzo, la sua immagine si sovrapponeva ad altre, a quelle di persone che non aveva mai conosciuto.

Non era la prima volta che gli succedeva, era capitato altre volte, spesso raccontava alcune delle sue storie proprio per quel motivo, sapeva che era quello il momento giusto per farlo.

Però, tutte le volte che gli capitava con Giacinto rimaneva sempre incerto sul da farsi, teneva troppo a lui perché potesse accadergli qualcosa. Allo stesso tempo però sapeva che doveva spiegargli cosa si immaginava quando lo guardava.

Appoggiò una mano su quella di Giacinto che subito si voltò verso di lui.

Le immagini presero il sopravvento ancora una volta, le scacciò avvicinandosi a Giacinto per appoggiare con dolcezza le labbra sulle sue.

Quando però si allontanò di nuovo da lui, smise di sorridere e iniziò a parlare.

«La conosci la storia di Dioniso e Ampelo?» chiese Tamiri, senza lasciare la mano di Giacinto.

Non sapeva perché quella volta fosse così agitato, di solito raccontare ciò che vedeva era una cosa che gli veniva spontanea.

«Perché me lo chiedi?» domandò Giacinto.

«Perché ti sto per raccontare una delle mie solite storie» rispose.

Giacinto rise, prima di guardarlo con attenzione per qualche secondo.

«Sai che adoro le tue solite storie» disse.

Tamiri si sforzò di sorridere, non voleva che l'altro sospettasse che c'era qualcosa che non andava.

«Allora?» ricominciò Giacinto. «Voglio ascoltare la storia.»

L'innocenza che Giacinto aveva preservato era una delle sue doti più belle. Lo adorava e sperava che negli anni non sarebbe mai cambiato. Avrebbe tanto voluto passare tutti quegli anni con lui.

«Non mi hai risposto, conosci la loro storia?»

Giacinto sembrò pensarci per qualche secondo, forse per ricordarsi se avesse mai sentito qualcosa su di loro.

«No» rispose poi. Tamiri sapeva che quella volta stava dicendo la verità, parlargli sarebbe stato ancora più difficile.

«Ampelo è stato il primo amore di Dioniso. Si dice che il ragazzo non abbia però mai scoperto le vere origini del dio. Dioniso non gli aveva mai detto di essere un dio e in compenso era sempre molto preoccupato per Ampelo, poiché lui era umano e bastava poco per farlo allontanare da lui o per ferirlo. Un giorno il dio sognò un drago con le corna che portava sul dorso un capriolo. A un certo punto il drago fece cadere il capriolo su un altare di pietre e lo uccise, infilzandolo con le proprie corna. Da quel giorno le paure di Dioniso si moltiplicarono e vietò ad Ampelo di avvicinarsi ai tori, senza tuttavia spiegargli il motivo. Un po' di tempo dopo Ampelo incontrò un toro mentre aspettava l'arrivo di Dioniso, si avvicinò all'animale, non pensando alle parole del dio, credendo che fossero solo una delle sue inutili preoccupazioni.»

«Non sapeva ancora che lui fosse un dio» commentò Giacinto.

«Esatto, quindi non poteva sapere di quel sogno profetico che lui aveva fatto.»

"Non serve essere dèi per ricevere profezie blande, come quella."

Tamiri scacciò quel pensiero e continuò il suo racconto: «Alla fine Ampelo decise di cavalcare il toro, forse per divertirsi o forse per dimostrare a se stesso e all'amato che non sarebbe successo nulla. Però poco dopo cadde e il toro lo uccise con le proprie corna, come era successo al capriolo nel sogno. Quando Dioniso arrivò era ormai troppo tardi. Naturalmente ne fu devastato, gli dèi non comprendono fino in fondo la morte e la vita breve di noi mortali. Non poteva morire con lui e avrebbe dovuto vivere l'eternità nel perpetuo ricordo di ciò che era successo. Il dio pianse per la prima volta e nessuno riuscì a consolarlo. Abbracciò il corpo senza vita di Ampelo e con quel tocco lo trasformò in una vite e da essa poi nacque il vino, di cui Dioniso divenne dio.»

Si accorse di aver distolto lo sguardo da Giacinto solo dopo aver finito di parlare. Il ragazzo invece lo osservava ancora incuriosito. I suoi occhi scuri, erano ancora quelli del bambino di otto anni che aveva conosciuto. Avevano una scintilla di vita che li illuminava, che era solo una caratteristica di Giacinto.

«È una storia molto bella» disse.

Tamiri si rilassò al suo fianco, appoggiandosi anche lui all'albero.

«Dici? Non finisce bene.»

«Già, ma erano comunque un umano e un dio, la loro storia sarebbe comunque finita. Almeno così Dioniso, guardando l'uva con cui lo raffigurano, si ricorderà per sempre di quel ragazzo che aveva amato e che rimarrà per sempre al suo fianco, anche se in un modo diverso da quello che aveva sperato.»

Tamiri gli sorrise, prima di appoggiargli le mani sul viso per poi baciarlo, sentiva che era l'unica cosa giusta da fare.

«Comunque mi stupisci sempre» commentò Giacinto, quando si allontanò da lui. «Non so come tu faccia a conoscere così tante storie.»

«Non c'è nessuno che mi può battere nel narrare storie e nella musica.»

«Proprio nessuno?»

«Nessuno, e un giorno te lo dimostrerò.» Rise, per mascherare la verità in quelle parole, di quel pensiero che si insidiava sempre di più nella sua mente.

Capitolo otto

Tamiri bussò per la sesta volta alla porta, sospirando.
Non era né infastidito né adirato, solo molto preoccupato.
«Ti sto dando la possibilità di aprire la porta, prima che io entri senza il tuo permesso» disse, alzando la voce per fare in modo che Giacinto lo sentisse, attraverso la porta. Ormai, dopo tutti quegli anni, né le guardie né i servi facevano più caso a lui e non cercavano neanche di fermarlo quando si recava nei corridoi dove si trovavano le stanze reali.
Delle volte quasi si dimenticava che Giacinto poteva comportarsi ancora come un bambino.
Però quando era piccolo era tutto più semplice, nel crescere era anche diventato più testardo.
Bussò ancora, tanto per fargli sapere che non aveva intenzione di andarsene.
«Entra» disse Giacinto.
Tamiri non se lo fece ripetere due volte ed entrò prima che cambiasse idea.
Giacinto era sdraiato sul letto e sembrava non avere intenzione di cambiare posizione, neanche per guardarlo in faccia.
Si avvicinò e, lasciando la lira per terra, si sedette al suo fianco mentre Giacinto si spostava così che Tamiri non lo potesse vedere in viso.

Gli appoggiò una mano sul braccio, senza cercare di fargli cambiare posizione, voleva solo fargli capire che era lì, anche se lui non voleva guardarlo e soprattutto che non avrebbe lasciato perdere facilmente.

«Cosa è successo?»

«Come facevi a sapere che ero qui?» domandò Giacinto.

«Avevi detto che saresti venuto al solito posto, quando non ti ho visto arrivare sono venuto a cercarti. Ho chiesto a un paio di persone se sapessero dov'eri, finché ho trovato una guardia che ti aveva visto entrare nella tua camera» spiegò. «Ora rispondi tu alla mia domanda.»

Giacinto non si mosse, non accennando neanche a parlare.

«Tuo padre?» domandò.

Giacinto annuì.

«Me lo spiegherai quando ne avrai voglia, allora.»

Gli scostò i capelli e si avvicinò per baciarlo sulla tempia.

Poi si allontanò e sorrise, quando notò Giacinto spostarsi per potersi assicurare che non se ne stesse andando.

Prese la lira da terra e dopo essere tornato al suo fianco iniziò a suonare la prima cosa che gli venne in mente, solo per non far pesare la sua presenza e il silenzio a Giacinto.

Dopo poco il ragazzo si girò verso di lui, mettendosi seduto al suo fianco.

Tamiri smise di suonare, sorridendogli con tenerezza, mentre Giacinto appoggiava la testa sulla sua spalla.

«Sono stanco di essere trattato come il fallimento della famiglia» disse poi, Tamiri sapeva che stava parlando con lentezza nel tentativo di non far tremare la voce.

«Non sei un fallimento» rispose.

«Mio padre lo pensa e in fondo ha ragione. Sono uno dei principi ma non sono bravo nel combattimento, non sono in grado di amministrare nulla e non ho mai il coraggio di prendere una decisione al posto degli altri, quindi cosa ho fatto per questa città fino a ora?»

«Se lo pensa tuo padre non vuol dire che sia la verità.»

«Se gli altri non lo pensassero mi difenderebbero, invece nessuno lo contraddice quando inizia a parlare di me, dicendo che è una fortuna che io non sia il prossimo erede al trono, perché non riuscirei a fare nulla. Neanche mia madre prova a dire qualcosa.»

Tamiri gli accarezzò piano i capelli.

«Allora se tutti credono che tu non sia in grado di diventare re, farò finta di crederci anch'io» disse Tamiri. «Così potremmo andarcene insieme da questo posto e iniziare a vivere una vita solo nostra.»

Giacinto si girò a guardarlo, aveva gli occhi leggermente lucidi ma aveva iniziato a sorridere, poi si avvicinò per baciarlo.

Tamiri capì che, con quel gesto, aveva appena accettato la sua proposta.

Spostò la lira verso di lui.

«Vuoi suonare?»

Giacinto scosse la testa.

«Va bene, però almeno usciamo da questa stanza.»

Giacinto non provò nemmeno a contestarlo, Tamiri sperava lo facesse perché era d'accordo e non perché non aveva voglia di discutere.

Non glielo chiese e giunsero al solito posto nel giardino.

Appena si sedette incominciò subito a suonare, ogni tanto guardava Giacinto che ricambiava il suo sguardo.

Gli sorrise e subito dopo una strana sensazione lo prevalse, sembrava simile alle sue solite visioni, però c'era qualcosa di diverso. Non vedeva nulla, però sentiva che qualcosa non andava in quel momento.
Si guardò intorno, cercando qualcosa di diverso dal solito.
«Tutto bene?» domandò Giacinto.
Tamiri si girò per guardarlo.
«Sì» rispose.
«Allora perché hai smesso di suonare?»
«Sono stanco, vuoi suonare tu?»
Tamiri continuava a guardarsi intorno, come se qualcosa lo turbasse, però Giacinto fece finta di non notarlo.
«No, preferisco ascoltare chi è più bravo di me.»
Tamiri sorrise, per un attimo sembrò aver dimenticato qualsiasi cosa lo stesse preoccupando.
«Allora sei proprio fortunato, visto che io sono il più bravo di tutti.»
«Sicuro di essere proprio il migliore?»
«Nessun essere umano o divinità, potrà mai battermi nella musica e nel canto.»
Giacinto scosse la testa, non era la prima volta che Tamiri iniziava quel discorso, come non era la prima volta che parlava di dèi e Muse.
A Giacinto aveva sempre preoccupato quel suo atteggiamento, aveva sentito spesso, di solito proprio da Tamiri, di sfide simili prese sul serio dalle divinità. E non voleva che gli succedesse qualcosa.
«Dovresti imparare a non dire più queste cose.»
«Non ho detto nulla.» Tamiri appoggiò la lira, per avvicinarsi di più a lui.

«Non sei stato tu a dirmi che non bisogna scherzare troppo con le divinità?»
«È vero» disse. «Ma io non sono Marsia e non c'é nessun Apollo nei paraggi.»
«Hai ragione, tu non sei un satiro. Però rimani comunque troppo sicuro di te.»
Tamiri rise: «Smettila di preoccuparti inutilmente.»
Giacinto decise di non rispondere e Tamiri gli si avvicinò, lasciandogli un dolce bacio sulle labbra, per poi abbracciarlo.
«Non vado da nessuna parte senza di te» gli sussurrò.
Giacinto ricambiò l'abbraccio, senza dire nulla.
Si convinse di aver solo immaginato un'ombra di un ragazzo spostarsi dietro a un albero, prima di scomparire.

Capitolo nove

Giacinto gli corse incontro e quasi si scontrò con le sue gambe, mentre lui stava camminando.
«Tamiri» lo salutò il bambino, sorridendogli.
Lui lo salutò a sua volta, accarezzandogli i capelli.
«Cosa stavi facendo?» domandò il bambino.
«Niente che ti possa interessare» rispose sedendosi e invitando il bambino a fare lo stesso.
Era a palazzo ormai da un anno e gli capitava sempre più spesso di passare il tempo con Giacinto. Il bambino era solare ed energico e molto attento a tutto quello che faceva. Lo osservava suonare anche per ore e quando gli parlava lo ascoltava sempre in silenzio, facendo domande solo dopo essersi rassicurato che avesse finito il suo discorso.
Guardò la lira, appoggiata sulle sue gambe e si immaginò un ragazzo che la suonava, mentre davanti a lui un satiro teneva in mano un flauto.
Tamiri si voltò verso Giacinto, che stava osservando l'erba davanti a lui.
«Qualcuno ti ha mai raccontato la storia di Apollo e Marsia?» domandò.
Giacinto scosse la testa, sapendo già che sarebbe stato lui a farlo.
«Marsia era un satiro che diceva di essere il migliore suonatore di flauto. Un giorno, stanco di suonare davanti a

semplici mortali, decise di sfidare Apollo. Il dio accettò, sicuro di vincere e lasciò il compito alle Muse di scegliere chi tra di loro fosse il migliore. Durante la prima gara Marsia sembrava avere la meglio, però Apollo non aveva intenzione di arrendersi, quindi oltre a suonare la sua lira iniziò anche a cantare. Grazie a questo imbroglio, il dio, riuscì a vincere la competizione. Però Apollo decise di vendicare quell'affronto subito e legò Marsia a un albero, scuoiandolo vivo.»

Tamiri si svegliò di soprassalto.

Il sole aveva appena iniziato a sorgere, quella notte non era quasi riuscito a chiudere occhio e quando c'era riuscito aveva rivissuto quel ricordo.

Si ricordava bene quel giorno, si ricordava tutti quelli passati con Giacinto.

Inconsciamente già sapeva che una volta cresciuto sarebbe diventato molto importante per lui.

Decise di alzarsi e di uscire dalla camera, indossò una tunica e prese con sé la lira, prima di chiudersi la porta alle spalle.

Si incamminò per il giardino del palazzo, senza una meta. In giro non c'era ancora nessuno, tutti stavano ancora dormendo.

Senza rendersene conto era ormai arrivato nel posto in cui passava sempre il tempo con Giacinto.

Lo amava con tutto se stesso e avrebbe fatto di tutto per lui. Quando il giorno prima gli aveva proposto di andarsene insieme da Sparta era serio.

Non gli piaceva vederlo stare male e neanche saperlo sempre chiuso a palazzo. Avrebbe potuto portarlo in Tracia e fargli vedere il luogo in cui era cresciuto da bambino.

Entrambi avrebbero iniziato una nuova vita, lasciandosi alle spalle i problemi della precedente.

Per un attimo il vento cessò, per poi ricominciare a soffiare, più forte e freddo di prima.

Tamiri si girò, con la sensazione che qualcuno lo stesse osservando. La stessa che aveva provato il giorno prima.

Il cuore incominciò a battergli più forte, mentre con le mani teneva la sua lira stretta al petto.

"Si dice che tu ti sia vantato di essere più bravo di noi" disse una voce femminile.

Tamiri si guardò intorno ma non c'era nessuno, la voce gli si era bloccata in gola e non riusciva a rispondere.

Le sue braccia persero d'improvviso la forza per sostenere la lira che cadde a terra.

"Questo tuo affronto non può non essere punito."

La voce non era la stessa di prima.

La testa di Tamiri iniziò a girare, quasi fino a fargli perdere l'equilibrio.

"Ti ricorderai per il resto della tua vita di non sfidare mai più le Muse."

Un'altra voce ancora, Tamiri perse la forza anche nelle gambe e cadde a terra.

Grazie al sogno, ci mise poco a capire cosa stesse succedendo, ma non si mosse, non ci riusciva.

Non aveva senso nemmeno provarci.

Spostò lo sguardo verso la lira, lo consolava sapere che non si fosse rotta nel cadere.

Sapendo che sarebbe finita in quel modo avrebbe fatto di tutto per impedirlo. Il suo desiderio di eccellere su tutti non valeva così tanto da rischiare la sua vita. Se ne stava rendendo conto troppo tardi.

Iniziò ad avere una visione, pensava a qualcos'altro che gli ricordasse ciò che aveva combinato. Invece rivide

Giacinto, dal momento in cui si erano visti per la prima volta, fino alla sera prima.

Rivisse il loro ultimo bacio, *un'ultima volta*.

«Giacinto...» sussurrò, poi cadde nel buio.

Capitolo dieci

L'unica cosa che lo spinse ad aprire gli occhi e ad alzarsi dal letto, fu qualcuno che bussava incessantemente alla sua porta.

Quando l'aprì si stupì nel vedere Laodamia e non Tamiri, come al solito.

«C'è qualcosa che non va?» chiese, notando il suo sguardo che non preannunciava nulla di buono. Anche il fatto che lei fosse uscita dagli appartamenti femminili per andare fino da lui di prima mattina non gli dava conforto.

«Tamiri» fu l'unica cosa che disse.

«Ti manda lui?»

«No.» Giacinto iniziò a preoccuparsi. «Argalo lo ha trovato questa mattina presto svenuto in giardino, lo ha portato in camera sua...»

Non rimase fermo ad ascoltare il resto della frase, si stava già dirigendo verso la camera di Tamiri che si trovava in un'altra ala del palazzo.

Sentì sua sorella dirgli di aspettare ma non la ascoltò, quasi non l'aveva nemmeno sentita.

Fuori dalla stanza di Tamiri, c'era Argalo che lo stava aspettando.

«Cosa è successo?» domandò, aveva iniziato a parlare con affanno, non aveva abbastanza aria per fare altrimenti, un po' per la preoccupazione e un po' perché aveva iniziato a correre per le scale e i corridoi.

«Non lo so» gli rispose.
Giacinto si avvicinò con l'intenzione di entrare nella camera però Argalo lo fermò, mettendosi davanti a lui.
«Aspetta, devo prima dirti una cosa.»
Giacinto si sentì come se non sapesse più come respirare.
Aprì piano la porta, prendendo un lungo respiro prima di chiudersela alle spalle.
«Tamiri.»
Il ragazzo, sdraiato nel letto, si girò verso di lui.
Subito notò che però i suoi occhi erano diversi, non avevano più quel bagliore che luccicava di solito.
Non poteva vederlo.
«Chi sei? Non riconosco la tua voce.»
Giacinto fece qualche passo in avanti, prima di fermarsi. Osservò per un attimo la lira appoggiata sulla sedia nell'angolo della stanza.
«Sono io... Giacinto.»
Per qualche attimo ci sperò, ma passarono comunque pochi secondi, prima che il loro mondo smettesse di esistere.
«Non so chi sei.»
Giacinto respirò piano, non voleva agitarsi troppo.
«Non ti ricordi proprio di nulla?»
«Solo il mio nome e perché sono ridotto così.»
Giacinto si avvicinò per sedersi sul bordo del letto.
«Cosa ti è successo?»
«Ho sfidato le Muse, o almeno loro mi hanno detto così, non lo so con precisione. Non ricordo nulla» disse, la sua voce poteva sembrare la stessa di sempre, ma non per Giacinto. Era spenta rispetto al solito, non era la stessa di cui si ricordava il suono.

«Perché sei qui a farmi queste domande?»
«Io...»
«Ci conosciamo?»
Argalo lo aveva avvertito del fatto che non si ricordasse nulla, però provarlo sulla sua pelle era tutta un'altra cosa.
«Sì» fu l'unica cosa che disse, non si sentiva di aggiungere nient'altro, non poteva spiegare a parole quello che Tamiri era per lui.
Era tutto finito, le loro promesse e i loro progetti per un futuro insieme.
«Da tanto?»
«Avevi dodici anni quando ci siamo visti per la prima volta.»
«E ora? Quanti anni ho?»
«Diciassette.»
Tutto finito.
«E tu?»
«Tredici.»
Non riusciva più ad aggiungere altro, però allo stesso tempo non poteva neanche alzarsi per andarsene.
«Posso toccarti il viso?» domandò. «Così posso immaginarti.»
«Certo.» Sperò che Tamiri non avesse notato il tremore nella sua voce.
Tamiri allungò le mani e lui si avvicinò per farsi raggiungere.
Iniziò a toccargli il viso, in un modo che gli ricordava terribilmente le sue carezze, quelle che gli faceva mentre gli mormorava quanto fosse bello.
«Perché stai piangendo?»
Giacinto aveva cercato di non piangere fino a quel momento, ma alla fine non era più riuscito a fare nulla per contrastare le lacrime.

Tamiri gliene asciugò una.
«Non stai bene?»
Stava male per lui, solo per lui.
Tuttavia, anche in un momento come quello, Tamiri non sembrava neanche essersene reso conto.
«Sto bene, scusa.» Si allontanò, dopo aver sfiorato la mano di Tamiri che era appoggiata ancora sulla sua guancia destra.
«Non devi chiedere scusa solo perché stai piangendo.»
Non si stava scusando per quello, ma perché dopo tutte le volte che Tamiri era stato al suo fianco, adesso che toccava a lui non sapeva se ci sarebbe riuscito.
Sentiva una parte di lui crollare ogni volta che lo guardava.
Lo amava tanto, forse troppo, e in una situazione come quella poteva solo diventare la sua rovina.
«Non è per quello, non è successo niente. È una sciocchezza.»
Gli accarezzò la mano senza pensarci, poi si alzò.
«Devo andare.»
Tamiri lo seguì con il viso, nonostante non potesse vederlo.
«D'accordo.»
Giacinto lasciò la stanza senza aggiungere altro.

Capitolo undici

Fuori dalla camera di Tamiri, Argalo e Laodamia lo stavano aspettando.
Entrambi avevano espressioni mortificate sul viso, come se potessero capire come si sentisse lui in quel momento.
Camminò, tenendo la testa bassa. Non aveva intenzione di sentire nessuna frase di conforto, non sarebbero servite a nulla.
«Giacinto» sentì sua sorella chiamarlo.
«Lascialo andare» disse Argalo, poi aggiunse qualcosa che non riuscì a sentire, essendo ormai troppo lontano.
Si chiuse in camera sua con l'intenzione di calmarsi.
Tuttavia appena chiuse la porta alle sue spalle, si lasciò cadere per terra, cedendo al pianto.
Non riusciva a fare nient'altro, non riusciva a parlare o a respirare tutta l'aria di cui aveva bisogno e aveva iniziato a tremare.
La sua testa era vuota, non riusciva a pensare a null'altro che non fosse Tamiri, sdraiato nel suo letto che gli accarezzava il viso, non ricordandosi più nulla di lui.
Nulla di tutti quegli anni vissuti insieme.
Cercò di fare un respiro più profondo, ma era troppo difficile, i polmoni gli bruciavano a ogni più piccolo movimento.

Desiderò di dimenticarsi anche lui di tutto, non riusciva a vivere con quei ricordi che non poteva condividere con nessuno.

Cercò di alzarsi, però non riuscì a fare neanche quello, il suo corpo tremava e non gli dava più ascolto.

Gli sembrava di essere paralizzato.

Aveva il bisogno disperato di avere qualcuno al suo fianco, qualcuno che gli dicesse che andava tutto bene.

Però era solo, succube dei suoi pensieri per l'unica persona che avrebbe potuto aiutarlo in un momento come quello.

Si lasciò scivolare ancora di più contro la porta, finché non si trovò sdraiato a terra.

Chiuse gli occhi.

Quando si risvegliò, non sapeva dire quanto tempo fosse passato o se si fosse davvero addormentato, l'ultima cosa che si ricordava era Tamiri che gli toccava il viso.

Tutto quello che era successo lo trafisse in pochi secondi.

Si alzò da terra, non chiedendosi neanche come ci fosse arrivato. Si passò una mano sugli occhi che gli bruciavano, aveva di sicuro pianto.

Non sapeva pensare a nient'altro, era tutto troppo confuso.

Però in quel momento non era triste, era furioso.

Con chi non lo sapeva. Tamiri, le Muse o se stesso.

I suoi pensieri erano confusi e inconcludenti. Non riusciva a pensare a una cosa per più di qualche secondo.

Sembrava quasi che la sua mente si fosse staccata dal suo corpo. Sapeva cosa era successo, dov'era, però allo stesso tempo gli sembrava di vedere la vita di qualcun altro e non la sua.

Si sedette sul letto, fissando un punto davanti a sé, aspettando che tutto tornasse normale.

Chiuse per un attimo gli occhi e si rivide con Tamiri che lo abbracciava in giardino, alcuni giorni prima. Lui che ricambiava, ignorando l'ombra non troppo lontana da loro. Per la prima volta si chiese chi fosse stata quella persona, chi a palazzo avrebbe avuto interesse a spiarli?

Per un attimo risentì la voce di Tamiri: *«Nessun essere umano o divinità, potrà mai battermi nella musica e nel canto.»*

Poi si ricordò di alcuni attimi prima, quando aveva smesso improvvisamente di suonare, incominciando a guardarsi intorno. Aveva percepito che c'era qualcosa di strano, forse la stessa persona che aveva intravisto lui.

E se non fosse stata una semplice persona? Con quella frase Tamiri aveva probabilmente firmato la sua condanna.

Non aveva sfidato nessuno in particolare, però bastava che qualcuno avesse riferito quel discorso alle Muse, perché loro lo considerassero un affronto.

Giacinto iniziò a provare una forte sensazione di nausea.

Tamiri era stato stupido, aveva fatto tutto da solo. Non era mai stato bravo a capire quando non doveva parlare. Diceva sempre quello che gli passava per la mente.

Le Muse gli avevano tolto quello che più diceva di avere a cuore. I ricordi che gli servivano per raccontare le storie, la possibilità di guardare i luoghi che gli piacevano e che diceva di voler visitare e forse anche la possibilità di suonare la lira di sua madre e di cantare.

Ma gli avevano tolto anche lui. Tutti i ricordi che avevano insieme, quegli occhi con cui lo sorprendeva sempre a guardarlo, osservarlo.

Giacinto aveva ancora bisogno di Tamiri, però lui non c'era più e quella volta avrebbe dovuto farcela da solo, mettersi in piedi e tornare a respirare senza il suo aiuto. Doveva riuscire a credere che il Tamiri che aveva conosciuto non sarebbe mai ritornato da lui.

Doveva lasciarsi alle spalle il suo ricordo e continuare a vivere, perché sarebbe stato quello che Tamiri avrebbe voluto per lui.

Per la prima volta non poteva giurare di potercela fare.

Capitolo dodici

La mattina dopo Giacinto si sentiva meglio, certo, quella notte non era riuscito a chiudere occhio, però respirare non gli costava più uno sforzo enorme.

Bussò alla camera di Tamiri, aspettando che qualcuno lo facesse entrare, aveva deciso che non lo avrebbe abbandonato, non in quel momento. Perché se le loro posizioni fossero state invertite, Tamiri gli sarebbe stato accanto, ne era sicuro.

Una donna gli aprì la porta, prima di fargli un breve inchino, dopo averlo riconosciuto.

La sera prima, Argalo, non avendolo visto per tutta la giornata era andato da lui.

Giacinto si era limitato a dirgli che andava tutto bene, senza aprire la porta.

Perché se fosse entrato avrebbe capito che non era vero, avrebbe di sicuro notato il suo sguardo perso, il tremore alle mani e il suo respiro affannoso. Giacinto non voleva che nessuno si preoccupasse per lui.

Non era lui ad avere bisogno, ma Tamiri.

Argalo gli aveva detto, sempre dall'altro lato della porta, che aveva deciso di far tenere d'occhio Tamiri almeno per i primi tempi, per assicurarsi che la situazione non peggiorasse.

Giacinto era consapevole che Argalo non lo stesse facendo solo per Tamiri, con il quale scambiava solo qualche parola ogni tanto, ma per lui. Non gli aveva detto nulla, però Argalo aveva capito quanto fosse importante per lui Tamiri.

Lo aveva visto dal suo sguardo, mentre gli spiegava in che condizioni fosse.

Argalo lo conosceva troppo bene, per non aver notato i loro comportamenti quando erano l'uno vicino all'altro, anche in un semplice saluto.

«Posso entrare?»

La donna acconsentì, prima di fargli spazio per poter passare.

Tamiri stava dormendo e Giacinto si avvicinò a lui, cercando di non fare rumore.

Si sedette sul bordo del letto, sfiorandogli la mano con la propria.

Guardandolo in quel momento poteva immaginare che non fosse successo nulla, che quando si fosse svegliato, si sarebbe reso conto che il giorno prima era stato tutto un brutto sogno.

Tamiri lo avrebbe guardato con i suoi occhi blu che lo osservavano sempre con attenzione, accorgendosi che c'era qualcosa che lo faceva stare male. Poi lo avrebbe abbracciato, dicendogli che andava tutto bene.

Giacinto si girò verso la donna, ancora in piedi al fianco della porta. L'aveva vista alcune volte a palazzo, sapeva che lavorava e viveva lì. Non conosceva nient'altro e non gli interessava, gli importava solo che si prendesse cura di Tamiri.

«Posso farti una proposta?» domandò, continuando a guardarla.

«Quello che volete. Il principe Argalo mi ha detto di chiedere a voi ciò che devo fare.»

Giacinto annuì, lasciò la mano di Tamiri e si alzò.

«Mi va bene che lo controlli. Però ho deciso che durante il giorno starò un po' io con lui.»

Aveva bisogno di stare con Tamiri per sentirsi meglio, anche se lui non sapeva più chi fosse.

«Come desiderate» rispose.

«Tornerò domani mattina.» Giacinto uscì dalla stanza, diretto nella sua.

Avrebbe provato ad addormentarsi cercando di cancellare dalla sua mente, almeno per un po' di tempo, quello che lo stava distruggendo.

Capitolo tredici

Primo giorno
Quando quella mattina entrò nella camera di Tamiri, lui era già sveglio.

«Ti farò chiamare, quando me ne andrò o in caso di bisogno» disse Giacinto, parlando alla stessa donna del giorno prima.

Aspettò che lei uscisse dalla stanza prima di avvicinarsi a Tamiri, seduto sul letto.

«Come stai?» domandò.

Tamiri si girò verso di lui, seguendo il suono della sua voce.

«Bene, per quanto mi è permesso» rispose. «Sei Giacinto, giusto?»

«Sì.»

«Lavori anche tu a palazzo?»

Giacinto si sedette al suo fianco, voleva fargli sentire la sua presenza anche quando non parlava, ma non aveva idea di come fare.

«No, sono uno dei principi di Sparta» replicò.

«Davvero?»

«Sì.»

Tamiri non rispose.

Secondo giorno
Prima di andare a sedersi sul bordo del letto, Giacinto rimase fermo a guardare la lira di Tamiri, appoggiata su una panca.
Un angolo era graffiato e se si osservava con attenzione, si poteva notare anche una leggera scheggiatura. Credeva che si trattasse del punto su cui era caduta, quando Tamiri era svenuto.
«Giacinto?» domandò.
«Sì?»
Non lo ammetteva neanche a se stesso, ma il semplice fatto che riconoscesse la sua voce, lo rendeva felice.
«Volevo rassicurarmi che ci fossi ancora, di solito non stai mai così tanto tempo in silenzio.»
«Stavo pensando» ammise.
«A cosa?»
Giacinto guardò di nuovo la lira.
«Ho visto la tua lira, mi stavo ricordando di quando mi hai insegnato a suonarla.» La sua voce era calma, in contrasto con il suo cuore che batteva troppo velocemente.
«Ho una lira?»
«Sì, mi avevi raccontato che era stata tua madre a costruirla» gli spiegò, aveva ormai metabolizzato il fatto che avrebbe dovuto raccontargli tutto da capo, come se fosse la vita di un'altra persona.
«Chi sono i miei genitori?»
«Sei figlio di una Ninfa, Argiope, e tuo padre invece si chiama Filammone.»
«E che fine hanno fatto?»
Giacinto esitò un po', poteva raccontargli solo le cose che non gli avrebbero fatto male.
«Filammone è partito qualche anno fa, non so dove sia andato. Tua madre non lo so.»

Non gli disse della sua indecisione di partire con il padre, o di alcune parti della sua infanzia, quando Filammone si curava poco di lui, facendo fatica a stare accanto a un bambino che non sapeva neppure come tenere in braccio o di come sua madre lo avesse abbandonato.
«Dovevo essere bravo a suonare, se le Muse mi hanno punito in questo modo.»
«Lo eri» rispose. «Il migliore.»

Terzo giorno
«Posso farti una domanda?»
Quel pomeriggio, Giacinto non era quasi neanche riuscito a entrare dalla porta, prima che Tamiri iniziasse a parlargli. Si era accorto che era lui già nel momento in cui aveva congedato la donna che lo accudiva.
«Certo.»
«Verrai qui tutti i giorni?»
Giacinto avvertì un forte giramento di testa.
«Se non ti da fastidio... io... credo di sì.»
«Non mi da fastidio, volevo solo chiederti perché lo fai. Insomma, tu sei il principe, io un ragazzo cieco e senza memoria, non hai nient'altro di meglio da fare che occuparti di me?»
«No. Sei l'unica cosa di cui mi importa al momento.»
Andò a sedersi sul bordo del letto, poi trovò il coraggio di accarezzargli una mano.
«Eravamo uniti prima di... questo incidente?» domandò Tamiri.
«Sì.»
Decise di non aggiungere altro.

Quarto giorno
«Come siamo diventati amici?» Giacinto aveva convinto Tamiri a uscire dalla sua camera, erano in giardino, seduti abbastanza vicino al palazzo, così da poter tornare senza troppa fatica.
«Da bambino ti adoravo, ti cercavo sempre. Tu mi raccontavi storie, suonavi e cantavi per me, poi crescendo non è cambiato quasi nulla. Abbiamo sempre passato molto tempo insieme e io...»
"E io mi sono innamorato di te, ma sto fingendo che quella parte della nostra vita non sia mai esistita, perché tu non ricordi nulla e non potrei sopportare di sentirtelo dire, anche se già lo so. Tra noi è tutto finito."
Non completò la frase.
Tamiri gli toccò il viso, aveva capito che non stava bene, però non glielo disse.
Giacinto trattenne le lacrime.

Quinto giorno
«Ti va di andare a camminare ancora un po' oggi?»
«No, scusa, non mi sento tanto bene.»
Giacinto si avvicinò a lui, preoccupato.
«Cosa ti senti?»
«Nulla di cui ti devi preoccupare... sono solo stanco.»
«Prova a riposare.»
Rimase nella stanza, in silenzio, finché Tamiri non si addormentò.

Sesto giorno
Giacinto chiuse la porta alle sue spalle.
«Come stai?»
Il giorno prima se ne era andato, senza attendere il suo risveglio.

Tamiri sbuffò.
«Cosa c'é? Stai ancora poco bene?»
Tamiri non rispose e Giacinto si avvicinò, appoggiando una mano sul suo braccio.
Tamiri si sottrasse al suo tocco.
«Sto bene.»
«Non sembra, cosa c'é che non va?»
«Nulla» continuò Tamiri. «Voglio solo stare da solo.»
«Ma...»
«Giacinto. Per oggi lasciami solo.»
Giacinto si alzò, lo salutò cercando di non far tremare la voce, ma fallendo miseramente.
Uscì dalla stanza e ancora una volta si trovò a trattenere le lacrime.

Settimo giorno
Il giorno dopo Giacinto rimase per un po' fermo sulla soglia della camera, indeciso su cosa fare.
«Giacinto? Sei lì?»
«Sì, sono qui.»
Il suo nome pronunciato da Tamiri era sempre un colpo al cuore, un giorno non sarebbe più riuscito a sopportarlo.
«E va tutto bene?»
«Sì.» Quella risposta non convinse neanche lui.
«Ti va di venire qui e dirmi cosa c'é che non va? Ci sei sempre per me, per una volta posso aiutarti io.» Picchiettò la mano sul letto, al suo fianco. «Vieni qui.»
Giacinto fece come gli aveva detto, si sedette al suo fianco, forse troppo vicino.
«Va tutto bene. Sono solo un po' confuso su come devo comportarmi.»
«Ed è colpa mia?»

«No, non è mai colpa tua» disse. «Però non posso fare nulla per aiutarti e questo mi fa stare male.»

Decise di sorvolare l'ultima scenata di suo padre, che gli aveva detto che si stava curando troppo di una persona a cui non avrebbe dovuto nemmeno rivolgere la parola, arrivando persino a non presentarsi agli allenamenti del giorno prima. Gli aveva anche detto che se avesse continuato così, non sarebbe andato da nessuna parte.

Tamiri raggiunse piano e con indecisione il suo viso, asciugandogli le lacrime che dopo quasi una settimana non era più riuscito a trattenere.

«Stai facendo più di quanto dovresti. Non potrò mai ringraziarti abbastanza.»

Giacinto lo abbracciò senza pensarci, continuando a piangere sulla sua spalla e Tamiri ricambiò la stretta.

Con la vista appannata, notò delle erbe mediche sul tavolino di fianco al letto.

Ottavo giorno

Si sedette al fianco di Tamiri sul letto e per la prima volta si sentiva tranquillo, come se lo sfogo del giorno prima avesse cancellato molti dei suoi pensieri negativi.

«Come stai?» chiese Giacinto.

«Bene, tu? La tua voce è più serena rispetto a ieri.»

«Già. Merito tuo.»

«O colpa mia. Stai male per me, giusto? Credo ci sia ancora qualcosa che tu non mi hai raccontato.»

«In effetti non ti ho mai detto quanto ti debba ringraziare per tutte le volte che mi sei stato vicino in questi anni» rispose.

«Però sono io che ti devo ringraziare in questo momento, perché tieni ancora a me.»

Giacinto iniziò ad avvicinarsi, bloccandosi subito dopo aver capito cosa avesse intenzione di fare.
Non poteva baciarlo, non più.

Nono giorno
«Mi chiedevo una cosa» disse Tamiri, facendo girare Giacinto verso di lui.
Nonostante avesse tentato ancora di farlo alzare dal letto, lui si rifiutava di andare in qualsiasi posto e la presenza delle medicine lo preoccupava. Però non aveva il coraggio di chiedere niente a nessuno, o forse non voleva sapere la verità.
«Cosa?»
«Io non suono più e, da quello che mi hai raccontato, tenevo molto alla mia lira.»
«È vero.»
«Allora voglio che la tenga tu. Te la regalo.»

Decimo giorno
Tamiri quel giorno era più stanco del solito, inoltre sembrava sempre più magro.
Giacinto però faceva finta di non notarlo. Non sapeva se per Tamiri o per se stesso.
Anche quel giorno non disse nulla, se ne andò, lasciandogli una carezza sulla guancia, come per dirgli che lui ci sarebbe sempre stato.

Capitolo quattordici

Quando Tamiri si svegliò, i dolori che sentiva in tutto il corpo parvero moltiplicati rispetto al giorno prima. Più il tempo passava, più la sua salute peggiorava. Nessuno capiva da cosa fosse dovuto, anche tutte le cure che gli somministravano non facevano più effetto.

Aveva detto a tutti quelli che lo sapevano di non avvertire Giacinto. Aveva ormai compreso alla perfezione quale doveva essere il rapporto che li legava prima di quell'incidente.

Lo sentiva nel modo in cui gli parlava o lo toccava, era abituato a farlo, ad accarezzarlo e a stargli vicino. E anche il suo corpo sembrava essere abituato alla presenza di Giacinto, riconosceva il suo tocco, anche se la mente non si ricordava di lui e gli occhi non potevano vederlo.

Gli aveva toccato spesso il viso, per immaginarselo. Voleva rivivere anche lui quei momenti che gli raccontava, per quanto gli fosse possibile.

Però non riusciva più ad andare avanti in quel modo.

Per tutti quei giorni, Giacinto, era stato la sua salvezza. Tuttavia, quella situazione aveva iniziato a pesargli troppo, soffriva al pensiero di non poter più fare ciò in cui era stato bravo. Qualcosa nella sua mente era rimasto, come l'amore per la musica e per il canto.

Spesso di notte si era ritrovato a piangere, una volta era quasi stato sul punto di chiedere a Giacinto di rimanere con lui per tenergli compagnia.

Però percepiva il suo malessere e non voleva gravarlo di problemi di cui non sapeva l'esistenza.

Lo avrebbe distrutto solo di più e non poteva permetterlo, aveva solo tredici anni e gli aveva già tolto troppo.

Con tutti quei dolori che provava, quasi non riusciva a muoversi.

Forse le Muse volevano ucciderlo lentamente, senza lasciargli scampo.

Cercò di respirare, di trarre un respiro profondo per mitigare il dolore, anche se sembrava che nulla riuscisse più a farlo sentire meglio.

O quasi nulla.

Fece un ultimo respiro prima di allungare un braccio in direzione del tavolino, che sapeva trovarsi al fianco del letto.

Ripensò per un'ultima volta a Giacinto, sperò che potesse ritrovare la felicità, con qualcuno che stesse al suo fianco per sempre.

Magari un giorno si sarebbero ritrovati.

Prima di chiudere gli occhi ebbe un'ultima visione: un fiore rosso sulla riva di un fiume.

Capitolo quindici

Giacinto aprì la porta della sua camera e trovò davanti a sé Argalo con uno sguardo cereo e si sentì quasi mancare.
Rientrò nella stanza seguito dal fratello che andò a sedersi sul suo letto.
«Vieni a sederti.»
«Cosa è successo?» domandò.
«Prima siediti.»
«No!» Prese un respiro profondo. «Si tratta di Tamiri, vero?»
Argalo annuì, Giacinto iniziò a tremare.
«Cosa gli è successo?» Non riusciva più a controllare la sua voce.
«Lui... non ti ha voluto dire dei dolori che provava ogni giorno, non voleva farti preoccupare.»
Giacinto aveva già iniziato a piangere, però non se ne curava.
«Spesso faceva fatica a muoversi, gli somministravano delle medicine la cui efficacia durava però solo qualche ora. Mi hanno detto che le prendeva sempre quando sapeva che tu saresti arrivato.» Argalo lo studiò per qualche secondo, Giacinto già sapeva che non avrebbe retto ancora per molto. «Stanotte ha preso tutte le erbe mediche che ha trovato. Gli è stato fatale.»
Giacinto non conosceva tanto la medicina, ma grazie a quel poco che gli era stato insegnato sapeva che

assumendo determinate erbe mediche in grande quantità si poteva anche morire.

Non disse nulla, ma se non fosse stato per suo fratello che si era alzato appena in tempo per sorreggerlo, sarebbe caduto a terra.

Morto. Era morto e non lo avrebbe mai più rivisto.

«Dimmi che non è vero» mormorò guardando suo fratello.

Argalo non rispose.

«Portami da lui, ti prego.»

«No, siediti e tranquillizzati.»

«No, no, voglio andare da lui. Non può essere morto.»

Argalo lo abbracciò e Giacinto si lasciò sostenere da lui, se si fosse spostato sarebbe caduto a terra.

«Non è morto. Non è mai successo niente. Lui mi aveva promesso di portarmi via da qui, di stare per sempre con me, di...» Venne interrotto da un singhiozzo che non riuscì a trattenere.

«Giacinto... lo so che fa male, però cerca di respirare e di calmarti.» Suo fratello gli accarezzò il viso e Giacinto sussultò, prima di allontanarsi da lui.

Era sempre Tamiri ad accarezzarlo in viso.

Giacinto continuava a tremare e a piangere, Argalo lo afferrò per le braccia, facendolo sedere sul letto.

Giacinto si mise le mani davanti al viso, nascondendosi dal suo sguardo.

«Non doveva finire così» disse. «Non doveva finire così.» Lo ripeté tante volte, sempre più a bassa voce.

«Lo so.» Argalo gli accarezzò la schiena. «Però calmati, fallo per lui.»

«Lui è morto, non gli interessa più ciò che faccio. Mi ha abbandonato qui da solo.» Alzò a fatica lo sguardo per guardare Argalo. «Io non credo di riuscire a farcela senza di lui.»

Argalo lo abbracciò. «Sì che ci riuscirai, sei forte.»

Giacinto non rispose all'abbraccio, ma appena riuscì si alzò in piedi.

«Voglio andare da lui. Portami da lui.»

Argalo si avvicinò per sostenerlo, tremava e faceva fatica a respirare, temeva di vederlo svenire da un momento all'altro.

«D'accordo» disse, accompagnandolo fuori dalla porta.

Arrivarono con fatica davanti alla camera di Tamiri, Giacinto cercava di asciugarsi le lacrime, ma esse continuavano a scendere senza dargli tregua.

Ogni minuto che passava Argalo era sempre più preoccupato per il fratello. Non si sarebbe stupito se, una volta calmato, non si fosse più ricordato di nulla.

Gli disse di rimanere fermo, mentre entrava nella stanza e lo fece appoggiare al muro così che lo reggesse in sua assenza.

Entrò nella stanza, guardando le donne che stavano sistemando il corpo di Tamiri per la cerimonia funebre.

Credeva che dovesse essere fatta subito, sempre se Giacinto fosse stato in grado di essere presente, non era possibile senza di lui, poiché era la persona a cui Tamiri teneva di più.

Alcuni giorni prima del suo matrimonio, si erano incontrati per caso e Tamiri gli aveva domandato della sua futura sposa.

Alla fine, tra un discorso e l'altro, gli aveva detto che anche lui un giorno avrebbe trovato la persona che sarebbe stata per sempre al suo fianco. Tamiri aveva riso e gli aveva detto che l'aveva già trovata. Non gli era servito sentire il nome, lo sguardo che aveva rivolto a Giacinto che si stava avvicinando a loro, parlava da solo.

Quella mattina erano andati a chiamarlo, per dirgli ciò che era successo perché lui aveva dato l'ordine che qualsiasi notizia riguardante Tamiri dovevano prima riferirla a lui.

Voleva fin dall'inizio proteggere suo fratello, ma come poteva farlo adesso?

«Mio fratello vuole rimanere un attimo da solo con Tamiri» disse e, senza aggiungere altro, tutti lasciarono la stanza.

Uscì anche lui, per andare da Giacinto. Lui aveva lo sguardo fisso davanti a sé e sembrava essere con la testa da tutt'altra parte.

Se a lui sembrava tutto confuso, non riusciva neppure a immaginare cosa stesse provando Giacinto.

«Vieni» gli sussurrò, reggendolo per le spalle.

Lo sguardo di Giacinto si posò un attimo su di lui e Argalo capì subito che qualcosa dentro di lui si era spezzato per sempre. Il suo sguardo chiedeva aiuto, come se non avesse più nulla che lo tenesse ancorato alla realtà.

Era disperato e non c'era nulla che potesse fare per farlo sentire meglio.

Lo accompagnò all'interno della stanza e appena Giacinto posò lo sguardo sul corpo senza vita di Tamiri, la situazione peggiorò.

Respirava ancora più affannosamente di prima e tremava sempre di più.

Si accasciò a terra, stringendosi il petto con le braccia.

Argalo temette che da un momento all'altro, non sarebbe più riuscito a respirare.

Giacinto cercò di dire qualcosa, però non sembrava in grado di farlo.

Argalo si accovacciò al suo fianco.
«Calmati, respira lentamente, puoi farcela.»
Giacinto scosse la testa, per poi prendersela tra le mani.
Argalo poteva immaginare cosa gli passasse per la mente, tutto quello che aveva vissuto con Tamiri, quello che si erano detti, le loro promesse.
Si era dissolto tutto.
«Giacinto, guardami.»
Giacinto alzò lo sguardo su di lui, non piangeva più ma aveva ancora gli occhi umidi.
«Respiriamo insieme.» Gli prese una mano e se la appoggiò sul petto.
A fatica riuscì a fargli fare un respiro lungo, senza interruzioni.
«Voglio rimanere da solo» disse Giacinto, con la poca aria che aveva a disposizione.
«Ti riporto in camera.»
«No, voglio restare qui. Solo per un po'.»
Argalo non sapeva cosa dire, non si era mai trovato in una situazione simile prima di allora.
«Va bene, sono qui fuori se hai bisogno di me. Tra un po' torno.»
Giacinto annuì.
Uscì lasciando la porta socchiusa, per cercare di non perderlo di vista.
Rimasto solo, Giacinto, provò ad alzarsi per avvicinarsi a Tamiri, però non sembrava riuscirci, si sentiva come se da un momento all'altro potesse svenire.
La testa era leggera e priva di altri pensieri che non fossero per Tamiri.
Aveva appena perso l'unica persona che lo avesse mai amato.

L'unica che lo capiva con un solo sguardo, come avrebbe fatto a sopravvivere senza di lui?

Rimase a terra, mentre le lacrime tornavano a scendere.

Non avrebbe mai più provato una sensazione di vuoto così grande.

Niente avrebbe potuto fargli più male.

«Tamiri...» sussurrò. «... non mi lasciare.»

Ma lui se ne era già andato.

Capitolo sedici

Il corpo sulla pira iniziò a bruciare. Con lui non lo fecero i ricordi e l'amore.
Giacinto rimase a fissare il fuoco davanti a lui, qualcuno gli aveva tolto la fiaccola dalle mani, ma non aveva capito chi lo avesse fatto.
Il fuoco lo aveva sempre affascinato, però non fu più lo stesso da quel giorno.
Si allontanò, non riusciva a rimanere un attimo in più.
Si era sforzato di non piangere davanti a tutti, però non sapeva se le sue gambe avrebbero retto ancora per molto.
Qualcuno gli toccò il braccio e lui si girò trovandosi davanti sua madre, per mano aveva Polibea che si guardava intorno senza capire cosa stesse succedendo.
Quando vide Giacinto lasciò la mano di Diomeda per abbracciarlo.
Forse vedeva che era triste o forse era soltanto un caso, però lui si sentì meglio, per quanto gli fosse possibile.
Polibea lo vedeva come lui alla sua età vedeva Argalo e Cinorta. I fratelli maggiori che si vedono come degli eroi, però alla fine le cose cambiano.
Nel suo caso, Cinorta lo detestava e Argalo al momento faticava a guardarlo in faccia.
Sapeva che era solo perché lo aveva visto crollare e ora non sapeva più come comportarsi, voleva chiedergli scusa

e ringraziarlo per essergli stato vicino, però non ne aveva trovato la forza.

Guardò un attimo gli occhi scuri di Polibea, specchiandovisi dentro. Sperava che non avrebbe mai dovuto darle una notizia simile a quella che Argalo aveva dovuto riferire a lui.

Non sarebbe riuscito a sopportarlo, non sapendo il dolore che si provava.

Diomeda riprese Polibea per mano e appoggiò l'altra sulla spalla di Giacinto.

«Stai bene?»

No.

«Sì, cerco di superarlo» disse. «Vado a riposare.»

«Ne hai bisogno» rispose Diomeda. «Se ti serve qualcosa, non esitare a chiederlo.»

Per un attimo Giacinto si domandò se sua madre sapesse, se avesse capito i veri sentimenti che lo legavano a Tamiri. Scacciò via il pensiero, cosa poteva importare ormai?

Salutò Polibea un'ultima volta, prima di andarsene.

Non andò in camera sua, nessuno si stava curando di lui quindi decise di prendere l'occasione per uscire da palazzo.

Con la mente vuota da tutti i pensieri, si trovò sulla riva del fiume Eurota.

La voce di Tamiri riprese possesso delle sue orecchie, lo sentiva mentre raccontava chi era Eurota.

Si sedette sulla riva, e le prime lacrime iniziarono a scendere, senza controllo.

Fino a quel momento, non aveva ancora pianto e considerato il suo stato emotivo era stato un grande traguardo.

Nella sua mente c'era solo un nome. Tamiri.

L'unica cosa che riusciva a pensare. Tamiri.
L'unico che riusciva a immaginarsi. Tamiri.
L'unico di cui aveva bisogno. Tamiri.
Senza pensare ad altro, immerse le gambe nell'acqua.
Era fredda però non gli importava, o meglio, non lo sentiva.
Cercò di asciugarsi le lacrime e calmare i singhiozzi, senza successo.
Poi tentò di toccare il fondo del fiume con i piedi, ma sembrava essere troppo profondo.
Quasi ne trovò conforto.
Guardò il cielo, ma non ne ricavò altro che più lacrime che scendevano sulle sue guance.
Tutto quello che vedeva, che toccava, che sentiva, gli ricordava Tamiri.
Se quella era la conseguenza di essersi innamorato, non lo avrebbe permesso mai più.
Il suo respiro iniziò a diventare più affannoso.
«Non di nuovo» mormorò a se stesso, appoggiando la testa tra le mani.
Non sarebbe riuscito a sopravvivere a quel dolore lancinante al petto un'altra volta, ne era sicuro.
Guardò di nuovo la distesa dell'Eurota davanti a lui, poi la città di Sparta alle sue spalle.
Lasciò che le forze lo abbandonassero e cadde nell'acqua.
Quando sentì di essere sotto la superficie aprì gli occhi, la luce si faceva sempre più lontana.
Non doveva preoccuparsi di non riuscire a respirare, non gli sarebbe più servito.
Era consapevole di ciò che aveva appena fatto e non aveva nessuna intenzione di reagire, anzi lottò contro l'acqua per non tornare in superficie.

I polmoni iniziarono a bruciare, lasciò che i suoi occhi si chiudessero e che il fiume lo portasse verso il fondale.
Ripensò alla sua famiglia, l'unica cosa di cui si pentiva era non aver salutato i suoi fratelli. Se avesse avuto fortuna, nessuno avrebbe ritrovato il suo corpo e avrebbero pensato che fosse fuggito.
La testa diventò leggera e anche gli ultimi pensieri svanirono.
Stava per raggiungere Tamiri, l'unica sua ragione di vita.

Improvvisamente sentì le mani di qualcuno sul petto, non riusciva ad aprire gli occhi e sentiva suoni confusi intorno a lui.
«Mi senti?» Fu la prima cosa che capì. «Concentrati sul tuo respiro.»
Giacinto ubbidì, non sapendo neppure lui per quale motivo.
Aveva appena cercato di morire e la cosa non era andata come si era immaginato.
Qualcuno lo aveva salvato, solo un'altra persona con cui avrebbe dovuto essere in debito.
«Bravo, continua così, stai andando benissimo.»
Giacinto provò ad aprire gli occhi, ma la luce lo accecava.
L'unica cosa che riuscì a distinguere furono dei lunghi capelli biondi, bagnati.
Si era gettato nel fiume per salvarlo.
Lo aveva fatto solo per lui. Per colpa sua.
«Riesci a parlare?» chiese.
«Sì.» La sua voce era tremolante e debole, quasi non la riconobbe.
Il ragazzo tolse le mani dal suo petto.

«Se fossi arrivato solo qualche secondo più tardi, non sarei riuscito a salvarti» disse, facendogli appoggiare la testa sulle sue gambe. «Mi raccomando, continua a respirare.»
Giacinto annuì.
«Tieni gli occhi aperti. Rimani sveglio» continuò l'altro, scuotendogli la spalla.
Quando riuscì a riaprirli, anche se a fatica, ne incontrò un paio di azzurri.
"Lo stesso colore del cielo" pensò.
«Sei il principe Giacinto, giusto?»
Giacinto annuì: «Come fai...»
«Sei un principe, non è difficile ricordarti.»
Non disse più nulla, non ne aveva le forze, i polmoni gli bruciavano e anche solo prendere un respiro profondo sembrava un'agonia, inoltre sentiva a malapena il suo corpo che non riusciva quasi a muovere.
«Ti riporto a palazzo» disse, mettendo un braccio sotto alle sue gambe e uno dietro alla sua schiena per sollevarlo. «Tu cerca di non addormentarti.»

Giacinto pensò che doveva esserci un motivo se non era riuscito nel suo intento.

Anche se sapeva fosse impossibile, per tutti gli anni seguenti avrebbe continuato a pensare che fosse stata una decisione di Tamiri.

Il suo modo di dirgli che avrebbe dovuto continuare a vivere per entrambi.

Solitudine

Rabbia

Angoscia

Vuoto

Parte due
Apóllōn

Capitolo diciassette

Il tocco della morte spesso nasconde tutte le speranze rimaste, quelle che si stanno per infrangere.
Ma non per chi è solo in attesa degli ultimi attimi della propria vita.
In quel momento, Giacinto, si trovava sotto l'acquazzone. Era da un po' che non pioveva e ora che era successo, le gocce d'acqua non sembravano più aver fine. Cadevano una dopo l'altra, ricordando vagamente lo scorrere inesorabile del tempo.
Quel tempo che nel corso di quei cinque anni non si era fermato, nonostante ci avesse provato.
Aveva provato a distruggere il suo tempo, la sua esistenza, però non c'era riuscito.
Erano passati cinque anni da quando lui non c'era più.
Cinque anni trascorsi da solo, se non in compagnia di quel nome che ancora gli faceva venire gli incubi durante la notte.
Si era accorto più volte di girarsi ancora alla ricerca dei suoi occhi, di sognare le sue mani che gli accarezzavano i capelli o mentre si posavano sulle sue guance per avvicinarlo in un bacio.
Però chi ormai se ne era andato non poteva più tornare.
Si ricordava pochi particolari del giorno in cui si era gettato nelle acque dell'Eurota. Quando chiudeva gli occhi per provare a pensare a ciò che era successo dopo, si

ricordava solo di un paio di occhi azzurri e una voce che gli diceva di rimanere sveglio.
Nient'altro.
Si era svegliato, il giorno dopo, nel suo letto a palazzo. Argalo era al suo fianco e anche quello che era successo dopo era confuso, si ricordava il suo rimprovero per quello che aveva cercato di fare, poi lo aveva abbracciato e da quel giorno era diventato la sua ombra.
Lo cercava sempre, si assicurava che non rimanesse solo per troppo tempo e se non poteva stare con lui, mandava Laodamia o Cinorta a tenergli compagnia.
Loro tre erano gli unici a sapere cosa avesse tentato di fare, erano insieme quando quel misterioso ragazzo lo aveva riportato a palazzo.
Aveva trascorso qualche pomeriggio con Cinorta, cosa che non succedeva da anni e per la prima volta lui non gli aveva detto niente di offensivo, si limitava a stare seduto al suo fianco, nei giorni in cui non aveva neanche la voglia di alzarsi dal letto e dire qualche parola ogni tanto.
Laodamia e Argalo invece cercavano sempre di incoraggiarlo, di farlo sorridere, non riuscendoci.
Nessuno aveva raccontato niente ai suoi genitori.
Nessuno gli aveva fatto domande sull'accaduto.
Nessuno aveva più nominato Tamiri.
Nessuno aveva idea di chi fosse il ragazzo che lo aveva salvato.
Aveva provato a chiederlo a tutti e tre, in diversi momenti. Argalo gli aveva detto solo cose che sapeva già, il colore dei suoi capelli e degli occhi. Laodamia diceva di non averlo guardato in viso, poiché era preoccupata per lui. Cinorta aveva alzato le spalle dicendo che non se lo ricordava bene, ma era sicuro di non averlo mai visto

prima di allora e che, dopo averlo portato in camera sua, se n'era andato subito, quasi come se stesse scappando.

Gli sembrava strano che nessuno sapesse dargli una descrizione precisa. Capiva che, con lui in quello stato, non era il momento più appropriato per curarsi di uno sconosciuto, però gli sembrava al tempo stesso surreale.

Dopo mesi e mesi di completo autolesionismo, era riuscito a tornare quasi del tutto alla sua vita normale, giurando ai suoi fratelli che non avrebbe più fatto nulla del genere.

Per quanto non fosse riuscito a tranquillizzarli, forse per l'espressione distrutta che aveva in viso dovuta alle notti insonni, alla fine avevano comunque smesso di fargli da guardia a turno.

Per quanto gli facesse piacere passare del tempo con loro, aveva bisogno anche di stare da solo.

Da quel giorno non aveva più pianto. Forse aveva finito tutte le lacrime.

Tre anni dopo, aveva trovato il coraggio di chiedere ad Argalo di accompagnarlo sull'Eurota.

All'inizio non aveva voluto sentire ragioni, poi lui gli aveva fatto notare che stava bene e che era tornato tutto come prima. Anche se non era vero.

Dicevano sempre "come prima" senza riferirsi a un momento preciso della sua vita.

Come prima, quando andava tutto bene.

Infine Argalo si era arreso e, con la scusa di portare a fare un giro fuori dal palazzo Polibea, che aveva da poco compiuto dieci anni, e suo figlio Ebalo che aveva poco più di un anno, convinse Cinorta e Laodamia ad andare con loro.

Un bello stratagemma per tenerlo d'occhio.

Quando erano arrivati al fiume, Giacinto si era seduto lontano dalle sponde dell'Eurota ed era rimasto a fissarlo per tutto il tempo, parlando poco e non curandosi degli altri.

Tornando a palazzo, quella sera, sentiva su di sé gli occhi preoccupati di tutti. Però quella giornata gli era servita, si sentiva per davvero meglio.

All'inizio del quarto anno, anche Cinorta si era sposato, era stato un matrimonio deciso in fretta, con ragioni politiche alle spalle.

Giacinto era rimasto in disparte per tutta la cerimonia, non guardando in faccia nessun invitato.

Sapeva che il prossimo per il quale Amicla avesse cercato moglie sarebbe stato lui.

Invece si sbagliava.

Quella mattina era tornato a Sparta, dopo aver assistito al matrimonio di sua sorella Laodamia e del re di Arcadia, un figlio di Zeus.

Aveva evitato con tutto se stesso di voltarsi verso la parte di giardino dove si trovavano gli Olimpi. Anche loro portavano troppi ricordi.

E quella sera, forse, si era trovato sotto la pioggia proprio per cercare di dimenticare che tutti erano andati avanti, eccetto lui.

Giacinto, principe di Sparta, terzo figlio del re Amicla e della regina Diomeda, tormentato dai ricordi e da promesse infrante.

Capitolo diciotto

La mattina successiva Giacinto si era svegliato con il mal di testa, forse per essere rimasto troppo tempo sotto la pioggia.
Si alzò controvoglia e dopo essersi preparato uscì dalla sua stanza. Per poco non si scontrò con Cinorta che probabilmente stava tornando in camera.
«Stai bene? Non hai un bell'aspetto.»
«Sto bene» rispose.
«È da ieri che sei strano.»
Immaginava intendesse più del solito.
«Ultimamente faccio fatica ad addormentarmi, ma non è nulla di cui preoccuparsi.» Non era una vera bugia, però spesso la usava come scusa con i suoi fratelli. Preferiva non preoccuparli, soprattutto quando voleva rimanere da solo. Inoltre sapeva fin troppo bene che avevano le loro vite da vivere e di certo non avevano bisogno di un peso come lui.
«D'accordo» rispose Cinorta prima di andarsene.
Per fortuna aveva incontrato lui e non Argalo, altrimenti non sarebbe riuscito a convincerlo con così tanta facilità.
Camminò lentamente per i corridoi, sperando di non incontrare più nessuno.

Gli sembrava quasi che le gambe si muovessero da sole e in un attimo si trovò lontano dal palazzo e dalla sua famiglia.

Raggiunse l'Eurota: da un anno a quella parte, andava lì per avere un po' di tempo per pensare.

Per lui quel fiume era come il suo Acheronte personale. Era una linea sottile che divideva la sua vita dalla morte. La prima volta Caronte non aveva voluto portarlo da Ade, perché Thanatos glielo aveva impedito.

Non avrebbe più avuto una simile fortuna.

Non guardò subito il fiume, la sua attenzione fu attirata da una lira, abbandonata sul prato, sopra a una tunica arancione.

Subito si avvicinò allo strumento, come attirato da qualcosa di inspiegabile. Si chinò, allungando una mano per toccare la lira con riguardo.

Non ne sfiorava una da anni visto che la sua, o meglio, quella di Tamiri, era chiusa in una cassapanca nella sua camera.

Il suo pensiero si stava quasi per posare su Tamiri, ma non ne ebbe il tempo.

«Cosa fai?» chiese una voce, qualcuno era davanti a lui.

Giacinto si alzò in piedi ritirando la mano, era ovvio che doveva esserci qualcuno. Prima di preoccuparsi della lira avrebbe dovuto guardarsi bene intorno. Perché continuava a essere così stupido anche con il passare degli anni?

Non alzò lo sguardo da terra e non parlò, non ne aveva voglia.

Sentì il ragazzo avvicinarsi, per recuperare la tunica e la lira. Lui si trovò a fare qualche passo indietro.

«Allora?» tornò a parlare. «Cosa stavi facendo?»

Giacinto per la prima volta, alzò lo sguardo.

Il ragazzo si stava sistemando la tunica che aveva appena indossato, aveva i capelli bagnati, doveva essere appena uscito dall'acqua.
Per un attimo i loro occhi si incrociarono.
Azzurro cielo.
Rivisse il momento in cui si era risvegliato su quelle sponde, dopo essere quasi annegato.
Il respiro gli si spezzò in gola, come se fosse stato appena portato fuori dall'acqua.
Gli capitava spesso di rivedere momenti e particolari dei giorni in cui era stato male e che spesso si era dimenticato.
Non rispose alla domanda dell'altro, non ci riusciva.
«Sei il principe di Sparta, giusto?» domandò, non sembrava irritato dal suo comportamento. «Giacinto.»
Pronunciò il suo nome piano e con delicatezza, quasi sussurrandolo.
«Come fai a sapere chi sono? Non ci siamo mai visti» affermò, radunando il coraggio e la voglia per parlare.
Il ragazzo sorrise.
«Pensavo non mi avresti mai rivolto la parola» commentò. «Tu non hai mai fatto caso a me. Ero anche al matrimonio di tua sorella. Ed ero a quello di tuo fratello, anni fa.»
«Non ti ho notato.»
Il ragazzo rise, non ne sapeva il motivo però capiva che non lo stava facendo per prenderlo in giro e si tranquillizzò.
Aveva una bella risata.
Giacinto continuò a rimanere impassibile.
«Tu chi sei?» chiese poi.

«Visto che non hai risposto alla prima domanda che ti ho posto, io scelgo di non rispondere a questa» disse, continuando a sorridere.

Giacinto sospirò.

«Non puoi controbattere. Mi hai offeso prima non rispondendomi.»

«Sembri uno che si irrita facilmente» osservò Giacinto.

«Tu invece? Vai sempre in giro a toccare le cose degli altri?»

Giacinto scrollò le spalle, dando un'altra occhiata alla lira, ancora appoggiata ai piedi del ragazzo, insieme a dei sandali che prima non aveva notato.

«È una bella lira.»

«Grazie.»

Giacinto non rispose più, guardandosi intorno.

«Cosa ci fai qui?» chiese il ragazzo.

«Volevo stare un po' da solo.»

«E per quale motivo?»

«Fai troppe domande.»

«Mi dispiace di aver rovinato i tuoi piani.» Rise di nuovo.

Giacinto alzò le spalle, spostando lo sguardo sul fiume.

Non gli era mai capitato che qualcuno gli parlasse in quel modo, come se fossero uguali. Di solito lo trattavano sempre con riverenza, era pur sempre un principe.

L'unico ad averlo sempre trattato come un suo pari, oltre ai suoi fratelli, era stato Tamiri.

Ogni cosa che succedeva lo riportava sempre a lui.

«Mi dici chi sei?» domandò di nuovo, tornando a guardare il ragazzo, cercando di non far vagare troppo la sua mente.

«Ho già detto che a questa domanda non darò risposta...» disse, osservandolo con attenzione per qualche secondo, mettendolo in soggezione.

Giacinto immaginava che aspetto potesse avere: un ragazzo che non dormiva mai abbastanza e che aveva per la maggior parte del tempo la testa tra le nuvole. Sicuramente non molto affascinante.

«... almeno per ora» aggiunse il ragazzo.

Poi si chinò per indossare i sandali e recuperare la sua lira, color oro. Iniziò a fare qualche passo indietro.

«Arrivederci, Giacinto.»

Lui non rispose, si sedette sull'erba e fissò l'Eurota per parecchi secondi.

Quando si girò verso il ragazzo, era già sparito.

Capitolo diciannove

Giacinto era seduto in giardino, un ragazzo davanti a lui stava cercando di convincerlo a giocare al lancio del disco.
Era certo che si trattasse di suo fratello Argalo, però Giacinto non sembrava dargli retta. Si lasciò cadere a terra, lanciando il disco a poca distanza da lui.
Il sole gli illuminava la pelle, rendendolo ancora più niveo di quanto lo fosse in realtà.
Apollo rimase distante, continuando a guardarlo, senza farsi notare.
La prima volta che lo aveva visto, era stato al matrimonio di Argalo, era arrivato in ritardo, ma ciò non gli aveva impedito di osservarlo a lungo.
Lo aveva notato mentre stava per raggiungere gli altri dèi, Giacinto si era voltato forse alla ricerca di qualcuno.
Si ricordava di aver pensato di non aver mai visto un mortale come lui.
C'era qualcosa di diverso in Giacinto, nel suo modo di muoversi, nel suo sguardo, nella sua voce. Apollo sarebbe rimasto ore a studiarlo, cercando di captarne ogni suo più piccolo movimento.
Aveva qualcosa che lo affascinava nel profondo ed era da tempo che non gli succedeva.
Certo, negli anni sembrava cambiato molto.

Non sorrideva più e la sua espressione era sempre spenta.
Non si era avvicinato a lui la prima volta che lo aveva visto e neanche al matrimonio di sua sorella. Non sapeva nemmeno lui quale fosse il vero motivo per cui non era andato a parlargli.

Quando lo aveva incontrato al fiume era riuscito a riconoscerlo solo dopo averlo salvato, portandolo fuori dall'acqua.

Aveva guardato il suo viso, in quel momento troppo pallido, poi aveva ascoltato il battito del suo cuore quasi assente e il suo respiro sempre più flebile.

Qualcosa lo aveva spinto a salvarlo, ad agire subito. E se non fosse stato il dio della medicina non ci sarebbe riuscito.

Quando aveva riaperto gli occhi, lui si era rilassato, poi lo aveva portato in braccio fino al palazzo. Il suo respiro e il suo battito si erano fatti più regolari, anche se non era riuscito a rimanere sveglio.

Lo aveva lasciato alle cure dei suoi fratelli e poi se ne era andato, tuttavia neanche sull'Olimpo il pensiero di quel ragazzo, quasi morente tra le sue braccia, lo aveva abbandonato.

Quella notte era tornato a Sparta e si era intrufolato nella camera di Giacinto, assicurandosi che il ragazzo stesse meglio. Si era servito ancora un po' del suo potere medico per essere sicuro che il giorno dopo si sarebbe svegliato.

Poi era riuscito a non pensare più a lui.

Alla fine, dopo cinque anni, lo aveva rivisto. E gli era apparso subito cambiato, gli umani erano deboli e rimanevano segnati dagli avvenimenti della vita, anche per poco.

Lo osservò mentre si alzava, dopo che suo fratello aveva ripreso in mano il disco.

Giacinto rimase fermo, finché non dovette muoversi per prendere il disco, dopo che Argalo lo aveva lanciato.

Anche in quel momento, i suoi movimenti erano raffinati e dolci. Non gli era mai capitato di rimanere per così tanto tempo a fissare un ragazzo, solo perché lo trovava bello.

Lui era un dio, al massimo avrebbe dovuto essere Giacinto ad aspirare alla sua compagnia, non il contrario.

Però desiderava tanto avvicinarsi a lui per risentire il suono della sua voce, un'altra cosa che lo attirava di lui.

Continuò a osservarlo.

Apollo pensò che per Giacinto sarebbe stato difficile rendersi conto che tutti i suoi gesti, anche quelli più semplici, avevano il potere di sconvolgerlo.

Il giorno prima, quando era riuscito a parlargli, si era subito sentito felice. Stava cadendo nel ridicolo.

Però non poteva farne a meno.

Giacinto si chinò a prendere il disco che Argalo aveva tirato per sbaglio troppo lontano da lui.

Anche quel gesto era elegante, era proprio nato per fare il re. Aveva una postura e un portamento che pochi possedevano e probabilmente non lo sapeva neanche.

Giacinto si girò per qualche secondo e lui non poté fare a meno di notare la sua espressione triste.

Apollo si chiese come sarebbero stati i suoi occhi, se avesse sorriso. Sperava di scoprirlo presto.

Il suo sorriso doveva essere speciale, come tutto in lui.

Quel ragazzo poteva diventare un legame con il mondo umano, avrebbe trovato il tempo di tornare tutti giorni per lui.

Se qualche altro dio avesse scoperto come continuava a seguire e osservare un mortale, che non sapeva neanche chi fosse, lo avrebbe di certo deriso.
Però non gli importava.
Tanto ormai aveva capito che Giacinto sarebbe diventato il suo vizio preferito. O la sua virtù.
La linea da oltrepassare era davvero sottile.

Capitolo venti

Quella mattina, quando Giacinto si svegliò, sentì quella sensazione che detestava.

Gli sembrava non essere più in grado di alzare il petto per respirare come doveva. Aveva avuto un incubo, di questo era sicuro, però non si ricordava di cosa si trattasse.

Era uscito dal palazzo, camminando veloce, cercando di respirare profondamente.

Sapeva di essere ormai arrivato, sentiva l'erba umida che gli sfiorava le gambe, solleticandolo. Poco dopo, infatti, si ritrovò alla piccola radura che precedeva l'Eurota.

Nell'aria si udiva una melodia delicata, sembrava un suono celestiale, quasi etereo.

Quasi si sentì svenire. Per un momento pensò che la sua mente gli stesse giocando un brutto scherzo.

Camminò rapito verso il suono.

Dove per la prima volta lo aveva incontrato, seduto per terra, c'era il ragazzo dagli occhi azzurri che stava suonando la lira.

I capelli mossi gli ricadevano sulle spalle e sembrava che le sue dita si muovessero da sole.

Anche lui sembrava etereo come la sua musica.

Sentì subito la sua presenza e all'inizio sembrò infastidito dall'interruzione, tuttavia appena si accorse chi fosse, gli sorrise.

«Giacinto! Non pensavo che saresti venuto oggi.»
Giacinto gli fece un segno di saluto senza rivolgergli la parola, la mano gli tremava ma per fortuna non si notava più di tanto.
«Hai ricominciato a non parlarmi?»
Nella testa di Giacinto ancora risuonava la melodia, come un promemoria di quello che era successo.
Niente era tornato "come prima".
Stava male, malissimo, era solo stato bravo a ingannare tutti raccontando il contrario. Anche lui stesso aveva creduto alle sue bugie.
Era rimasto fermo a quella mattina di cinque anni prima.
L'altro non smise di sorridere.
Poteva ingannare anche quel ragazzo che non conosceva, forse avrebbe potuto tornare a essere un ragazzo normale per una volta.
«Vieni qui?»
Giacinto annuì e poi gli si avvicinò sedendosi al suo fianco, ma comunque distante.
Restarono in silenzio per qualche istante, guardando il fiume davanti a loro.
Giacinto appoggiò il mento sul ginocchio della gamba destra, prima di parlare, con poca voce: «Dove hai imparato a suonare?»
La sua voce tremava e sperò che l'altro non se ne accorgesse. Percepì il suo sguardo posarsi su di lui, tuttavia non si girò.
«Ti piace la melodia che stavo suonando?»
Giacinto annuì, evitando di aggiungere altro.
«Vieni spesso qui?» continuò l'altro con le domande.
Lui si strinse nelle spalle, rifiutandosi ancora di dire qualsiasi cosa.

Cosa poteva dirgli? Che aveva bisogno di sentirsi vicino alla persona che, anche da morto, era sempre con lui? Che aveva bisogno di stare nel luogo dove si era spinto verso la morte? Forse per dimenticare o per tormentarsi con il pensiero di quello che era successo. Non lo sapeva neanche lui.

«Ho capito che non ti piace molto parlare» disse, dal suo tono sembrava continuare a sorridere e Giacinto girò il volto quel poco che bastasse per confermare il suo pensiero.

«Però sei fortunato, a me piace» continuò, poi ricominciò a parlare come se fosse stato lui a fargli una domanda: «Questo è un luogo incantevole. Mette tranquillità, non credi? Però non pensavo che avrei mai trovato qualcuno qui, tantomeno il principe di Sparta e questo mi ha incoraggiato a tornare. In realtà mi sono chiesto se saresti tornato anche tu. Per fortuna sei arrivato, spesso mi piace stare da solo, ma talvolta amo anche un po' di compagnia.»

Giacinto provò a continuare la conversazione, forse pensare ad altro lo avrebbe tranquillizzato. Sapeva che se in quel momento si fosse alzato per andarsene, le sue gambe non lo avrebbero retto.

«Non sei di queste parti?» chiese. «Hai detto "principe di Sparta" come se non fossi di questa città e neanche il tuo accento è di qui.»

«In effetti hai ragione. Sei perspicace.»

Giacinto alzò le spalle, ricominciando a guardare davanti a lui, gli occhi ormai lucidi.

Tuttavia, il suo corpo si rifiutava ancora di dare sfogo alle lacrime, continuando a torturarlo.

«Ti vedrò sorridere prima o poi?» chiese. «Sembri triste o magari lo sei. Secondo me hai un bel sorriso.»

«Sei tu che sei troppo allegro.»

In risposta il suo sorriso si tramutò in una risata.

«Forse hai ragione. Se io inizio a sorridere di meno, tu inizierai a farlo?»

Giacinto rimase in silenzio e l'altro posò la lira, dapprima appoggiata sulle sue gambe, tra di loro. Non poté fare a meno di girarsi per ammirarla, non ne aveva mai vista una così bella.

Si pentì subito di quel pensiero.

«Sai suonare?» continuò le sue domande l'altro.

Giacinto sentì un forte senso di nausea pervaderlo e si alzò di scatto.

Non disse nulla e iniziò a camminare verso il palazzo.

Il ragazzo gli fu vicino, appena in tempo per afferrarlo, prima che cadesse a terra.

Aveva provato a comportarsi come un ragazzo normale, a parlare con lui come se niente fosse.

Ma non poteva. Non ci riusciva più.

«Stai bene?»

«Sì.» Sospirò. «Devo solo tornare a palazzo.»

«Ti accompagno, stai tremando.»

«No. non ce n'è bisogno» disse. «Non seguirmi.»

Apollo rimase lì immobile a guardarlo, finché non fu troppo lontano. Si chiese se quello riflesso nei suoi occhi scuri, fosse anche solo la metà di tutto il dolore che provava.

Sembrava così fragile, come se un solo tocco avesse potuto romperlo per sempre.

Avrebbe trovato il modo di stargli vicino.

Capitolo ventuno

La verità era che le anime gemelle e il destino non c'entravano niente con loro.

Erano nati e vivevano in due mondi diversi, prima di allora i loro incontri erano sempre stati casuali, sembrava fosse proprio il destino ad avvicinarli.

Però non avrebbero potuto continuare a contare solo su quello, le Moire erano inaffidabili, avrebbero potuto cambiare il filo di Giacinto da un momento all'altro. Come quando erano state sul punto di tagliarlo quel giorno al fiume.

La realtà della loro storia era che Apollo non era in grado di aspettare abbastanza a lungo che l'ordine degli eventi si districasse da solo.

Se desiderava davvero qualcosa, non era solito aspettarla inerte.

Per quel motivo si era inchinato davanti al re e alla regina di Sparta, sotto le spoglie di un semplice umano.

Non sarebbe rimasto ad aspettare per poi vederselo sfuggire ancora una volta.

Avrebbe dato un motivo a Giacinto per passare tempo con lui e avrebbe provato a farlo stare meglio.

Si era presentato a palazzo, chiedendo di farsi ricevere dal re e dopo diversi tentativi, era riuscito a convincere le guardie a farlo passare ed esaudire il suo desiderio.

Era molto bravo a convincere le persone, non si arrendeva con facilità.

Poi aveva domandato ad Amicla un lavoro a palazzo come un servitore, raccontando di aver dovuto lasciare la sua città e di dover trovare un posto dove stare per poter vivere.

Gli era già capitato in passato di stare agli ordini di un umano, quando Zeus per punirlo lo aveva messo a servizio di Admeto per nove anni.

«Hai detto che vieni da un altro palazzo della Tessaglia, che mansioni eseguivi?» chiese il re.

«Servitore personale del principe» mentì.

Amicla ci pensò un po': «Al momento nessuno dei miei figli ne ha bisogno.» Poi si rivolse alla moglie.

«Ci sarebbe Giacinto» disse Diomeda, al suo fianco. «Forse gli farebbe bene avere qualcuno che gli stesse accanto.»

Amicla si voltò verso di lui, distogliendo lo sguardo dalla moglie.

Apollo rimase impassibile.

«Non ne sono sicuro.»

«Andrà bene qualsiasi mansione» si intromise Apollo.

«Mio figlio Giacinto è un po'... particolare. È l'unico dei miei figli maschi a non essere ancora sposato, non si fa vedere molto, parla poco e sembra che non abbia nessun interesse. Non so quanto gli potrebbe essere utile un servitore personale» spiegò Amicla.

«Potrei provare, almeno per qualche giorno.»

Amicla riguardò Diomeda che annuì.

«D'accordo» disse. «In fondo non saprei che altro lavoro farti svolgere.»

Apollo sorrise, era riuscito ad avvicinarsi a Giacinto, più di quanto si aspettasse.

«Ora alzati, faccio chiamare mio figlio.»
Apollo si alzò, ringraziando un'ultima volta.

Giacinto si trovava in giardino a passeggiare da solo, con la mente svagata.

La cosa che più lo infastidiva era che, in momenti come quello, non riusciva a pensare a niente in particolare e non gli sembrava di essere padrone del suo corpo.

Qualcuno lo chiamò e solo dopo la terza volta, Giacinto alzò la testa.

Una guardia era davanti a lui e poteva significare solo una cosa: suo padre lo cercava.

Con poca voglia e il cuore che batteva più veloce del normale, rientrò nel palazzo.

Il rapporto con suo padre non era cambiato in quegli anni, anzi forse era peggiorato. Giacinto era afflitto da problemi e presentava comportamenti che suo padre non riusciva a comprendere.

Nel tempo si era convinto che non fosse colpa di Amicla, non poteva preoccuparsi per lui come se fosse ancora un bambino.

Doveva imparare a stare meglio solo con le sue forze.

Cinque anni e non c'era ancora riuscito.

Rilassò le spalle quando, entrando nella sala, notò anche la presenza di sua madre.

Solo dopo qualche altro passo, vide il ragazzo in piedi a pochi metri da lui.

Il suo cuore saltò un battito. Cosa stava succedendo?

Il ragazzo dagli occhi azzurri rimase fermo senza dire una parola, sorridendogli in modo che solo lui lo potesse notare.

Si voltò di nuovo verso i suoi genitori, aspettando che uno dei due si decidesse a parlare.

«Giacinto, abbiamo deciso di affiancarti un servitore.» disse Amicla. «Non voglio contestazioni. Vedremo come andrà per i primi giorni, poi se la cosa non funzionerà ne riparleremo.»

Giacinto aprì la bocca per parlare, ma non riuscì a formulare nessuna frase.

«Potete andare» continuò suo padre.

Giacinto ci mise qualche secondo per risvegliarsi da quell'intorpidimento che aveva preso il sopravvento su di lui.

Iniziò a camminare, cercando di ignorare gli occhi del ragazzo.

Capitolo ventidue

Apollo seguì Giacinto in silenzio.
Il ragazzo si fermò solo una volta arrivato nel giardino del palazzo, capì che aveva cercato un posto dove nessuno avrebbe potuto vederli.
«Cosa ci fai qui?» domandò Giacinto, sembrava quasi adirato.
«Devo fermarmi in Laconia per un po', avevo bisogno di trovare un posto dove stare» rispose.
«Dimmi la verità.»
«È la verità.»
«Quindi mi stai dicendo che un ragazzo che presiede a matrimoni di regnanti, gira con una lira d'oro e indossa tuniche preziose ha bisogno di fare da servo per vivere?»
Apollo sospirò, non si aspettava tanta veemenza.
«Cosa faresti se ti dicessi che hai ragione? Non ne ho bisogno, eppure sono qui.»
Giacinto rilassò le spalle e si passò le mani sul viso.
«Lasciamo stare. Non mi interessa.»
Apollo fece qualche passo in avanti, avvicinandosi a lui che, con sua enorme sorpresa, non si mosse.
«Almeno ora mi dici come ti chiami?» mormorò.
«Akesios.» *Guaritore.*
Giacinto alzò lo sguardo e lo vide sussultare quando i loro occhi si incontrarono.
«Va tutto bene?»

Giacinto indugiò per qualche secondo, prima di rispondere: «Sì.»

Una parte di Apollo desiderava che si ricordasse che era stato lui a salvarlo dalle acque del fiume anni prima. La sua parte più razionale, invece, gli diceva che era meglio che continuasse a pensare di averlo conosciuto solo qualche giorno prima.

«Cosa ti hanno detto i miei genitori?» cambiò discorso.

«Niente di importante.»

«Dimmi la verità. Sei il mio servitore, sei obbligato.»

«Tua madre ha detto che forse ti avrebbe fatto bene un servitore, tuo padre che sei una persona particolare.»

Giacinto annuì, respirando piano.

Sua madre aveva capito da sola che dalla morte di Tamiri, lui non era più tornato lo stesso. Forse sperava che un po' di compagnia l'aiutasse, soprattutto dopo la partenza di Laodamia.

Tuttavia, era da dopo il periodo in cui i suoi fratelli lo avevano controllato giorno e notte, che l'idea di dover passare molto tempo a stretto contatto con qualcuno non lo entusiasmava.

Ma in quel caso sembrava non avere altra scelta e non si sentiva di discutere con suo padre.

«D'accordo. Fai ciò che vuoi.»

«Quello che voglio? Ti sei già dimenticato che sono appena diventato il tuo servo?»

«Me lo ricordo benissimo. Ma a me non serve nessuno, so cavarmela da solo» continuò Giacinto, guardando Akesios.

«Allora perché non lo hai detto subito a tuo padre?»

«Perché non avevo voglia di litigare. E poi volevo sapere il vero motivo per cui eri qui, non me lo vuoi dire, quindi per me abbiamo finito.»

Nonostante quelle parole non si mosse, aspettava che Akesios gli rispondesse.
«Sei assurdo» commentò.
«Tu lo sei, ti sei offerto come servo, senza alcun motivo.»
«Io non ho comunque intenzione di andarmene, non mi arrendo così facilmente.»
Giacinto sospirò.
«Fai ciò che vuoi, non mi interessa» ripeté.
«Però vedi? Abbiamo già fatto dei passi avanti, ora non sembri più triste, sei arrabbiato. E mi stai offendendo dall'inizio di questa conversazione.»
«Non ti sto offendendo. Hai delle strane idee sul comportamento delle altre persone» lo interruppe Giacinto infastidito. «E non sono nemmeno triste. Tu piuttosto, dovresti essere il mio servo ma è dall'inizio che critichi ogni cosa che dico.»
«Non ho mai detto che ti avrei reso le cose facili.»
«Perché io quando l'ho fatto?» disse Giacinto, girandosi e camminando nella direzione opposta alla sua.
Apollo rimase fermo per un po', prima di seguirlo.
Quel ragazzo stava diventando sempre più interessante ogni minuto che passava.
«Hai intenzione di seguirmi ovunque vada?» chiese Giacinto dopo qualche minuto, senza girarsi a guardarlo.
Apollo affrettò il passo, per raggiungere il suo fianco.
«Sì.»
Giacinto si voltò verso di lui.
Apollo non lo avrebbe neanche notato, se Giacinto non fosse stato più basso di lui e per guardarlo in viso avesse dovuto inclinare di poco la testa.
Tuttavia, Giacinto non rispose più e Apollo la considerò la sua prima vittoria personale.

Giacinto si sedette ai piedi di un albero e iniziò a guardare il cielo e Apollo decise di imitarlo.
Giacinto sbuffò ma continuò a tacere.
Sarebbe stato un pomeriggio interessante.
Il primo di tanti.

Capitolo ventitré

Dopo aver trascorso un pomeriggio intero insieme a Giacinto, Apollo aveva capito che, prima di tutto, avrebbe dovuto instaurare una conversazione con lui.

Se non avesse funzionato, avrebbe potuto comunque tentare di infastidirlo per provocare una sua reazione. Doveva però anche stare attento a non fargli domande troppo personali o sul suo passato, in quel modo lo avrebbe solo innervosito.

Non avrebbe dovuto lasciarlo solo per troppo tempo o si sarebbe illuso di aver vinto.

Seguendo quelle piccole regole in poco tempo avrebbe instaurato un rapporto con lui, per quanto fosse strano.

Quando ci sarebbe riuscito, avrebbe cercato di far evolvere la loro relazione sempre di più, facendo in modo che Giacinto si fidasse di lui.

Solo dopo avrebbe dovuto fargli intendere l'interesse nei suoi confronti.

Prima o poi avrebbe dovuto anche confessargli di essere un dio, però ci avrebbe pensato quando sarebbe arrivato il momento.

La sera prima lo aveva perso di vista dopo la cena e anche quella mattina non era riuscito a trovarlo.

Tuttavia, già sapeva che gli sarebbero bastati pochi giorni per capire tutti i suoi spostamenti.

Apollo si era trovato ad alloggiare nella camera davanti a quella di Giacinto. Da quello che era riuscito a comprendere, in quel corridoio c'erano solo quattro camere, le loro due e quella di Cinorta, mentre la quarta stanza doveva essere vuota. Argalo si trovava in un'altra ala del palazzo.

Per quanto la tentazione di salire sull'Olimpo di notte e tornare prima che qualcuno si accorgesse della sua assenza fosse forte, decise di rimanere a dormire lì.

Si era messo in quella situazione e ci sarebbe rimasto fino alla fine per ricordarsi dei suoi propositi.

Aveva comunque deciso di tenersi lontano dalla servitù del palazzo, era lì solo per Giacinto e per nient'altro.

Anche se Giacinto non rendeva le cose facili.

Per l'appunto, quella mattina lo aveva cercato ovunque, ma nonostante avesse girato gran parte del palazzo non era riuscito a trovarlo.

Una volta arreso, decise di entrare in camera del ragazzo, dove lo aveva già cercato.

Se non riusciva ad avere una conversazione con Giacinto, avrebbe dovuto trovare altri modi per ottenere la sua attenzione.

Si guardò intorno, la stanza era molto più spaziosa della sua, però l'arredamento era posizionato allo stesso modo, il letto nel centro della stanza, le cassepanche di legno appoggiate al muro, lo specchio a fianco della finestra che dava sul giardino.

Inizialmente pensò di aspettare l'arrivo di Giacinto: prima o poi sarebbe tornato in camera.

Ma dopo pochi minuti si era già stancato di stare fermo.

Si alzò e iniziò a pensare cosa avrebbe potuto fare per attirare la sua attenzione su di lui, si fermò davanti a una delle cassapanche presenti nella stanza. La aprì senza pensarci troppo, iniziando a tirare fuori un paio delle tuniche che conteneva.

Di certo, visto che era il suo servo, lo avrebbe chiamato per riordinare la stanza.

Era l'unico modo che gli veniva in mente per far sì che Giacinto lo notasse. Forse non era una mossa molto matura, però non gli interessava. Non era sull'Olimpo e non era lì in quanto dio, non doveva spiegazioni a nessuno.

Aprì la seconda cassapanca, dopo aver disposto in ordine sparso le tuniche sulla prima.

Nella seconda c'era soltanto una lira. Una cassapanca enorme per una lira che occupava pochissimo spazio.

Apollo la prese tra le mani, sembrava tenuta bene, e sarebbe sembrata nuova se non fosse stato per un angolo rovinato.

Passò le dita sulle corde, liberando un debole suono.

Richiuse la cassapanca, continuando a osservare lo strumento musicale tra le sue mani.

Pensò alla reazione di Giacinto quando al fiume gli aveva chiesto se sapesse suonare.

I suoi occhi pieni di paura, sembrava che solo il pensiero di suonare gli procurasse dolore fisico.

Aveva la sensazione di aver già visto quella lira da qualche parte, si ricordava quella decorazione con le foglie di alloro.

Ma per quanto si sforzasse non gli veniva in mente nulla, possibile che si fosse dimenticato di aver sentito Giacinto suonare?

Se quella lira era nella sua camera, per di più nascosta, voleva dire che era sua.

Però era quasi certo che ci fosse qualcosa di cui si era scordato.

Ripose la lira sopra la cassapanca e decise di andarsene.
Se voleva aprire quel discorso con lui, avrebbe dovuto avere una scusa e fargli vedere che l'aveva trovata poteva essere un inizio.

Non ci volle molto prima che Giacinto aprisse la porta di camera sua, senza neanche bussare.

Apollo si sedette sul letto, su cui era rimasto sdraiato fino a quel momento e sorrise vittorioso.

Fu sul punto di salutarlo, quando l'altro iniziò a parlare.

«Cosa hai combinato?» Era irritato, questo era sicuro.

«Non so di cosa tu stia parlando» rispose Apollo, calmo.

«Invece sì che lo sai, sei l'unico che penserebbe di entrare in camera mia a mettere in disordine.»

Apollo continuò a sorridere, si alzò dal letto e si avvicinò a lui. Giacinto fece qualche passo indietro.

Il dio si fermò, per lasciargli lo spazio che gli serviva.

«Perché lo hai fatto?» continuò, per quanto la sua voce potesse risultare a tratti tranquilla, lui non lo era.

Sarebbe stato strano vederlo urlare, non sembrava in grado di scomporsi. *Un principe.*

«Non è successo niente. Ora vado a sistemare.»

«No. Non è questo il punto» continuò Giacinto. «Sei il mio servo non dovresti neanche permetterti di fare certe cose.»

«Solo per dei vestiti...»

«I vestiti non sono il problema. Ma non starò qui a spiegarti nient'altro, non ne vale la pena. Sistemerò tutto io, però non voglio più vederti.»

Giacinto si voltò per andarsene, ma senza pensarci Apollo lo fermò prendendolo per un braccio.

Stava tremando ma se non lo avesse toccato non se ne sarebbe accorto.

«Perché sei così adirato?» domandò.

Lo voleva sapere per davvero, per cercare di capire cosa gli passasse per la testa.

Giacinto si rigirò verso di lui.

«Se fossi il servo di qualche altro principe in questo momento saresti già stato scacciato, ma non importa. Ora lasciami andare.» Sembrava essere tornato calmo.

Apollo non lasciò la presa.

«E per la lira?» chiese.

Giacinto abbassò lo sguardo, Apollo capì di aver colto il problema.

«Non ti riguarda» rispose. «Non toccare più le mie cose.»

«La tua lira» lo corresse. «Non devo toccare più la tua lira. O sbaglio?»

Giacinto cercò di liberarsi dalla sua presa, senza successo, lui era molto più forte e non aveva intenzione di farlo allontanare.

«La lira non è mia.»

«Di chi è allora?»

Non rispose alla domanda.

Giacinto rialzò gli occhi per guardarlo, erano lucidi.

«Non so cosa tu voglia veramente, non so cosa trovi di bello a infastidirmi. Però ora lasciami in pace.» L'ultima era arrivata alle sue orecchie come una richiesta disperata.

Apollo lasciò la presa sul braccio e Giacinto uscì dalla stanza, senza neanche guardarlo un'ultima volta.

Per un momento rimase fermo a guardare la porta.

Giacinto aveva cambiato umore solo con poche parole, era entrato nella stanza adirato ed era uscito sull'orlo delle lacrime.

Ripensò a quando lo aveva messo in salvo sulla riva del fiume, di come se ne era andato quando gli aveva chiesto di suonare, come se volesse fuggire da qualcosa che lo tormentava ma che solo lui vedeva.

Apollo si risvegliò dai suoi pensieri e uscì dalla stanza, sperando di essere ancora in tempo a seguirlo.

Forse la persona che aveva dato la lira a Giacinto era più vicina a lui di quanto potesse immaginare.

Capitolo ventiquattro

Neanche quella volta riuscì ad avvicinarsi troppo alle sponde del fiume.

Sapeva di essersi lasciato prendere troppo dalla collera con una persona che non poteva capire di certo cosa gli passasse per la testa.

Però quella era la cosa più sbagliata che Akesios avesse mai potuto fare, aveva smosso in lui di nuovo quella sensazione.

Quella di disprezzo, verso di sé, verso Tamiri, verso le Muse, verso quelli che non capivano il suo dolore.

Era la seconda volta che lo faceva. Capiva che non era sua intenzione, però rimaneva comunque ferito ogni volta.

Chiuse gli occhi, cercando di dimenticare quello che era successo. Doveva imparare ad andare avanti, era assurdo che dopo cinque anni ancora non riuscisse neanche a sopportare la vista della sua lira.

Si sentì sfiorare la spalla, riaprì gli occhi guardando spaventato chi lo aveva toccato.

«Sono io.»

Giacinto cercò di tranquillizzarsi, girandosi ancora verso il fiume.

«Lasciami solo.»

Akesios si sedette al suo fianco e lui sbuffò.

«Perché sei venuto qui?» domandò.

«Volevo riflettere e stare lontano da tutti. Però tu non rendi le cose semplici, come hai fatto a trovarmi?»

Akesios sospirò, aveva pensato per tutta la strada, dal palazzo fino al fiume, cosa gli avrebbe dovuto dire una volta che lo avesse trovato.

La risposta era sempre stata una sola: doveva fare in modo che si fidasse.

Però l'avrebbe fatto solo per fargli capire che non era solo. Sperando di non combinare un altro guaio.

Non voleva farlo stare male, non di nuovo.

«Ho pensato che venissi spesso qui» ammise. «Quando si sta male, si tende a tornare sempre negli stessi luoghi.»

«E tu come fai a sapere dove vado quando sto male?»

Apollo gli sorrise, anche se lui non lo stava guardando.

«L'ultima volta che ci siamo parlati eravamo in questo luogo e... anche la prima.»

Giacinto lo guardò, era confuso, sembrava che volesse scavare nei suoi ricordi, senza possibilità di successo.

«Quando ti ho salvato dalle acque del fiume.»

Giacinto impiegò qualche secondo per comprendere le sue parole, poi una serie di ricordi sfocati presero il sopravvento nella sua mente.

L'acqua che gli toglieva il respiro, delle mani sul suo petto, qualcuno che gli diceva di rimanere sveglio, un paio di occhi azzurro cielo.

Si rigirò verso Akesios, gli stessi occhi azzurri lo stavano guardando con preoccupazione.

Le parole gli si incastrarono in gola, non riuscì a rispondere, l'altro gli appoggiò una mano sulla spalla. Quasi non se ne accorse.

«Non te l'ho detto prima perché avevo capito che non mi avevi riconosciuto. Però volevo chiederti scusa per prima» rispose Apollo, ed era la verità. «Non so di chi sia la lira, però immagino non porti dei bei ricordi con sé, quindi mi scuso per aver riaperto delle ferite.»

Giacinto scosse la testa, Apollo decise di continuare con il suo discorso, non gli piaceva far cadere il silenzio in un momento come quello.

«Non so cosa ti abbia spinto quel giorno a desiderare di morire, però so che ti salverei altre mille volte, se ce ne fosse bisogno.»

«Perché lo dici? Non mi conosci.»

«Serve conoscere qualcuno per salvargli la vita?» chiese. «Poi ho visto lo sguardo dei tuoi fratelli quando ti ho riportato a palazzo...»

«Perché te ne sei andato subito?» lo interruppe Giacinto.

«Non mi sembrava il momento di rimanere.»

Apollo osservò Giacinto portarsi le mani sul viso, come per cercare di nascondersi.

Non sapeva cosa stesse pensando, la morte e il desiderio di essa era una cosa lontana da lui, lontana da tutti gli dèi.

Gli prese una mano e la spostò, lui si girò a guardarlo, sembrava stesse per sgretolarsi sempre di più, ogni secondo che passava.

«Mi dispiace» disse, il suo petto si muoveva in modo irregolare. Forse era dovuto dal respiro.

«Per cosa ti stai scusando?» domandò.

«Per... per tutto. Dall'averti costretto a salvarmi alla mia reazione di oggi. Non potevi saperlo, ho sbagliato a comportarmi in quel modo. Non è colpa tua.»

«Non è nemmeno colpa tua» si affrettò a dire Apollo. «E non devi di certo scusarti, soprattutto per il fatto di averti salvato, era il minimo che potessi fare.»

«Avresti dovuto lasciarmi annegare, da quel momento sono diventato solo un peso per tutti.»

«Non è vero.»

Giacinto si voltò verso di lui, i suoi occhi erano di nuovo lucidi, però non sembrava intenzionato a piangere.

«Non sai tutto il tempo che i miei fratelli hanno passato al mio fianco perché da solo non riuscivo a fare niente, neanche alzarmi dal letto. Io...» Scosse la testa, senza finire la frase.

Apollo si chiese se avesse mai superato quel giorno, se avesse mai parlato con qualcuno di ciò che provava.

«Se vuoi puoi sfogarti.»

«Non ci conosciamo.»

«È meglio parlare di certe cose con degli sconosciuti, non dirò niente a nessuno. Lo prometto.»

Giacinto annuì, per un attimo però Apollo pensò che non avrebbe aggiunto nulla.

«Sono stanco di andare avanti in questo modo» fu la prima cosa che disse, la voce più flebile del solito. «Sono stanco di essere l'unico a non essere andato avanti dopo quel maledetto giorno di cinque anni fa. Non riesco a fare a meno di pensare che sia colpa mia, anche se so che non ha senso, lui ha deciso di andarsene e io non ero lì, eppure cosa avrei potuto fare se fossi stato al suo fianco? Non so se sarei riuscito a salvarlo e forse è proprio questo a tormentarmi. Lui c'era sempre stato per me, e quando è toccato a me essere lì per lui, non sono riuscito ad alleviare neanche un po' il suo dolore.»

Apollo gli accarezzò la schiena, pensando a un modo per tranquillizzare il suo respiro, che man mano si faceva più spezzato.

«Odio le persone che mi guardano e bisbigliano tra di loro quando mi vedono. Non sono più lo stesso, lo so benissimo, non c'é bisogno che tutti me lo ricordino. So che non parlo più con nessuno, so di non riuscire più a sorridere, so di farmi vedere raramente. So che cerco sempre di nascondermi, lo so, ma perché tutti me lo devono ricordare? È già abbastanza difficile così.»

Solo in quel momento la prima lacrima iniziò a scendere sul suo viso.

«Se fosse semplice dimenticherei tutto e tornerei come prima. Però non posso, perché non c'é un "come prima" senza di lui. Nessuno lo capisce. Nessuno capisce che a ogni sguardo, a ogni bisbiglio, a ogni commento, sento qualcosa dentro di me spezzarsi. Vorrei dare retta a tutto, ma non posso e questo non fa altro che distruggermi pian piano sempre di più. Ogni giorno è una lotta per non tornare qui e riprovare a gettarmi nel fiume.»

Giacinto si asciugò le lacrime, però queste non sembravano intenzionate a fermarsi. Apollo non si mosse, sapeva che non aveva ancora finito.

«Ci sono giorni in cui fatico a fare ogni cosa, ci sono dei giorni in cui mi sembra di essere appeso a un filo che potrebbe spezzarsi da un momento all'altro. Non riesco a muovermi e rimango paralizzato nel mio letto. I primi tempi sono stati tutti così, non riuscivo neanche a rispondere alle domande dei miei fratelli, figuriamoci a uscire, a passare tempo nei luoghi in cui era stato anche lui. Dove passavamo tempo insieme, dove siamo cresciuti. Avrei solo voluto andarmene, ma non ero capace di fare nemmeno quello. A volte i miei pensieri sono così opprimenti che mi ritrovo intrappolato in essi, però non ricordo quasi nulla dei momenti che sono seguiti alla sua morte. La prima cosa di cui sono sicuro è di essermi svegliato nel mio letto, dopo aver cercato di farla finita. Poco del resto, il suo funerale è confuso, non sono riuscito

neppure a dargli un addio come si deve, perché ero troppo debole. Sono fuggito dalla cerimonia dopo aver bruciato il suo corpo, di questo sono certo. Ma con lui ho bruciato tutti i miei sogni e le mie speranze per il futuro.»
Giacinto si girò verso di lui e Apollo gli prese le mani nelle sue.
Stava tremando.
Apollo si avvicinò e, con cautela, lo abbracciò. Non gli chiese nulla. Gli avrebbe detto il resto solo quando si sarebbe sentito pronto.
Non avrebbe fatto come tutte le altre persone, sarebbe rimasto al suo fianco e lo avrebbe aiutato. Anche se non comprendeva fino in fondo ciò che Giacinto provava, percepiva il suo dolore, la sua stanchezza per quella situazione che lo teneva prigioniero da troppo tempo.
Giacinto ricambiò l'abbraccio dopo un attimo di indecisione.
Non piangeva da quel giorno, e ora che c'era riuscito non si sentiva meglio come aveva pensato che sarebbe successo.
Desiderava solo essere nel suo letto, per poter piangere dove nessuno poteva vederlo. Invece era davanti a uno sconosciuto a raccontare ogni suo singolo problema.
Lo sconosciuto che aveva creduto nella sua vita, quando lui non ci credeva più.
L'unica persona che gli aveva permesso di aprirsi, raccontando tutto ciò che sentiva.
Anche se in quel momento provava angoscia per tutto quello che aveva detto, sapeva di aver fatto la scelta giusta.
Quanto ancora avrebbe retto con quel peso? Un paio di anni? Pochi mesi?

Sapeva che doveva trovare un modo per cambiare davvero, adesso doveva superare quello che era successo. Anche se provarci gli avrebbe portato altre sofferenze.

Strinse le braccia intorno al busto di Akesios, quasi spaventato all'idea che si sarebbe volatilizzato da un momento all'altro.

«Come posso riuscire a salvarmi da me stesso?» sussurrò.

Capitolo venticinque

Giacinto sciolse l'abbraccio, facendo sfiorare le loro mani in una carezza veloce.
Sorrise, mentre l'altro si lasciava scivolare sull'erba sotto di loro.
La lira abbandonata ancora al suo fianco, Giacinto si guardò intorno, ancora alla ricerca di quella figura che aveva notato poco prima tra gli alberi.
Tamiri gli toccò un fianco, per attirare la sua attenzione.
«Tutto bene?» domandò.
Perché avevo quasi dimenticato il suono della sua voce?
Giacinto sorrise, convincendosi di essersi immaginato tutto, si sdraiò al suo fianco.
«Sì.»
Anche la sua voce era diversa. Tranquilla.
Da quanto tempo non è più così?
Tamiri si avvicinò a lui, ma quando le sue labbra erano a un soffio dalle sue, tutto divenne nero.
"Dimenticalo."

Quando la vista tornò era nello stesso luogo.
Tamiri davanti a lui stava parlando, però Giacinto non riusciva a sentirlo.

Si sentiva distante da lui, dalla sua voce, dal suo viso, dal suono della sua lira, dai suoi racconti.
Gli sembrava di essere dentro a una bolla, tutto era confuso e offuscato.
Vide Tamiri fermarsi, forse gli aveva fatto una domanda.
"Non ascoltarlo."
Giacinto si trovò sotto la superficie dell'Eurota.
L'acqua fredda lo circondava, gli mancava il respiro.
Qualcuno lo sollevò, ma ormai era già incosciente.
Quando fu trascinato fuori dall'acqua, ancora non riusciva a respirare. Il suo corpo non rispondeva alle sue richieste, non riusciva ad aprire gli occhi per cercare di capire chi lo avesse salvato.
«Mi sentì?»
Akesios.
"Torna a vivere."

Riaprì gli occhi, qualcuno stava bussando alla porta.
Non riusciva a muoversi. Non ne aveva le forze.
Argalo entrò nella stanza.
«Come stai?»
Non rispose.
Male. Malissimo.
Argalo si sedette sulla sedia, che ormai si trovava sempre al fianco del letto. I suoi fratelli si sedevano sempre lì, quando cercavano di fargli compagnia.
Argalo gli passò una mano sulla fronte, poi gli scostò i capelli. Sorrise con compassione.
Nessuno sguardo di pietà, per favore.
«Ti va di fare qualcosa?»
Giacinto scosse la testa.

«Sicuro? Ti farebbe bene uscire un po' da questa stanza.»
Scosse di nuovo la testa, era l'unica cosa che riusciva a fare.
No. Voglio stare solo.
Argalo annuì, in due settimane nessun miglioramento. Giacinto sembrava fermo sempre a quel giorno.
"Vai avanti."
Si guardò allo specchio della sua camera. Di solito non lo faceva mai.
Si era svegliato con il solito incubo su Tamiri, lui che lo abbandonava, che lo lasciava morire da solo pian piano.
Non era un incubo, ma la realtà.
Aveva appena compiuto quindici anni.
Dal giorno del funerale di Tamiri non era riuscito più a piangere, nonostante lo volesse.
Sperava che le lacrime avrebbero lavato via anche i ricordi.
Qualcuno bussò alla porta. Non rispose.
Laodamia entrò nella stanza. Non aspettavano che lui rispondesse, mai. Non si fidavano ancora di lui. Avevano paura che provasse ad avvicinarsi di nuovo alla morte.
«Stai bene?»
Annuì. Non era vero.
Continuava a guardarsi allo specchio, era rimasta solo l'ombra di quello che era stato.
Troppo pallido. Troppo magro. Troppo triste.
Laodamia si avvicinò per abbracciarlo.
"Andrà meglio."

Akesios lo aiutò ad alzarsi, stava ancora tremando.
Si asciugò le ultime lacrime.

Sentiva di essersi tolto un peso, dopo essersi sfogato.
In qualche modo Akesios lo aveva salvato due volte.
Sarebbe stato in debito con lui per tutta la vita.
«Torniamo a palazzo?»
Non gli aveva fatto domande, non gli aveva domandato chi fosse il ragazzo di cui aveva parlato.
Non gli chiese niente, neanche una volta arrivati nella sua camera.
Si limitò ad abbracciarlo un'ultima volta, prima di lasciarlo solo.
Come volevo.
Giacinto guardò la lira, ancora sulla cassapanca, non era riuscito a spostarla.
"Starai bene."

Giacinto si svegliò, si guardò intorno notando che era ancora notte.
Perché era così difficile dimenticare qualcuno?
Perché Tamiri era ancora così importante per lui?
Perché ancora non poteva fare a meno di tormentarsi con il suo ricordo?
Però, per la prima volta, il suo ricordo e quello che era successo dopo la sua morte, si era unito a qualcosa di nuovo. Quel ragazzo che aveva ascoltato il suo sfogo e il suo pianto e che ancora non gli aveva detto il perché fosse lì a palazzo, costringendosi a fargli da servo.
Ma importava davvero?

Capitolo ventisei

Apollo percorse i corridoi con passo veloce.
Giacinto lo aveva fatto chiamare, dicendogli di raggiungerlo nel giardino del palazzo.
I corridoi di pietra, illuminati dalla luce che filtrava dalle finestre, sembravano infiniti e non lo avevano mai infastidito tanto.
Lo trovò non tanto lontano da palazzo, seduto per terra. Giacinto lo faceva spesso, ignorando il fatto di essere un principe e forse, senza accorgersene, di quello che avrebbero pensato le altre persone nel vederlo. Credeva fosse un suo modo per sentirsi in pace.
Non distolse lo sguardo da lui, finché non gli fu di fianco.
Si inchinò in segno di saluto.
«Mi cercavate?» domandò.
Giacinto rimase stupito dell'improvvisa reverenza di Akesios nei suoi confronti.
Forse si era fatto un'idea sbagliata. Capitava che non ricordasse bene alcune cose, soprattutto quando precipitava nel vortice della sua mente. Come il giorno prima.
Poteva essersi scordato di qualcosa.
L'ultima cosa di cui era sicuro era di essersi seduto sul suo letto e di aver allungato le braccia in cerca di altro

conforto. Akesios lo aveva abbracciato e poi aveva deciso di lasciarlo riposare.

Pochi erano i suoi ricordi della loro camminata tra l'Eurota e il palazzo.

Forse erano stati in silenzio per tutto il tempo.

Giacinto distolse lo sguardo, insicuro.

Ma perché? Era il suo servo, era un comportamento normale, quello che era successo fino al giorno prima non lo era.

Si schiarì la voce: «Sì.»

Akesios rimase in attesa guardandolo, curioso.

Giacinto cercò il coraggio per parlargli.

«Siediti» mormorò.

Akesios obbedì e gli si sedette di fianco.

«Va meglio?» domandò poi, con voce bassa e spostando un'altra volta lo sguardo su di lui. «Rispetto a ieri, stai meglio?»

Giacinto annuì, tranquillizzato da quella domanda: «Grazie.»

Akesios sorrise, Giacinto invidiava le sue espressioni. Sembrava sempre rilassato, a differenza sua. Spesso suo padre gli aveva detto che il suo viso era troppo inespressivo.

«Perché sono qui?»

Giacinto indugiò qualche secondo, ma ormai non poteva più tirarsi indietro.

Non aveva preparato nessuna scusa per farlo.

Prese la lira di Tamiri, appoggiata di fianco a lui.

La osservò per un po', sapendo degli occhi di Akesios che indugiavano su di lui. Gli porse la lira.

«Prendila» disse Giacinto.

«Perché?» domandò, non accennava a muoversi e per la prima volta, Giacinto lo vedeva incerto su quello che doveva fare. L'aveva scosso, di certo tra tutte le cose che si era immaginato potesse dirgli quella non era neanche stata presa in considerazione.

«Voglio sentirti suonare» spiegò. Aveva un vago ricordo del suono della sua musica, sul fiume Eurota. Doveva assicurarsi di non aver immaginato nulla.

Poi aveva bisogno di sentire qualcun altro suonare la *sua* lira.

Akesios non accennò a muoversi.

«Sei sicuro?» chiese.

«Sì.» Spostò la lira ancora più vicina a lui, incoraggiandolo a prenderla. «Non mi arrabbio, ho solo bisogno di sentirti suonare.»

Akesios annuì e prese la lira, anche se il suo sguardo lasciava ancora trasparire la sua indecisione.

Poco dopo le sue dita iniziarono a toccare le corde, sembrava nato per suonare. Giacinto non aveva mai sentito un suono bello e accogliente come quello. Anche se fino a quel momento aveva pensato che nessuno sarebbe riuscito a superare la bravura di Tamiri, lui ci riusciva senza nessuno sforzo.

La lira sembrava essere stata costruita proprio per lui.

Si ricordò di Tamiri che gli raccontava della vicenda di Ermes che creava la prima lira e la regalava ad Apollo. Per la prima volta il ricordo non gli provocò una fitta dolorosa al petto.

Continuò a osservare Akesios mentre suonava, la sua musica gli sembrava unica e raffinata come nessun'altra.

Mentre guardava quella lira, tra le sue mani, per la prima volta non pensò alle Muse, a Tamiri che gliela regalava perché non poteva più suonarla. Non sentiva Tamiri raccontargli che era stata costruita da sua madre,

non vedeva le foglie di alloro incise. Non vedeva l'ammaccatura, nell'angolo in cui era caduta.
Davanti al lui c'era solo Akesios che suonava una lira.
Il ragazzo si arrestò e spostò gli occhi su di lui, sembrava quasi preoccupato.
«Grazie» disse e si accorse subito della sua voce poco stabile. Si passò una mano sugli occhi, perché aveva iniziato a piangere?
«Non ti ha fatto piacere se stai piangendo.» Akesios appoggiò con delicatezza la lira al suo fianco, prima di avvicinarsi a lui.
Giacinto scosse la testa.
«Credo che avessi bisogno di questo per poter andare avanti. Non devo più pensarla solo come la sua lira, ma come la mia, riuscire a vederla e non essere costretto a nasconderla. In fondo era quello che avrebbe voluto lui.»
«Posso chiederti di chi parli sempre?» domandò Akesios. «Chi è questo ragazzo?»
"La persona che amo" pensò, ma non lo disse, perché subito l'idea gli sembrò penosa.
Lo amava ancora? Non capiva più se i sentimenti, che in quel momento provava, erano solo una proiezione di quell'amore che aveva provato per Tamiri o se fossero ancora autentici.
Scosse di nuovo il capo. Apollo capì che non era ancora il momento giusto.
Lanciò un'ultima occhiata alla lira, perché non riusciva a ricordarsi a chi l'avesse vista suonare? Di certo qualcuno vicino a Giacinto, non avrebbe dovuto faticare a capirlo. Eppure, tutte le volte che ci pensava le immagini dei ricordi sparivano dalla sua mente, come spaventate da qualcosa.

«Me lo dirai quando sarai pronto, sempre se lo vorrai» disse, asciugando l'ultima lacrima sul viso di Giacinto.

Il ragazzo non si mosse, rimase fermo a guardarlo, anche quando spostò la mano sulla sua schiena accarezzandola con lentezza, quasi per rassicurarsi di non dargli fastidio con quel gesto.

Giacinto riuscì a trovare conforto in quel gesto, che gli sembrava così dolce e quasi famigliare. Eppure, non si ricordava nessuno che lo facesse, nemmeno quando era piccolo. Argalo e Tamiri gli accarezzavano sempre i capelli, ma non era la stessa sensazione.

Sembrava quasi un gesto che aveva dimenticato, o che aveva aspettato per tutti quegli anni.

«Grazie» disse.

«Non devi ringraziarmi» rispose Akesios. «E un'ultima cosa... ti prometto che riuscirò a farti sorridere di nuovo.»

Giacinto lo guardò, sorpreso.

«Non importa quanto tu abbia sofferto, riuscirò a darti una nuova ragione per vivere, ricominciando da capo.»

Giacinto non ci pensò troppo prima di abbracciarlo. Nessuno gli aveva detto niente di simile in tutti quegli anni in cui si era sentito perso e si accorse subito che quelle parole gli avevano dato una nuova speranza, che gli sarebbe servita per provare a stare finalmente meglio.

Akesios ricambiò subito dopo.

«Lo prendo come se avessi appena accettato la mia proposta.» Rise.

Giacinto non si mosse.

La pelle di Akesios, sotto le sue dita, sembrava diffondere lo stesso calore avvolgente del sole.

Capitolo ventisette

Quella mattina uscì presto dalla sua camera, sperando con tutto se stesso di non trovare nessuno sul suo cammino.

Per la prima volta a tenerlo sveglio non erano stati gli incubi su Tamiri, ma i pensieri.

La sua mente era inondata dalle parole di Akesios e dal suono della sua musica. Aveva preso il posto che prima occupava Tamiri.

Per quanto la cosa lo turbasse, forse era meglio concentrarsi su di lui. Almeno era vivo, gli sarebbe bastato bussare alla sua porta per vederlo e non sperare di chiudere gli occhi e di immaginarselo.

Era arrivato sull'Eurota con uno scopo preciso.

Sapeva di dover fare diverse cose prima di potersi lasciare tutto alle spalle, quella era la prima.

Si avvicinò alla riva del fiume.

Si sedette e immerse le gambe nell'acqua.

Non cercò il fondale con i piedi, sapeva già che era troppo lontano.

Per la prima volta non ebbe paura di essere lì, sapeva che non si sarebbe lasciato cadere nel fiume.

Si sporse finché non riuscì a vedersi riflesso nell'acqua.

Sperava anche, che una volta svegliato, Akesios lo raggiungesse. Lui sapeva sempre dove trovarlo.

«Sei qui da solo?»

Il suono di una voce limpida sembrava arrivare alle sue orecchie portato dal vento.
Si girò di scatto, colto alla sprovvista. Anche se le voci non si assomigliavano per niente, per un momento sperò fosse Akesios.
Dietro di lui, invece, c'era un ragazzo che non aveva mai visto.
Non ebbe dubbi sulla sua vera natura.
Si alzò svelto, assicurandosi di non scivolare nel fiume e si girò per essere faccia a faccia con lui.
Per un attimo lo guardò meglio, osservò con ammirazione le sue ali nere, anche perché voleva essere sicuro di quello che vedeva.
Si inchinò, incerto su quello che avrebbe dovuto fare.
Sapeva che non era un Olimpo, nessuno di loro veniva descritto con delle ali.
Il dio sembrò contento della reverenza ricevuta, perché sorrise.
Giacinto continuò a osservarlo, senza dire nulla.
Si sentiva agitato, cosa avrebbe dovuto fare?
«Non avere paura, non sono qui per farti del male. Ti ho visto da solo e mi hai incuriosito.» Si avvicinò di qualche passo.
«Da quanto tempo mi stavi guardando?» chiese, con voce lieve.
«Abbastanza da capire che chiunque tu stia aspettando non arriverà.»
Giacinto cercava in lui dei particolari che gli facessero comprendere chi fosse, però le ali erano l'unico indizio che aveva. I capelli e gli occhi neri erano una caratteristica comune a vari dèi e perciò non gli erano d'aiuto.
Per quanto si sforzasse di pensare non si ricordava nulla, neanche cercando tra i racconti di Tamiri.

«Chi... chi sei?» chiese, trovando un po' di coraggio.
Il dio si avvicinò a lui e si sedette sulla riva del fiume, poi gli fece segno di fare altrettanto.
Con le mani che gli tremavano, quella solita sensazione di affanno e meno sicurezza rispetto a prima, tornò a sedersi.
La presenza del dio al suo fianco, non gli permetteva di rilassarsi. Gli dèi non si presentavano quasi mai al cospetto dei mortali, senza uno scopo.
«Sono Zefiro» disse.
«Il vento che soffia da ovest» commentò Giacinto, qualcuno gli aveva raccontato qualcosa sul suo conto, ma erano ricordi confusi, immaginò non fosse stato Tamiri a farlo. «Cosa ci fai qui?»
«La primavera è la mia stagione. Mi piacciono questi luoghi, soprattutto in questo periodo dell'anno.»
Giacinto provò a guardare il dio con la coda dell'occhio, l'unica cosa che vide fu la sua mano che giocava con un braccialetto d'oro che portava al polso sinistro.
«Qual è il tuo nome?» chiese poi, sapeva che nemmeno lui lo stava guardando.
«Giacinto.»
«Giacinto, è davvero bello.»
Zefiro parlava lentamente, bilanciando ogni sua parola.
«Sei un principe o qualcosa del genere?»
Giacinto si chiese perché gli stesse facendo quelle domande, gli dèi sapevano tutto di tutti.
Diomeda, quando lui era piccolo e faceva domande su di loro glielo ripeteva spesso, ancora prima dell'arrivo di Tamiri a palazzo. *Loro sanno tutto, non puoi mentire.*
«Sì, di Sparta» rispose, anche se era ovvio, dato che il fiume era nel territorio della città.

«E quindi, Giacinto, di chi ho preso il posto al tuo fianco?»
«Nessuno di importante.» Akesios era il suo servitore, non doveva essere importante per lui.
«Dal tuo sguardo deluso quando mi hai visto non sembrava. Eri così perso nei tuoi pensieri che hai sperato fossi lui... o lei?»
«Lui» pronunciò, quasi senza accorgersene.
«In ogni caso, non sembra essere qualcuno poco importante, visto che sei qui da molto.»
I dubbi che assillavano Giacinto si palesarono dopo quella frase. Lo stava osservando da molto tempo, la cosa lo faceva sentire ancora più a disagio.
«È il mio servo» disse, cercando di troncare la conversazione sul nascere.
Si girò verso di lui vedendolo sorridere, prima di tornare a guardare l'acqua.
«Non ho mai visto un principe dover aspettare il suo servo. Sicuro di quello che dici?»
«Sì.»
I loro occhi si incontrarono per qualche secondo, Giacinto rimase immobile. Cosa voleva da lui?
Zefiro annuì e sembrò pensare per qualche secondo a cosa dire: «Sparta è davvero una bella città, sarai tu il prossimo a prendere il potere?»
Giacinto negò con il capo.
Pensò ai suoi fratelli, che dopo il matrimonio di sua sorella stava cercando di evitare il più possibile.
«Sono il terzo di cinque figli» spiegò. «Il primogenito, Argalo, succederà a mio padre.»
«Argalo? Terrò a mente questo nome. Quali sono i nomi degli altri tuoi fratelli?»

«Il secondogenito è Cinorta.» Pensò al fratello che alloggiava nel suo stesso corridoio e che tra poco sarebbe diventato padre, forse avrebbe fatto bene ad andare a parlargli, invece di continuare a rassicurarsi che lui non ci fosse prima di uscire dalla sua camera.

«Poi c'é Laodamia, si è appena sposata con un figlio di Zeus, re di Arcadia. E l'ultima è Polibea.»

Polibea era quella che vedeva meno di tutti, non contando Laodamia, era diventato per lei quello che era Cinorta quando lui aveva la sua età. Il fratello che la ignorava e a cui non sembrava importare nulla di lei. Almeno il suo carattere gli permetteva di evitare i commenti che Cinorta aveva sempre preservato per lui.

Anche se, con il passare degli anni, aveva capito che non erano fatti con cattiveria, era il suo modo di approcciarsi.

Zefiro annuì: «Come immaginavo il tuo nome è il più bello. È proprio gentile e regale.»

Giacinto guardò il cielo e per un momento rivide gli occhi di Akesios, scacciò quel pensiero, tornando a concentrarsi su Zefiro.

«Grazie...» non era sicuro di quello che avrebbe dovuto dire.

«Ora devo proprio andare» disse Zefiro, alzandosi. «Magari ci rivedremo.»

Non era una domanda.

I suoi occhi rimasero per un po' fissi sull'acqua, si voltò in tempo per vederlo spiccare il volo.

Capitolo ventotto

I corridoi del palazzo non lo avevano mai innervosito tanto. Sembrava che le pareti si chiudessero sopra la sua testa sempre di più, a ogni passo che faceva verso la sala del trono.

Non gli era mai piaciuto recarsi lì, soprattutto negli ultimi anni. Quando i commenti di suo padre erano solo aumentati.

Scacciò il pensiero quando notò di essere arrivato davanti alla sala, prese un respiro tremante prima che le guardie gli aprissero la porta.

Era la prima volta, dopo due settimane dall'arrivo di Akesios, che suo padre lo cercava.

Amicla era seduto sul suo trono, quello al fianco vuoto. Sua madre non c'era.

La situazione non sembrava delle migliori.

Arrivò davanti ad Amicla e si inchinò. Aveva indossato una delle vesti più preziose che aveva trovato. Cercava sempre di essere in ordine per evitare inutili discussioni.

«Giacinto.» La voce di suo padre era lineare, spenta.

Tornò a guardarlo, non doveva far trasparire quello che stava pensando, le sue preoccupazioni.

«Oggi non ti ho visto a pranzo.»

Giacinto scosse la testa, senza dire nulla.

«Non sono venuto in sala, ero con il mio servo.»

Akesios passava molto tempo con lui, anche senza che fosse Giacinto a chiederglielo. Non si comportava quasi mai come suo servo, più come amico.

Era capitato che Argalo lo cercasse, però nel vederlo sempre in sua compagnia si era rincuorato e dal suo arrivo aveva iniziato a lasciarlo più tranquillo.

«Quindi con lui va tutto bene?»

«Sì» disse. «Perché mi hai fatto chiamare?»

«Io e tua madre...» Di solito, quando iniziava le frasi in quel modo, voleva dire che aveva preso lui la decisione, da solo. «Abbiamo pensato che è arrivato il momento, anche per te, di sposarti.»

Giacinto rimase immobile.

Sapeva che sarebbe successo prima o poi. Allora perché ne era così sorpreso? Perché lo infastidiva così tanto?

«Sì...» Cercò di schiarirsi la voce. «D'accordo.»

Da un lato sapeva che avrebbe potuto contestare la scelta di suo padre, dall'altra lo terrorizzava solo l'idea di provarci.

«Non ti interessa sapere con chi?»

«No» rispose. «Lo scoprirò alla cerimonia.»

Amicla annuì, studiandolo per un po', forse non convinto dalle sue parole.

«Se cambi idea, vieni a dirmelo» disse. «Purtroppo dovrai aspettare fino a questo inverno.»

La primavera stava quasi per terminare.

Giacinto annuì, non domandò nient'altro.

«Se questo è tutto, io andrei.»

Amicla distolse lo sguardo da lui.

Era stato abbastanza volte nella sala del trono da suo padre, per capire quando la discussione era finita.

Uscì dalla stanza, con una nuova sensazione che gli gravava sul petto.

Fuori dalla sua camera trovò Akesios.
«Com'è andata?» domandò, sorridendo come faceva sempre.
Giacinto alzò le spalle ed entrò nella stanza, seguito dal suo servo.
Si sedette sul letto sospirando.
«Bene.»
Akesios si sedette al suo fianco, Giacinto evitò il suo sguardo, poi si chiese perché lo stesse facendo e si rigirò verso di lui.
«Non credo. Non mi sembri così felice.»
«Non è niente, davvero.»
«Questa tua affermazione lascia intendere tutt'altro.»
Giacinto scosse la testa, come poteva capirlo così bene, se si conoscevano da così poco tempo? Lui di Akesios non aveva ancora capito nulla, però forse era un suo problema.
Aveva passato così tanto tempo a evitare tutti che si era dimenticato di come si facesse a comprendere le altre persone.
«Mio padre mi ha annunciato che mi sposerò.»
Akesios annuì, sfiorò la sua mano con la propria. Magari non aveva fatto apposta, o forse sì.
Giacinto cercò di scacciare quel pensiero, tuttavia fu più difficile di quanto si sarebbe immaginato.
«Tra quanto?» domandò.
«Il prossimo inverno.» Giacinto si perse a osservare i lineamenti di Akesios, dolci e regolari.
«C'è ancora tempo.»

Capitolo ventinove

Giacinto si svegliò con il respiro corto e le mani che tremavano.
Era la seconda volta che faceva lo stesso sogno.
Era uno dei suoi incubi ricorrenti, lui che entrava nella camera di Tamiri dopo aver scoperto che era morto. Tuttavia le ultime due volte nel letto, inerme, non c'era lui ma Akesios.
Non sapeva cosa significasse quel sogno, eppure lo aveva lasciato con una nuova paura che gli pesava sul petto.
Anche Akesios sarebbe morto prima o poi.
Valeva davvero la pena affezionarsi a lui come stava facendo? E se lo avesse abbandonato anche lui?
Aveva trascorso anni da solo, poteva continuare. Si doveva solo preoccupare di se stesso e di nessun altro.
Cercò di riaddormentarsi, senza successo.
Era stato davvero difficile superare la morte di Tamiri e ancora non ci era riuscito del tutto, come avrebbe fatto se fosse successa di nuovo una cosa del genere?
Non ci aveva mai pensato, i suoi genitori e i suoi fratelli c'erano sempre stati, il pensiero che potessero morire era sempre stato una supposizione lontana e sbiadita.
Ma anche con Tamiri era successa proprio la stessa cosa, il giorno prima che le Muse lo punissero, erano stati

tutta la sera sdraiati l'uno di fianco all'altro mentre parlavano del loro futuro insieme.
Il giorno dopo lui non si ricordava nemmeno chi fosse.
Quel pomeriggio, Giacinto, si era forzato di alzarsi dal letto e si era sdraiato in giardino al fianco di Akesios, mentre lui suonava la lira. Quella volta aveva preso la sua e non quella di Tamiri.
La sua musica lo calmava, gli faceva dimenticare tutti i suoi pensieri.
Akesios smise di suonare e gli toccò la mano, attirando la sua attenzione. Tolse il braccio che aveva davanti agli occhi, incrociando quelli azzurri dell'altro.
«C'è tuo fratello, credo ti stia cercando.»
Giacinto si mise a sedere, mettendo a fuoco la figura di Argalo che li stava guardando da lontano.
Si alzò e appoggiò una mano sulla spalla di Akesios per farsi guardare.
«Mi aspetti qui?» domandò.
«Certo.»
Raggiunse suo fratello.
«Ti serve qualcosa?»
Argalo negò con la testa: «È da un po' che non passiamo tempo insieme, vuoi passeggiare un po' con me?»
Giacinto si voltò a guardare Akesios, che era tornato chino sulla lira a suonare.
Annuì, decidendo di seguirlo.
Stare con Argalo gli ricordava la sua infanzia. Quei momenti di quiete in cui camminava al suo fianco, stringendogli la mano.
«Come va con il nuovo servitore?» domandò.
«Bene, pensavo sarebbe andata molto peggio.»

«Gli hai permesso di suonare mentre è con te, quindi presumo andiate d'accordo. Sei sempre stato bravo a fare amicizia con le persone, fin da piccolo.»

Non gli disse di più di quanto gli aveva già detto o dei sogni su Akesios. I suoi pensieri erano già abbastanza confusi, senza che nessuno ci entrasse.

«Tu invece, come stai?» chiese Argalo dopo un po' di silenzio. «Dimmi la verità, come ti senti ultimamente?»

«Bene... meglio. Akesios mi aiuta quando non sono tanto in forma, sta al mio fianco. Niente che voi non abbiate fatto, però con lui è diverso, non mi sento in colpa come succedeva con voi.»

«Lui è comunque costretto a stare al tuo fianco» osservò Argalo.

«Sì, è il suo compito.»

«Ti vedo più rilassato e questo mi rende felice.»

Giacinto annuì poi, prima che potesse solo pensarci, le parole uscirono dalla sua bocca: «Nostro padre mi ha annunciato che dovrò sposarmi.»

Dall'espressione di Argalo capì che non gli era stato detto nulla, non era bravo a mentire, soprattutto alle persone che lo conoscevano bene.

«Non ne avevo idea, Giacinto. Se questo ti fa stare male, parlerò io con lui e cercherò di fargli cambiare idea.»

«No, non ce n'è bisogno. C'è ancora tempo e comunque mi sembra la scelta giusta, non posso pensare a lui per sempre.»

«Su questo hai ragione. Però ti stai riprendendo solo adesso, non so se ti gioverà questa nuova situazione.»

Giacinto annuì.

«Per il momento va tutto bene, non preoccuparti.»

Argalo si fermò e Giacinto lo imitò, girandosi per guardarlo negli occhi.
«Ricordati che io sono qui, per qualsiasi cosa.»
«Lo so, grazie.»
Rifletté qualche secondo per decidere se dirgli quello che lo tormentava.
«C'è qualcosa che non va?» domandò Argalo, la sua espressione meno distesa di prima.
«No, solo mi sto rendendo conto di avere paura» disse.
«Paura? Di cosa?»
«Che ad Akesios succeda la stessa cosa che è capitata a Tamiri.»
Tamiri. Da quanto tempo non pronunciava il suo nome ad alta voce? Subito dopo si sentì come se qualcuno lo avesse appena pugnalato al petto, facendogli mancare il respiro.
«Perché dovrebbe succedere?»
Giacinto scosse la testa.
«Non lo so. So benissimo che non è la stessa cosa... Akesios è solo il mio servitore, non so perché il pensiero mi faccia stare così male, lui non dovrebbe essere nessuno per me.»
Argalo gli prese le mani che, ancora una volta, avevano iniziato a tremare senza che se ne accorgesse.
«Hai pensato che forse è perché questa è la prima volta che ti avvicini a un'altra persona, dopo la sua morte?»
Giacinto annuì, cercando poi di trarre un respiro profondo impedendo che si bloccasse all'altezza del cuore.
«Io amavo Tamiri.»
Non lo aveva mai ammesso a nessuno ad alta voce.

Solo in quel momento aveva capito che i suoi sentimenti non si erano fermati a quel giorno. La sua mente era ancora bloccata là, ma non il suo amore.
La prima lacrima scese sul suo viso.
Suo fratello lo abbracciò.
«Lo so» disse.
«Ormai non lo amo più.»
«È giusto che sia così.»
«Allora perché mi sento così in colpa nei suoi confronti?» domandò, allontanandosi da Argalo.
«Perché hai ancora difficoltà a comprendere il motivo per cui lui non è qui al tuo fianco» rispose, asciugandoli una lacrima con il pollice. «Però ti basterà andare avanti, trovare qualcuno che ti faccia riprovare quell'amore, e questa volta per sempre.»
«Dici che troverò qualcuno che mi ami?» Giacinto focalizzò la sua attenzione su un usignolo a pochi passi da loro.
Argalo gli passò una mano tra i capelli, mentre lui si asciugava le guance.
«Sì e te lo meriti più di chiunque altro.»

Capitolo trenta

Dall'arrivo di Akesios a palazzo erano passati più di due mesi.
Il tempo gli sembrava scorrere inesorabilmente, mentre lui stava fermo, capace solo di subire gli eventi.
Giacinto si girò verso Akesios che era sdraiato al suo fianco, con gli occhi chiusi.
Alla fine lo aveva portato al riparo sotto la quercia dove anni prima trascorreva il suo tempo con Tamiri. Nessuno lo aveva più nominato. Anche Argalo si comportava come se lui non gli avesse mai fatto quella confessione.
Giacinto aveva rimesso la lira nella cassapanca, però non ne aveva più timore.
Non aveva detto a nessuno del suo incontro con il dio Zefiro, non lo aveva più rivisto e andava bene così. Era stato sul punto di raccontarlo ad Akesios, però poi aveva cambiato idea.
Non era affatto importante, in fondo se ne era quasi dimenticato.
Si mise a sedere, spostandosi fino a riuscire ad appoggiare la schiena al tronco dell'albero, alle sue spalle.
Akesios, sempre a occhi chiusi, iniziò a picchiettare l'indice sulla sua gamba. Giacinto la spostò.
«Akesios?» chiese.
Lui sorrise, non rispondendo. Si divertiva ancora a infastidirlo.

In quegli ultimi tempi si erano avvicinati molto, passavano quasi tutto il tempo insieme, però nei loro discorsi mancava ancora qualcosa, entrambi evitavano di parlare degli avvenimenti della loro vita passata.

Se Akesios però poteva immaginare cosa Giacinto gli nascondeva, al contrario Giacinto non ne aveva idea, non era neanche riuscito a scoprire perché era lì come servo e soprattutto perché volesse continuare a esserlo.

Qualche giorno prima, Giacinto gli aveva proposto di alloggiare a palazzo senza dover lavorare per lui. Akesios aveva rifiutato e quando gli aveva chiesto il motivo, non aveva risposto.

Akesios si sedette, avvicinandosi a lui. Aveva l'abitudine di accostarsi sempre molto vicino, lasciando tra di loro uno spazio che Giacinto non avrebbe mai definito sufficiente. Però con il passare dei giorni si era abituato anche a quello, sembrava essersi instaurata una sorta di pace e di tranquillità tutta loro, come se si conoscessero da una vita.

Talvolta, guardando Akesios, Giacinto non poteva fare a meno di pensare che era solo merito suo se lui era ancora lì e se potevano passare tempo insieme.

Lui non sapeva se avrebbe avuto la stessa prontezza e forza di Akesios, se si fosse trovato a dover aiutare una persona da qualcosa che si era inflitto da solo.

«Sei pensieroso» disse Akesios, osservandolo come se dovesse carpire qualcosa dai suoi occhi. «C'è qualcosa che non va?»

Giacinto scosse la testa, però il suo sguardo si trattenne più del dovuto su di lui.

Osservò quanto erano diversi, come erano l'uno l'opposto dell'altro.

C'erano tante, forse troppe, cose che si scontravano in loro: la voce piena di energia di Akesios rispetto alla sua bassa e spenta, i capelli biondi che riflettevano il sole contro i suoi neri, i suoi occhi color cielo contro i suoi scuri, la pelle ambrata del ragazzo contro la sua cerea. Perfino i loro abiti: la tunica giallo acceso contro la sua bianca pallida.

E poi pensò che probabilmente era la situazione ottimale: forse aveva trovato la persona che poteva completarlo.

Un suo difetto era sempre stato quello di affezionarsi e fidarsi delle persone con troppa facilità.

Forse sarebbe stata anche la sua rovina.

«Un po' di tempo fa mi avevi chiesto di chi fosse la lira che ti ho lasciato suonare...» disse, non guardandolo nemmeno. «Credo sia arrivato il momento di risponderti.»

«Sai che non sei obbligato.»

«Voglio farlo.»

«Allora ti ascolterò.»

Gli raccontò tutto.

Il suo sguardo e quello di Tamiri che si incontravano per la prima volta.

Lui che cadeva in giardino.

Tamiri che gli insegnava a suonare.

Gli anni che avevano passato a crescere insieme.

Come lo aveva amato una volta cresciuto.

Tamiri che lo portava sull'Eurota.

I loro progetti per il futuro.

Le Muse che lo punivano.

La sua cecità, la sua perdita di memoria e delle doti musicali.

I giorni passati al suo fianco.

Di come aveva continuato ad amarlo.

Argalo che lo chiamava, per dirgli che si era tolto la vita.

Di come era finito nelle acque dell'Eurota.

E poi non dovette più aggiungere altro.

Alla fine del racconto non piangeva, anzi si sentiva cullato da tutti quei ricordi che avrebbe per sempre portato con sé.

Alla fine, era riuscito ad andare avanti.

Hai visto, Tamiri? Ora sto bene.

Non sapeva in quale parte del racconto, la sua mano era scivolata sopra quella di Akesios. Però andava bene così.

Giacinto si voltò per osservarlo, sembrava turbato per qualcosa.

«Va tutto bene?»

Stava per rifare la domanda, poiché non aveva ricevuto nessuna risposta, quando la voce dell'altro lo lasciò pietrificato.

«Sono Apollo.»

Apollo indugiò un attimo. Tutto gli era diventato chiaro.

Tamiri. Sapeva fin troppo bene chi fosse e si ricordava anche di averlo visto in compagnia di Giacinto.

La verità gli era sfuggita dalle labbra senza che lui potesse impedirlo.

«Cosa?» domandò Giacinto, dopo un po'.

«Non mi chiamo Akesios. Sono il dio Apollo.»

Giacinto tolse la mano dalla sua e Apollo si spostò, per essere faccia a faccia con lui.

«Non può essere vero» disse. «Perché mai dovresti farmi da servo?»

C'era qualcosa che fece comprendere a Giacinto che stava dicendo la verità.

I suoi occhi per la prima volta gli apparivano di un azzurro fin troppo intenso perché fossero umani e anche i capelli dello stesso colore dell'oro, erano diventati irreali. La sua bellezza invece gli sembrò oltremodo perfetta perché un mortale potesse raggiungerla.

Come non aveva fatto ad accorgersi prima di tutto quello?

Apollo si sentiva davvero agitato, da quanto non gli succedeva? Da quando era arrivato a Sparta sembrava che tutte le cose che provasse fossero solo colpa di Giacinto.

«Volevo conoscerti.»

«Perché mai? Cosa ti attirava in me? Il fatto che avessi tentato di uccidermi o il resto dei miei problemi?»

Non riusciva a capire se si stesse arrabbiando. Forse lo era già.

«Questo è il tuo problema, Giacinto» disse. «Credi che le persone ti vedano solo per i tuoi problemi, credimi che non è così. Sei molto di più.»

«Lo ero.»

Apollo non pensò nemmeno che quello fosse il momento giusto per cercare di cambiare discorso.

«Lo sei. E devi smetterla di continuare a pensare a quel ragazzo, lo amavi ma la tua vita continua. E lui ha deciso da solo la sua sorte.»

Giacinto abbassò lo sguardo, Apollo fu colto da una nuova consapevolezza. *Non da solo.*

Solo in quel momento, si era reso conto di cosa fosse successo veramente.

«Hai ragione, ne sono consapevole. Per quanto mi sia difficile pensarti come un dio, vorrei che continuassimo a passare del tempo insieme. Mi hai aiutato davvero molto a stare meglio.»

Apollo non lo stava già più ascoltando, provava un'oppressione al petto a lui sconosciuta.
«È stata colpa mia» disse.
E il tempo incominciò a rallentare.

Capitolo trentuno

Giacinto iniziò a sentire il suo respiro farsi più lento.
«Cosa significa?»
«Sono stato io, non so dirti quanto mi dispiace» disse Apollo.
«Non capisco, di cosa stai parlando?» La sua voce aveva iniziato a tremare.
«Io... l'avevo sentito suonare al matrimonio di tuo fratello. Ne ero rimasto impressionato, era davvero bravo. Solo dopo scoprii che suo padre era mio figlio, all'epoca non lo avevo ricollegato a Filammone» iniziò a spiegare, anche se era difficile, le parole gli si aggrappavano alla gola. «Poi, quello stesso giorno, lo sentii dire di essere più bravo di tutti gli altri.»
Giacinto lo guardava, come se fosse sul punto di crollare da un momento all'altro.
Quella volta era solo colpa sua, non aveva scuse.
«Lo tenni d'occhio per qualche tempo, poi ebbi da lui quello che volevo. Qualcosa che lo mettesse contro le Muse, senza che io dovessi intromettermi... non più di tanto almeno» continuò. «Sono andato da loro, riferendo ciò che avevo sentito. Non esitarono affatto a credermi e non vollero nessuna prova. Il giorno dopo, avevano già messo in atto la punizione.»
Giacinto lo guardò, senza parlare.
«Perdonami.»

Si avvicinò, ma Giacinto aveva iniziato a evitare il suo sguardo. Non aggiunse nient'altro, cosa mai avrebbe potuto dire? Cercò di prendergli le mani ma Giacinto glielo impedì, allontanandole.

«Perché lo hai fatto?» domandò poi, quasi faticò a sentirlo da quanto la sua voce era bassa.

Apollo scosse la testa.

«Non mi piaceva ciò che diceva. Però se avessi saputo che un giorno sarei arrivato qui, non lo avrei mai fatto. Perdonami.»

Era la frase che non avrebbe mai pensato di dire.

Non capitava mai che gli dèi dicessero di essersi pentiti delle loro azioni, o che chiedessero scusa, soprattutto davanti a un mortale. Lo consideravano umiliante.

Eppure, per Giacinto, lui aveva fatto anche quello e avrebbe continuato, finché fosse stato sicuro che non lo odiasse.

Forse Giacinto non capiva l'importanza delle sue parole, o forse le stava ignorando proprio perché aveva compreso.

«Posso stare un po' da solo?» domandò, ma prima che Apollo potesse rispondere, se ne stava già andando.

Per la prima volta Apollo non lo seguì subito.

Giacinto si chiuse in camera sua. Era difficile comprendere tutto quello che era successo in così poco tempo.

Akesios era un dio. *Apollo*.

Non sapeva se fosse rimasto più stupito da quello o dall'altra rivelazione.

Non riusciva ad adirarsi. Non sapeva neppure se doveva esserlo.

Si sedette sul letto, riorganizzando i suoi pensieri.

Apollo era un dio, non poteva avercela con lui per quello che era successo e poi non era stato lui a dire alle Muse cosa fare.

Non era stato lui a uccidere Tamiri.

Era stato lui, però, a salvarlo.

Il pensiero di perdonarlo lo faceva sentire in colpa nei confronti di Tamiri. Tuttavia, se non lo avesse fatto, sarebbe ritornato a essere solo e non sapeva se fosse stato in grado di allontanare Apollo senza rimanerne ferito a sua volta.

Si era affezionato troppo a lui, nonostante tutto. Dopo più di due mesi trascorsi insieme, era ovvio che succedesse.

Forse l'unica cosa per cui doveva rimproverarlo era di non avergli detto subito chi fosse realmente.

Sul passato non poteva farci nulla, anche lui aveva ripetuto spesso a Tamiri di non parlare a sproposito.

Non lo aveva mai ascoltato.

Valeva davvero la pena allontanarsi da Apollo, per una persona che nonostante tutto non avrebbe mai fatto ritorno?

Si era ripetuto tante volte che doveva dimenticarsi di Tamiri e andare avanti.

Forse era arrivato il momento giusto.

Si asciugò le lacrime.

Fin dall'inizio doveva solo aspettare che Apollo entrasse nella sua vita.

Aveva passato tempo e si era affezionato a un dio, senza neanche saperlo.

Lui era diventato il suo servo, lo aveva salvato e aiutato.

Eppure non aveva cercato di essere diverso, era stato Apollo dal primo momento in cui si erano incontrati, non

si era nascosto né aveva provato ad apparire diverso da quello che era.
Solo ora aveva compreso tutto.
Akesios. *Guaritore.*
Dio della medicina.
Ed era quello che aveva fatto: lo aveva curato, guarendolo dai suoi problemi.
Qualcuno bussò alla porta.
Giacinto capì tutto in quell'esatto momento.
Quello che si mostrava come un ragazzo della sua età e che sembrava sprigionare il sole dalla propria pelle, sarebbe diventato il suo dio personale, il suo credo, qualcosa di cui presto non avrebbe più potuto o voluto fare a meno.
«Entra.»

Capitolo trentadue

Apollo rimase sulla soglia della camera, non sapendo come comportarsi.
Guardò il volto dell'altro, sembrava aver appena finito di piangere e la cosa non faceva altro che preoccuparlo ancora di più.
Oscillò da un piede all'altro, incerto se avvicinarsi o meno. Era davvero confuso, senza la minima idea di cosa dovesse dire.
Era mai possibile che un mortale gli procurasse così tanti problemi? Perché ferirlo lo intimoriva così tanto?
Giacinto non sembrava intenzionato a parlare.
Apollo si schiarì la voce.
«Sei... arrabbiato?»
«No, altrimenti non ti avrei fatto entrare.» La sua voce non era diversa dalle altre volte, non era tremante e Apollo lo conosceva abbastanza bene ormai per poter dire che era un buon segno.
«Come facevi a sapere che ero io?» domandò.
«Mi segui sempre, anche se ti ho vietato di farlo. Sono andato a intuito.»
Apollo annuì, non sapendo come continuare quella conversazione, già abbastanza tesa. Neanche durante i primi giorni che avevano passato insieme, tra di loro c'era mai stata quella tensione.
Si avvicinò di qualche passo.

«Quante volte devo scusarmi?»
«Non devi farlo.»
Giacinto distolse lo sguardo e lui si sentì sprofondare. Non sapeva come spiegare quella sensazione, però non era niente di piacevole.

Forse aveva sbagliato a seguirlo, doveva lasciarlo solo come gli aveva chiesto, di sicuro ora non lo avrebbe più voluto vedere.

Di certo, Giacinto si stava sforzando di non arrabbiarsi perché aveva scoperto che era un dio. I mortali tendevano spesso a farlo per timore, però Giacinto non doveva aver paura di lui.

Non sarebbe mai riuscito a fargli del male, teneva troppo a lui per permettere che gli succedesse qualcosa.

Sospirò e gli voltò le spalle, non poteva sopportare quel silenzio, sapendo di non poter fare nulla.

Stava ormai per andarsene, quando la voce esitante di Giacinto lo fermò: «Ti ho già perdonato.»

Apollo si rigirò verso di lui, non riuscì a evitare di sorridere per quanto provò a sforzarsi.

I loro sguardi si incontrarono, come se fosse la prima volta.

Il cuore di Giacinto ricominciò, dopo anni, a battere.

Capì che, anche se non era ancora riuscito a guarire da tutto il suo dolore, con Apollo al suo fianco sarebbe stato tutto più facile.

Nei suoi occhi vide il suo futuro, quello che per anni era stato incerto, del quale aveva odiato solo il pensiero.

E Apollo era sempre al suo fianco.

Giacinto sorrise.

Apollo si trovò a dare ragione ai suoi pensieri, era bellissimo.

Non disse nulla, si avvicinò a lui, proprio nel momento in cui Giacinto si alzò per fare lo stesso.

Fu solo un secondo e le loro labbra si incontrarono e a Giacinto non interessava neppure di essere ricascato in quel gioco che lo aveva lasciato stremato.

Era passato poco tempo da quando si erano conosciuti e già sapeva di non poter più fare a meno di lui.

Gli era entrato sottopelle, come linfa vitale.

Si allontanò da lui per poterlo guardare negli occhi, Apollo gli accarezzò una guancia.

Non c'era nient'altro, nessun pensiero, nessuna preoccupazione.

Solo loro due.

Sentì la barriera intorno al suo cuore scomparire nell'esatto momento in cui le mani di Apollo sfiorarono i suoi fianchi e le sue labbra si unirono ancora alle sue.

Sempre in quell'esatto momento capì che la sua anima, era rimasta sola per cercare lui e lo aveva trovato anche se erano diversi.

Giacinto continuò a sorridere, si era liberato dalle sue catene.

Apollo si era dimenticato del motivo per cui era a palazzo, non si ricordava nemmeno che era arrivato lì proprio per conquistare l'amore di Giacinto.

Quando lo aveva visto sorridere, baciarlo gli era sembrata la cosa più naturale del mondo. Non importava quante volte si era imposto di non innamorarsi più dei mortali, ci ricascava sempre.

Quella fu la volta di Giacinto ad avvicinarsi a lui, lasciò solo sfiorare le loro labbra.

Apollo lo abbracciò.

«Ho mantenuto la promessa» sussurrò. «Ti ho fatto sorridere.»

Giacinto continuò a tacere, credeva che qualsiasi cosa avrebbe rovinato quel momento.

Apollo pensò che per lui Giacinto era proprio come un fiore.

Un fiore delicato, unico e bellissimo.

Il più bel fiore che fosse mai esistito.

E fu proprio in quell'istante che il fiore iniziò a sbocciare.

Capitolo trentatré

Apollo continuò a osservare Giacinto sdraiato vicino a lui, il suo braccio era ancora appoggiato sul suo fianco.
Poteva sentire il suo battito regolare, il suo respiro leggero, le mani appoggiate sul suo petto.
Quella notte Apollo aveva dormito pochissimo. Aveva pensato a tutto quello che stava succedendo, le cose tra di loro erano cambiate con poche parole e in modo irrimediabile.
Anche se ormai era mattina inoltrata aveva deciso di non svegliare Giacinto come faceva di solito, bussando alla sua porta, costringendolo ad alzarsi.
Aveva scoperto che possedeva un sonno molto agitato, per la maggior parte del tempo. Non sapeva se ne fosse a conoscenza e, nel caso, non aveva intenzione di farglielo notare.
Gli era rimasto accanto per tutta la notte. Quando percepiva la sua agitazione gli passava una mano tra i capelli e gli accarezzava la schiena. Aveva notato che la sua vicinanza sembrava calmarlo quasi all'istante.
Poteva immaginare quali fossero i pensieri che lo perseguitavano anche in sogno, certe cose non si possono superare con facilità. Ma anche se non ci sarebbe mai riuscito, Apollo aveva deciso che sarebbe rimasto con lui.
Avrebbe potuto passare ogni notte a tranquillizzarlo.

Il respiro di Giacinto iniziò a diventare lentamente più profondo, poi iniziò ad agitarsi. Apollo si avvicinò ancora di più, abbracciandolo e spostando la mano che prima era sul fianco, sulla sua schiena.

Non passò molto tempo prima che Giacinto aprisse piano gli occhi, per avere il tempo di abituarsi alla luce.

Apollo sorrise, spostandogli una ciocca di capelli dal viso.

Giacinto lo osservò per qualche secondo, prima di allontanarsi da lui, Apollo spostò le braccia per poterglielo permettere.

Rimasero a guardarsi in silenzio, Giacinto sembrò sul punto di dire qualcosa un paio di volte, ripensandoci subito dopo.

«Stai bene?» Fu Apollo a rompere il silenzio.

Giacinto annuì.

Gli accarezzò una guancia, per vedere la sua reazione, prima di ritornare vicino a lui per lasciargli un veloce bacio sulla fronte.

Poi, senza nessun preavviso, Giacinto si avvicinò per far incontrare le loro labbra.

La testa di Giacinto aveva iniziato a formare i pensieri che lui detestava, quelli opprimenti che non riusciva a evitare in nessun modo.

Continuava a fissare Apollo per cercare di capire cosa potesse pensare, ma ogni tentativo risultava vano.

I suoi occhi sembravano impenetrabili.

Il fatto che non se ne fosse andato durante la notte e che si fosse lasciato baciare, lo tranquillizzava.

Quando la sera prima gli aveva chiesto di rimanere, non aveva pensato alle conseguenze. Era troppo accecato da quel sentimento che si era riacceso nel suo petto, senza preavviso.

«È mai capitato che ti dimenticassi di qualcuno?» La sua voce suonava così esitante e lieve che, complice il silenzio che ne seguì, credette che Apollo non lo avesse neppure sentito.

«In che senso?» domandò Apollo, anche la sua voce era leggera e bassa rispetto al solito.

«Forse è da ieri che sto dimenticando la cosa più importante. Tu sei immortale, io no. Questa cosa mi spaventa.»

Apollo annuì distratto. Giacinto si chiese se lo stesse ascoltando, o se avesse capito cosa intendesse.

«Ti mentirei se ti dicessi di non averci pensato. Non ho la stessa concezione di tempo che hai tu, perciò credo di non riuscire a comprendere fino in fondo ciò che ti fa paura.»

Per un dio come Apollo, una vita come la sua doveva durare al massimo quanto un battito di ciglia. La volta prossima che avrebbe aperto gli occhi, Giacinto poteva già non esserci più.

«Io non riesco a stare al tuo fianco se penso che un giorno, magari neppure lontano, ti dimenticherai di me. O dei momenti che abbiamo trascorso insieme. Nel frattempo, io rimarrò qui a invecchiare e quando morirò il primo a essersi scordato di me sarai proprio tu.»

Mentre cercava di addormentarsi la sera prima, continuava a pensare al suo matrimonio, che si sarebbe dovuto celebrare qualche mese più tardi. Non disse niente riguardo a quello, prima doveva essere sicuro di ciò che voleva creare con Apollo.

Il silenzio iniziava a soffocarlo, il cuore iniziò ad accelerare

«Non so se ora è più chiaro» aggiunse Giacinto.

Desiderava che Apollo parlasse, che dicesse qualsiasi cosa, gli bastava sentire la sua voce.

«Ora mi è chiaro» disse. «Immagino che se dovessi dirti semplicemente che non ti dimenticherò, non importa quanto io sia sincero. La tua insicurezza non scomparirà.»

Giacinto annuì, sforzandosi di guardarlo.

Apollo gli passò una mano tra i capelli, prima di prendergli le mani nelle proprie, ma non servì a farlo stare meglio. Gli ricordò che ci sarebbe stato un giorno in cui non avrebbe più potuto sfiorare la sua pelle calda.

Forse sarebbe stato meglio non abituarsi al suo amore.

«Scusa» mormorò.

«Per cosa?» domandò Apollo.

«Forse tutto questo è sbagliato.»

«Non lo è.»

«Come fai a saperlo?»

«So cosa provo per te» rispose Apollo, gli strinse le mani. «E poi... giuro sullo Stige, Giacinto, non ti dimenticherò mai.»

Il fiume degli Inferi veniva citato dagli dèi per legarsi ai propri giuramenti. Lo Stige però era troppo potente anche per loro e finivano per temerlo.

Se si credeva che un dio avesse rotto un giuramento, Zeus gli faceva bere l'acqua del fiume. Se non si era prestata fede a una promessa, il dio veniva colto da paralisi per un anno e per nove era esiliato dall'Olimpo, senza neppure avere modo di contattare gli altri dèi.

Era la punizione più tremenda che potessero subire.

Glielo aveva spiegato Tamiri, ma in quel momento non gli diede importanza.

«Cosa?» chiese, incredulo.

Apollo ridacchiò: «Mi hai sentito benissimo.»

«Sì» ammise. «Ma non puoi farlo. E se non tenessi fede alla promessa?»

«Vorrà dire che berrò di mia spontanea volontà l'acqua del fiume. Non riuscirei a fingere che non m'importi nulla se ti facessi soffrire.»

Giacinto si avvicinò per baciarlo, sigillando quella promessa.

Se tutte le sofferenze che aveva dovuto subire si riducevano a quello. Ad Apollo, a loro due.

Avrebbe sopportato altre sofferenze, perché, lo sapeva, lo avrebbe ripagato fino in fondo. Gli avrebbe fatto dimenticare tutto.

In Giacinto sarebbe rimasto solo il ricordo di loro due, stretti in un abbraccio, con le labbra che si cercavano.

Ancora una volta. Un'ultima volta.

Parte tre
Zéphyros

Capitolo trentaquattro

Gli dèi dell'Olimpo non erano sempre stati a capo di tutto.

Era esistita un'epoca precedente alla loro e di sicuro ce ne sarebbe stata una successiva.

Magari qualcuno tra i figli di Zeus avrebbe preso il potere sconfiggendolo, come lui aveva fatto e suo padre prima di lui.

Al principio nell'universo l'unica cosa che esisteva era il caos. Poi comparve la Madre Terra che creò il Cielo e insieme generarono i Titani che divennero le prime forze della terra.

Da Urano il Cielo e Gea la Terra, nacquero in tutto sei Titani, sei Titanidi, tre Ciclopi e tre Ecatonchiri.

Urano, dopo aver visto la mostruosità di quei suoi figli, decise di imprigionare i Ciclopi e gli Ecatonchiri nelle profondità del Tartaro da dove non avrebbero più potuto fuggire da soli.

Gea decise di fare un appello a tutti i figli Titani perché si ribellassero contro Urano. Crono fu l'unico a rispondere alla sua richiesta, riuscì a sconfiggere il padre conquistando per sé tutto il potere.

Con il passare del tempo, tuttavia, Crono iniziò ad avere il timore che un giorno potesse subire la stessa sorte di suo padre. Perciò quando nacque Estia, la sua prima figlia nata da Rea, il Titano decise di ingoiare lei e tutti i figli che sarebbero nati da quel momento in poi.

Dopo Estia, futura dea della casa e del focolare, nacquero Demetra, Era, Ade e per ultimo Poseidone.

Alla nascita del sesto figlio, Rea, dopo aver accolto il consiglio della madre Gea, decise di partorire di nascosto a Lycto, dando a Crono una pietra da ingoiare al posto del bambino.

Affidò il neonato alla Madre Terra che lo portò a Creta nascondendolo in una grotta sulla collina Egea, dove fu allevato dalla Ninfa Adrastea e da sua sorella Io.

Zeus, era questo il nome del bambino, una volta diventato abbastanza grande, decise di tornare da Crono costringendolo, con la forza, a rigurgitare tutti i figli che aveva divorato.

In quel momento ebbe inizio la Titanomachia.

I Titani situati sul monte Otri e guidati da Atlante, iniziarono a combattere contro gli dèi che trovarono posto sul monte Olimpo, da cui poi presero il nome, con a capo Zeus.

Passati dieci anni, Gea profetizzò agli dèi che avrebbero vinto soltanto se avessero ottenuto l'appoggio dei Ciclopi e degli Ecatonchiri, ancora imprigionati nel Tartaro.

Zeus riuscì a liberarli, insieme ai due fratelli, e i Ciclopi come riconoscenza donarono a Zeus la folgore, a Poseidone il tridente e ad Ade l'elmo che aveva il potere di renderlo invisibile.

Sempre i tre fratelli riuscirono a entrare nella dimora di Crono, sconfiggendolo.

La battaglia fu vinta dagli Olimpi, che confinarono tutti i Titani nel Tartaro, fatta eccezione per Atlante che venne posto a sorreggere la volta del cielo sulle spalle, nel luogo dove la terra e il cielo s'incontrano.

Zeus divenne così padrone del regno del cielo, Poseidone del regno del mare e Ade del regno dell'oltretomba.

Sull'Olimpo iniziò a instaurarsi da quel momento una nuova generazione di dèi, composta dai fratelli e dai figli di Zeus.

Da quattro mesi Apollo tornava sempre più di rado sull'Olimpo.

Quando non poteva evitare di tornare, Giacinto cercava di ignorare qualsiasi domanda su di lui, soprattutto da parte di Argalo che quando lo vedeva solo si preoccupava subito.

Altre volte, come quel giorno, invece si recava sull'Eurota per stare un po' da solo. Gli piaceva stare con Apollo, però alcune volte aveva ancora bisogno di allontanarsi da tutti.

Aveva parlato con Apollo e insieme avevano deciso di non svelare a nessuno la sua vera identità.

Gli aveva spiegato che anche se lo avevano già visto ai matrimoni dei suoi fratelli, aveva fatto in modo che nessuno lo riconoscesse, come quando lo aveva riportato a palazzo dopo averlo salvato. Non gli aveva chiesto come ci fosse riuscito, era un dio, immaginava che potesse fare tutto ciò che desiderasse.

Quel pomeriggio stava camminando mentre si rigirava un fiore tra le mani. Stava studiando il suo colore rosso acceso, mentre pensava a quanto tempo sarebbe passato prima del ritorno di Apollo. Non lo vedeva dal giorno prima.

Non era trascorso molto tempo, però era abituato ad averlo sempre accanto, in più non poteva trovare scuse infinite per spiegare dove fosse andato a finire il suo servo: prima o poi qualcuno avrebbe iniziato a capire che c'era qualcosa di strano.

«Giacinto.»

Riconobbe subito la voce, alle sue spalle c'era Zefiro. Non lo aveva più rivisto dopo il loro primo e unico incontro e, a quel punto, non pensava neppure che sarebbe più successo.

Invece sembrava che gli dèi lo trovassero interessante, più di quanto facessero gli umani.

Abbassò le mani, tenendo il fiore stretto in quella sinistra.

«Zefiro» lo salutò, non aggiunse altro.

Giacinto era più tranquillo rispetto la volta precedente e si soffermò a osservare, ammaliato, le sue ali.

Si chiese se le bellissime ali bianche che si narrava avesse Eros, assomigliassero a quelle di Zefiro.

Notando il suo sguardo, Zefiro sorrise.

«Non hai mai visto un dio, prima di me?»

Giacinto pensò qualche secondo se rispondere o meno a quella domanda, in fondo Zefiro era un dio come Apollo, non aveva nulla a che fare con le persone che abitavano a palazzo. Poi aveva visto dèi anche prima del suo incontro con Apollo, non credeva ci sarebbe stato nessun problema se avesse confessato quel piccolo particolare.

«Non sei il primo.» *Però gli Olimpi non hanno le ali.*

Zefiro annuì, guardandosi intorno, Giacinto non riusciva a capire a cosa stesse pensando. Per quanto fosse vicino, gli sembrava sempre troppo lontano per poterlo guardare bene in viso.

Provò anche lui a osservare nella sua stessa direzione, ma Zefiro gli si avvicinò senza preavviso.

Gli portò un braccio sulle spalle, avvicinandolo a sé. Lo guardò negli occhi per istanti che a Giacinto parvero interminabili. Si avvicinò un po' a lui, prima di arrestarsi di colpo.

Giacinto non si mosse, però lo stupore di quel gesto gli fece dimenticare la curiosità di scoprire che cosa stesse osservando dietro gli alberi.

Non sapeva come comportarsi con lui. Con Apollo era diverso, aveva imparato a conoscerlo prima di scoprire chi fosse. Le cose erano state più facili, non poteva dire di non avere paura di fare un passo falso con Zefiro.

Sapeva quanto potessero essere vendicativi alcuni dèi.

«Cosa fai?» chiese a voce bassa che, per quel motivo, venne subito sovrastata da un'altra.

«Cosa sta succedendo?»

Apollo era in piedi davanti a loro.

Zefiro sorrise.

Capitolo trentacinque

Zefiro continuò a tenere il braccio intorno alle spalle di Giacinto.

«È da un po' di tempo che non ci incontriamo» disse.

Giacinto guardò per la prima volta Apollo, lui teneva gli occhi fissi su Zefiro, non curandosi di lui. Non sorrideva.

«Apollo» cercò di attirare la sua attenzione.

«Vi conoscete?» chiese Zefiro, guardando lui.

«Sì» rispose Apollo al suo posto.

Zefiro tornò a guardare Apollo e Giacinto colse l'occasione per allontanarsi da lui, stargli troppo vicino lo metteva in agitazione.

Apollo sospirò, prima di tornare a parlare: «Mi dispiace avervi disturbato, Zefiro. Però dovrei parlare un attimo con lui.»

«Non è un problema, ho comunque da fare. Volevo solo salutarlo» spiegò, iniziando ad allontanarsi, senza distogliere lo sguardo da Giacinto.

«A presto» concluse, prima di spiccare il volo.

Giacinto rimase affascinato nel vederlo volare, poi si ricordò di Apollo davanti a lui, che nel frattempo si era avvicinato.

«Da quanto tempo vi conoscete?» chiese.

Giacinto iniziò ad avere il fiato corto, non sapeva come avesse fatto a mantenere il controllo fino a quel momento.

«L'ho incontrato per la prima volta tempo fa. Prima che scoprissi che tu eri un dio, ero venuto qui per stare un po' da solo e lui si è avvicinato» rispose, distogliendo lo sguardo da Apollo, ma non prima di aver notato che la sua espressione si era addolcita.

«Perché non me lo hai detto?» domandò.

«Non pensavo fosse importante, non credevo neppure che lo avrei rivisto.»

Apollo si avvicinò e gli sfiorò un braccio, prima di sedersi. Giacinto lo prese come un incoraggiamento a seguirlo.

Il tocco di Zefiro e quello di Apollo erano molto differenti: con il primo era come toccare il vento, era fresco, quasi freddo. Mentre Apollo era caldo, però in un modo piacevole.

«Va tutto bene?» chiese Giacinto.

Apollo annuì e iniziò a sorridere.

Giacinto si rese conto di quanto gli fosse mancato.

Un po' si sentiva in colpa per aver infranto tutte quelle promesse che ricordava di essersi fatto una notte, mentre piangeva per Tamiri.

Non affezionarti più a nessuno. Troppo tardi.

Apollo si girò verso di lui, lo guardò per qualche secondo e non riuscì a evitare le sue parole: «Mi sei mancato.»

Apollo era sorpreso da se stesso, non pensava che avrebbe mai pronunciato quelle parole, soprattutto con tutta quella facilità, ma osservando il sorriso di Giacinto non se ne pentì.

Lo sapeva ancora prima di poterlo vedere, il sorriso di Giacinto era di sicuro uno tra i più belli mai esistiti.

«Così mi ricordi solo che ho mantenuto la mia promessa» comunicò indicando le sue labbra, ancora incurvate.

«Se vuoi non lo faccio più.»

Apollo rise, nonostante il suo tono serio, aveva capito che Giacinto stava scherzando.

Erano piccole espressioni, che lui aveva iniziato a capire dal primo momento in cui lo aveva incontrato. Era sempre stato attento a ogni suo singolo particolare, tutti troppo importanti e belli per poterseli perdere.

Come avrebbe fatto senza di lui? E pensare che Giacinto aveva paura di essere dimenticato, aveva così poca stima di se stesso.

Appoggiò una mano sulla sua guancia, avvicinandosi per baciarlo.

Giacinto decise di non staccare le sue labbra da quelle di Apollo. Il fiore che aveva tenuto in mano fino a poco tempo prima, ormai giaceva per terra al suo fianco, dimenticato.

Sapeva che non ne avrebbe mai avuto abbastanza, baciarlo gli faceva credere di baciare il sole stesso.

E Giacinto amava il sole, in tutte le sue forme.

«Torniamo a palazzo?»

Apollo annuì, alzandosi.

Giacinto guardò un'ultima volta il corso d'acqua, prima di seguire Apollo che aveva già iniziato a camminare nella direzione della città.

Non troppo lontano da loro, Zefiro decise di aspettare che si allontanassero, prima di andarsene.

Era rimasto, perché voleva scoprire cosa Apollo volesse dire a Giacinto.

Gli era stato subito tutto chiaro, anche senza sentire le loro parole. I loro gesti parlavano da soli: come si guardavano e si sfioravano, magari anche senza rendersene conto. Quei piccoli gesti che sono naturali con una persona a cui sei legato.

Il bacio che si erano scambiati, aveva poi cancellato ogni dubbio.

Decise di spiccare il volo, prima o poi Apollo avrebbe combinato qualcosa che lo avrebbe deluso e ferito, e lui avrebbe preso il suo posto al fianco di Giacinto.

Capitolo trentasei

«Non ho intenzione di presentarmi.»
«Non puoi farlo, hai già saltato gli ultimi giochi atletici, nostro padre non te lo permetterà un'altra volta.»
Giacinto sospirò, girandosi verso Argalo.
«Manca ancora tanto tempo, possiamo rimandare l'allenamento.»
«Perché hai qualcos'altro da fare? Non puoi stare sempre chiuso in camera.»
Giacinto ricominciò a camminare.
«Ho detto ad Akesios di aspettarmi.»
«È il tuo servo, è quello che deve fare.»
Le discussioni con suo fratello lo sfinivano, soprattutto perché Argalo aveva sempre ragione, non era mai riuscito a scoprirlo in errore e non si ricordava nemmeno se si fosse mai arreso.
«Tra qualche mese ti sposerai, non avremo più tanto tempo da passare insieme.»
Giacinto si fermò, riportando la sua attenzione su Argalo.
«Tu sei sposato e hai un figlio, eppure il tempo per disturbarmi lo trovi sempre» disse. «E mancano ancora quattro mesi al mio matrimonio.»
Suo padre gli aveva dato la conferma un paio di giorni prima. Lui non aveva voluto sapere altro, era tornato da Apollo e non aveva più affrontato l'argomento.

Da quando ne avevano parlato la prima volta, era come se entrambi se ne fossero dimenticati. Però non era così, il pensiero continuava a tormentarlo.

La notte, quelle volte che Apollo dormiva con lui, non riusciva a togliersi dalla testa che non avrebbero potuto continuare a farlo ancora per molto.

Non se la sentiva di parlarne ad Apollo, non voleva rompere quella tranquillità che c'era tra di loro.

Tornò a guardare Argalo.

«D'accordo, vengo con te. Ma solo per poco.»

Argalo sorrise, e ricominciò a camminare verso il giardino.

Giacinto si girò verso le scale, che portavano al piano superiore, dove si trovava la sua camera.

«Vado un attimo a dire ad Akesios che sono con te» disse.

Argalo lo afferrò per il polso.

«Non perdere tempo e non preoccuparti troppo per lui, è il tuo servitore. Certe volte sembra che te ne dimentichi.»

Giacinto non rispose e si lasciò trascinare.

Forse un po' di tempo lontano da Apollo non poteva fargli che bene.

Doveva riflettere sulla situazione, non voleva lasciare Apollo e non poteva evitare il matrimonio.

Trovare una soluzione gli sembrava impossibile.

Cercò di scordarsi di quella sensazione di oppressione nel petto che lo stava tormentando.

Argalo prese il disco da terra, caduto molto lontano da lui.

«Potresti impegnarti un po' di più» disse.

«Siamo qui da troppo tempo, avevo detto per poco.»

Argalo lanciò il disco in sua direzione. Era un lancio perfetto, se Giacinto non si fosse spostato per evitarlo.
Argalo sospirò.
Se lui aveva sempre ragione, Giacinto riusciva comunque a stremarlo.
«Va bene, possiamo fermarci qui.»
Giacinto si sedette per terra e Argalo scosse la testa mentre si avvicinava per raccogliere il disco. Si sedette al suo fianco e gli accarezzò i capelli.
«Sai di essere rimasto ancora un bambino capriccioso, vero?»
«Solo se devo far stancare le altre persone.»
«Ci riesci benissimo, allora. Mi ero promesso di non farti andare via prima di averti convinto a partecipare ai giochi atletici, ma non sembra possibile.»
Giacinto sorrise, guardando il fratello.
«Fiero di averti fatto perdere le speranze.»
«Non ho detto che non ci proverò più.» Sembrò studiarlo con lo sguardo. «**Mi sembri felice.**»
Giacinto si chiese se l'effetto che Apollo aveva su di lui si notasse così tanto.
Annuì, non riuscendo a evitare di sorridere ancora.
«Lo sono» rispose. «Ora però devo andare.»
«Akesios?»
Giacinto, ormai in piedi, si rigirò verso di lui.
«Cosa?»
«È Akesios a renderti felice?»
Iniziò a sentirsi a disagio, cosa avrebbe dovuto rispondere?
Agli occhi di Argalo, Apollo era solo un servo.
«Io...» doveva sembrare disperato ai suoi occhi, per dimenticarsi di Tamiri, aveva deciso di avvicinarsi al suo

servitore. Ma gli importava davvero? «Sì. Come lo hai capito?»
«Un po' di tempo fa mi avevi detto che avevi paura che gli succedesse qualcosa, poi da quando c'è lui esci dalla tua camera, ti presenti a quasi tutti i tuoi doveri e sei addirittura tornato a sorridere. So quanto fosse difficile per te fare queste cose, eppure da quando lui è arrivato hai ricominciato poco alla volta. Se questo non è amore, non so cosa sia.»
«Hai ragione... su tutto.» Non aveva senso mentire, anche quella volta Argalo aveva ragione. «Non dirlo a nessuno.»
«Non devi sentirti in colpa perché è solo un servo, per me l'importante è vederti felice.»
«Per te, però non so se nostro padre sarebbe della stessa idea.»
«Non lo dirò a nessuno.» Argalo gli sorrise.
«Grazie.»
Agli occhi di tutti sarebbero stati solo quello: un principe che si era innamorato del suo servo. Qualcosa di cui le persone avrebbero riso, un altro motivo per suo padre di dirgli che non era un degno erede. A preoccuparlo era anche il fatto che ci sarebbe stato anche chi avrebbe pensato che Apollo stava con lui, solo perché non aveva altra scelta.
Ma la verità era ben diversa.
«Però...» *Akesios è un dio.*
Per quanto si sforzasse, le parole gli rimanevano incastrate in gola. Gli aveva promesso di non dire nulla.
«Però?» domandò Argalo.
«Devo sposarmi.» Era, in ogni caso, un peso in più di cui doveva in qualche modo liberarsi.
«Tu lo vuoi?»

Giacinto scosse la testa.

Non voleva essere costretto a lasciare Apollo, in sua compagnia stava bene, sorrideva, parlava e si sentiva vivo.

Perché in questo era riuscito Apollo: gli aveva donato una seconda vita e lui non voleva rinunciare a tutto quello.

Spesso aveva cercato di convincersi, nei suoi momenti più bui, che non aveva bisogno di nessuno nella sua vita. Che quella sensazione di solitudine sarebbe scomparsa prima o poi e che nessuno poteva prendere il posto di Tamiri.

Se ne era accorto solo poco tempo prima, Apollo lo aveva rapito già da quando gli aveva rivolto la prima parola.

In quel momento desiderava solo andare da lui.

Desiderava toccare le sue mani, passare le dita tra i suoi capelli, abbracciarlo, toccargli il viso e baciarlo.

Soprattutto voleva rivedere quel sorriso, ancora e ancora. E di nuovo voleva sentire il calore della sua pelle, il suono della sua lira e perdersi nei suoi occhi.

Come avrebbe mai potuto rinunciare a tutto quello, o spiegarlo agli altri?

«Non rattristarti adesso» disse Argalo. «C'è ancora tempo prima del matrimonio, magari troverai una soluzione.»

«Non credo» rispose, capiva cosa intendesse suo fratello, anche se non glielo aveva detto con chiarezza.

Non è detto che la vostra storia duri per sempre.

«Sono sicuro che i miei sentimenti per lui non cambieranno.»

«È come con Tamiri, quindi?» domandò, sapeva che non aveva intenzione di fargli male con quella domanda. Però si sentì ferito.

«No. Non posso scegliere tra loro due, sono per me importanti allo stesso modo, eppure c'è una cosa che li differenzia: Tamiri non c'è più, Akesios è qui con me.»
Argalo annuì, sorridendogli.
«Lo so, scusa» disse. «Sono sicuro che troverai una soluzione.»
Sì, c'era ancora tempo.
Lui e Apollo avevano ancora tempo.

Capitolo trentasette

Quella mattina Apollo si era svegliato, sapendo con certezza cosa fosse appena successo.
Si guardò intorno, per assicurarsi che non ci fosse nessun altro nella stanza.
Sospirò, non lo lasciavano mai in pace.
Guardò Giacinto al suo fianco, dormiva con la testa appoggiata al suo petto, le loro mani intrecciate.
Non si sarebbe davvero mai stancato di lui.
Cercò di spostarsi, senza svegliarlo, ma data la posizione non gli fu possibile.
Appena il suo capo toccò il letto, Giacinto, aprì gli occhi, incrociando i suoi.
La sera prima stavano parlando, sdraiati sul letto e alla fine Giacinto si era addormentato, Apollo aveva deciso di non andarsene.
La verità, che non avrebbe mai ammesso ad alta voce, era che voleva assicurarsi che Giacinto stesse bene anche durante la notte, quando tendeva ad agitarsi di più. Voleva esserci sempre per lui.
«Dove vai?» mormorò, ancora assonnato.
Apollo gli sorrise, passandogli una mano tra i capelli.
«Devo andare a fare una cosa, non preoccuparti.»
«Dopo torni?»
«Certo, il prima possibile.»

Giacinto annuì e Apollo si chinò per lasciargli un bacio sulle labbra, prima di alzarsi dal letto.

Giacinto richiuse subito gli occhi, lo guardò ancora per qualche secondo prima di dirigersi verso la porta.

Nel corridoio iniziò a guardarsi intorno con attenzione, cercando di captare ogni più piccolo movimento. Apollo era sicuro di non essersi sbagliato, doveva soltanto capire dove si fosse recato.

Guardò davanti a sé, iniziando a camminare. Aprì la porta della sua camera, dall'altra parte del corridoio.

Dove avrebbe dovuto trovarlo, se non seduto sul suo letto?

«È per questo che non ti fai più vedere?» chiese, con una risatina mal trattenuta. «Un mortale?»

Apollo sospirò e chiuse la porta della camera alle sue spalle, dopo essersi assicurato per la seconda volta che in corridoio non ci fosse nessuno.

Le guardie si trovavano davanti all'unico accesso del corridoio, dalla parte opposta della camera sua e di Giacinto ed erano troppo lontane per accorgersi di ciò che succedeva, ed era anche troppo presto perché Cinorta fosse già sveglio, però doveva stare attento lo stesso. Nessuno avrebbe dovuto sentire quella conversazione.

«Non mi faccio vedere perché non voglio.»

Questa volta Ermes rise, senza neanche provare a trattenersi.

«Farò finta di crederti» disse, poi si guardò intorno e Apollo non spostò lo sguardo da lui.

Non si fidava tanto di Ermes, era imprevedibile, non si capiva quasi mai cosa stesse pensando davvero sotto quello sguardo furbo.

«Allora, sei un bravo servo?»

Apollo scosse la testa: «Non sono cose che ti riguardano.»

Ermes tornò a guardarlo: «Fai tutto questo per quell'umano? Deve essere davvero speciale ai tuoi occhi.»

Apollo decise di non rispondere, Ermes ricominciò a parlare.

«A te piace stare al centro dell'attenzione e devo ammettere che questo metodo funziona bene. Mi ha mandato a cercarti.»

Non c'era bisogno che dicesse il suo nome. *Zeus*. Suo padre lo cercava e non era mai una cosa buona.

«Per quale motivo?» chiese.

«Scompari nel nulla, ti fai vedere per poco tempo e poi te ne vai di nuovo lasciando in balia degli eventi tutte le cose di cui di solito ti occupi. E mi poni anche questa domanda?» rispose Ermes.

Apollo lo studiò per qualche secondo, il modo scomposto con cui si era seduto, il suo caduceo appoggiato di fianco a lui, il piede che continuava a battere a terra.

«Magari potresti...»

«Non provare nemmeno a chiedermelo, ho già abbastanza cose da fare per pensare anche alle tue.» A volte sembrava riuscire a leggergli nel pensiero.

Apollo sbuffò, spostando lo sguardo.

«Non ti sto dicendo di non venire più qui, ma di non dimenticarti che sei un dio. E che, se vuoi preservare il tuo trono sull'Olimpo ancora per un po', ti conviene non far notare a nostro padre che preferisci dormire con un mortale, piuttosto di adempiere ai tuoi doveri» continuò Ermes.

Apollo stava già per obiettare, offeso, ma ancora una volta Ermes lo interruppe: «In più Zeus sta per indire un'assemblea, per un problema che si è verificato.»
Apollo si acciglio.
«Quale problema?»
«Dovresti osservare cosa succede nel mondo umano, non passare tutto il tempo in compagnia di uno solo di loro, come se non esistesse altro.»
Apollo finse di riflettere qualche secondo, solo per orgoglio, in realtà sapeva che in un modo o nell'altro Ermes lo avrebbe trascinato lontano da Sparta.
«Ci tengo al mio posto sull'Olimpo. Nel frattempo, mi spieghi cosa sta succedendo?»
«Da quanto tempo non vai a Delfi?» chiese a sua volta Ermes, alzandosi dal letto. «Hai consultato un oracolo di recente?»
«Io... non ho consultato Delfi... però posso farlo.»
Ermes rise: «Sei molto convincente. Andiamo?»
Apollo si girò verso la porta, forse avrebbe dovuto dire qualcosa a Giacinto.
«Ci vorrà tanto?» domandò.
«Questo non lo so. Di certo ci avremmo impiegato meno tempo, se non avessi perso degli istanti preziosi a cercarti.»
«D'accordo, andiamo» si rassegnò Apollo.
«Non avevi possibilità di scelta.»
«Almeno posso andare a salutarlo?»
«Chi? Il principe?» domandò Ermes.
«Sì.»
«Non abbiamo tempo.»
Apollo sospirò. Gli dispiaceva lasciarlo in quel modo.
Era difficile per lui trovare il coraggio per andarsene da quel palazzo.

La sua percezione delle cose era cambiata da quando aveva incontrato Giacinto, voleva solo che lui stesse bene.
Forse gli aveva davvero cambiato un po' l'esistenza.
Annuì, tornando a guardare Ermes.
«Se io ti spiego ciò che sta succedendo, dopo tu mi spieghi meglio chi è quel ragazzo?»
«Vedremo» rispose Apollo.

Arrivato nella sala dei troni sapeva, senza dover controllare, di aver gli occhi di tutti puntati addosso.
Non se ne curò, non gli procurava nessun fastidio. Anzi, lo faceva divertire il fatto che stessero aspettando solo lui.
Pensò a quanto si sarebbe sentito in imbarazzo Giacinto, con tutti quegli sguardi inquisitori che lo scrutavano e gli venne da sorridere al solo pensiero.
Lui ed Ermes si inchinarono davanti a Zeus e senza dire nulla, neppure una parola di scuse per il ritardo, andarono a sedersi sui loro troni.
Apollo alzò lo sguardo sugli altri Olimpi, erano tutti e dodici lì. Nessuno parlava, tutti aspettavano che fosse Zeus a dire qualcosa. Era difficile capire quanto grave fosse la situazione solo dai loro visi.
Zeus si alzò dal trono, l'assemblea era iniziata.

Capitolo trentotto

Era solo e immobile mentre precipitava nel silenzio del tempo.

Capitolo trentanove

Le giornate scorrevano davanti a lui.
Osservava il sole e la luna alternarsi, entrambi gli portavano una sensazione di solitudine che riempiva le sue giornate.
Ma da quando lui era entrato nella sua vita, era cambiato, tutto era migliorato.
Però, doveva essere destino, lui non poteva essere felice per troppo tempo.
Tutte le volte che apriva gli occhi, la prima cosa che sperava era di trovarlo lì. Desiderava che tutto quello che stava succedendo fosse solo un sogno, iniziato quando si era riaddormentato.
Però non era così. Non andava mai come voleva lui.
Centodieci giorni erano passati da quando si erano visti l'ultima volta.
Centodieci giorni dall'ultima volta che gli aveva parlato.
Centodieci giorni dall'ultima volta che lo aveva toccato.
Centodieci giorni dall'ultima volta che lo aveva baciato.
E ora gli sembrava che tutto stesse diventando solo un lontano ricordo. E i ricordi prima o poi avrebbero iniziato a svanire, stava succedendo la cosa che più aveva temuto.

Giacinto era ancora lì, davanti all'Eurota, mentre le lacrime iniziavano a offuscargli la vista.
Apollo non c'era.
Non avrebbe pianto, non più.
Ma era così difficile e doloroso.
Dovette fare un enorme sforzo per alzarsi, stava tornando pian piano quello che era prima di conoscerlo.
Perché i pensieri e i sentimenti facevano più male di ferite fisiche, ormai lo aveva compreso fino in fondo.
Arrivò a palazzo poco dopo, era talmente perso nei suoi pensieri che quasi non si era nemmeno reso conto di essere entrato nella sua camera.
Osservando le ombre che il sole proiettava a terra doveva essere ora di pranzo, però non aveva intenzione di vedere nessuno.
Non voleva dare spiegazioni a nessuno sul perché il suo servitore, con cui sembrava andare così d'accordo, non ci fosse più.
Non aveva nessuna scusa, non lo sapeva nemmeno lui. Semplicemente quella mattina non era più tornato.
Delle volte riprendeva in mano la lira di Tamiri e la toccava, senza suonarla, la sfiorava come Apollo faceva con le sue mani, con delicatezza e amore.
Almeno quello che lui pensava fosse amore.
Si odiava per i suoi sentimenti. E odiava Apollo per essere scomparso in quel modo.
Avrebbe almeno potuto dirglielo in faccia, invece di scomparire dopo aver fatto un giuramento così importante.
Nel frattempo, lui stava anche pensando a un metodo per evitare il suo matrimonio, ma per quale ragione? Per un dio che in realtà non teneva a lui. Un dio che non lo aveva mai amato, come invece aveva voluto fargli credere.

Non riusciva più a vivere in quel modo, a voltarsi sperando che fosse lui quando qualcuno lo chiamava, ad aprire gli occhi mentre cercava di addormentarsi perché sentiva dei rumori. Spesso gli era capitato di chiamarlo nella speranza che gli rispondesse dal buio della camera.

Aveva passato anche una giornata intera al fiume e quello era stato il giorno in cui aveva capito che non sarebbe più tornato da lui.

Si odiava ancora di più, quando si rendeva conto che l'unica cosa che avrebbe voluto fare, se lo avesse mai rivisto, era baciarlo, stringerlo forte e non permettergli di andarsene di nuovo.

Guardò il cielo, attraverso la finestra, pensando di nuovo agli occhi di Apollo.

Chissà se Apollo pensava a lui, o se si era almeno reso conto di quanto lo avesse ferito.

Gli bastava solo quello, anche se in quel momento stava parlando o toccando qualcun altro come aveva fatto con lui, voleva che ci fosse qualcosa di bello o di brutto che gli facesse pensare ai momenti che avevano passato insieme.

Perché per Giacinto era così. Qualsiasi cosa vedeva o faceva finiva sempre con l'essere sopraffatto da un suo ricordo.

Apollo era diventato come Tamiri.

Odiava Apollo. Amava il sole.

Peccato che Apollo fosse il suo sole.

Capitolo quaranta

Una volta, Tamiri, gli aveva detto che l'unico suo sentimento che non sarebbe mai mutato nel tempo, sarebbe stato quello che avrebbe provato per una persona importante.

Quando Giacinto gli aveva chiesto di che sentimento parlasse, Tamiri gli aveva risposto che lo avrebbe capito da solo, quando avrebbe iniziato a provarlo.

Aveva ripensato spesso a quelle parole scoprendole vere, però quello di cui non l'aveva avvertito era che quel sentimento non doveva per forza essere contraccambiato.

Lui ci aveva sperato.

Ma prima o poi tutto si perde nelle ombre, aveva solo provato a credere che il per sempre suo e di Apollo durasse un po' di più.

Non sapeva che ore fossero, di sicuro non era più mattina, Argalo era andato a cercarlo ma non era riuscito in nessun modo a convincerlo a uscire. Giacinto non lo aveva quasi neppure guardato in faccia, capiva che era preoccupato per lui, ma non aveva intenzione di parlare con nessuno.

Chiuse gli occhi cercando di addormentarsi, voleva evitare un po' dei ricordi che lo assillavano.

C'era quasi riuscito quando sentì dei passi nella camera, si mise a sedere sul letto, guardandosi intorno allarmato.

«Ap...»
La prima cosa che vide furono un paio di ali nere. Il suo sguardo si spense di nuovo.
«È da molto che non ci vediamo, Giacinto.» Zefiro sorrise.
«Perché sei qui?» La voce gli uscì più dura di quello che avrebbe desiderato, non doveva prendersela con lui. Allo stesso tempo, averlo nella sua camera lo spaventava, aveva compreso che Zefiro faceva tutto ciò che desiderava, senza chiedere.
Dopotutto era un dio, era Apollo che non si comportava in modo opportuno con lui.
«Ti stavo cercando» rispose.
«Perché?»
Zefiro alzò le spalle: «Volevo vederti.»
«E... per quale motivo?»
«Ci deve essere una ragione per voler passare del tempo con te? Sono stato molto impegnato perciò non sono potuto venire prima.»
Giacinto annuì, dovevano per forza avere quella conversazione?
«Tu come stai?»
Scrollò le spalle, evitando di rispondere, tanto Zefiro non avrebbe capito la gravità della situazione.
Però non era colpa sua
«Zefiro, al momento non ho voglia di parlare.»
«Sicuro di voler stare da solo? Non mi sembra che tu stia molto bene.»
Giacinto scosse la testa, non voleva ritornare a sdraiarsi sul letto per essere divorato dalla solitudine.
«Dove ha trovato Apollo il coraggio di abbandonarti?»
Giacinto alzò lo sguardo.
«Come lo sai?»

«Era sempre qui e girava voce che si vedesse con un mortale. Non ci ho messo tanto per capire.»

«Cosa ti ha fatto pensare che ero proprio io il ragazzo che incontrava?» Giacinto si sedette sul bordo del letto, strizzando gli occhi per colpa della luce che filtrava dalla finestra alle spalle del dio.

Zefiro si sedette al suo fianco.

«L'ultima volta che ci siamo visti era arrivato per parlarti, ho notato come vi guardavate. La prima volta che sono arrivato al fiume, avevi sperato che fossi lui e anche prima stavi per dire il suo nome.»

Sentì una delle ali di Zefiro sfiorargli la schiena, non ebbe la forza di spostarsi.

«Non è colpa sua» si affrettò a dire, si sentiva in dovere di difenderlo e la cosa era assurda persino per lui. «È un dio, dovresti sapere anche tu che dèi e umani difficilmente riescono a convivere.»

Fece di tutto per non far scendere nessuna lacrima al pensiero.

Apollo gli aveva detto che non lo avrebbe mai lasciato solo, gli aveva giurato sullo Stige che non lo avrebbe dimenticato.

E allora perché non c'era lui seduto al suo fianco? Era riuscito a distruggere tutto quello che avevano.

Zefiro gli appoggiò una mano sulla schiena.

Giacinto si sentì incoraggiato a sfogarsi raccontando tutto quello che era successo, sperava solo di non pentirsene.

«Forse è successo per una ragione» incominciò a parlare, ma si bloccò a causa della voce tremante e delle lacrime che si stavano formando.

Non riuscì a raccontare nulla.

«Magari devi rivedere le tue scelte, devi lasciarlo andare» disse Zefiro.

Giacinto negò con la testa, gli mancava nello stesso modo in cui gli era mancata l'aria mentre stava annegando.

«Giacinto, ascoltami per un attimo» ribadì, girandosi di più verso di lui. Anche Giacinto fu costretto a farlo per continuare a guardarlo negli occhi. Sentì la sua ala sfiorarli il braccio, provocandogli un po' di solletico.

«Mi sembra inutile che tu perda ancora tempo pensando a lui. In fondo Apollo non è qui, io invece sono al tuo fianco. E non mi sarebbe mai venuto in mente di abbandonarti.»

Giacinto abbassò lo sguardo. Sapeva che Zefiro aveva ragione, però non riusciva comunque a reagire.

Apollo avrebbe dovuto essere lì con lui.

«Io ora devo andare» annunciò subito dopo, lasciandogli una carezza sul braccio, prima di alzarsi. «Ti lascerò riflettere, sono convinto che tu capirai cosa è meglio per te.»

Capitolo quarantuno

Il giorno dopo si svegliò scosso da un altro incubo. Dopo la partenza di Apollo gli incubi erano tornati. Tutte le volte che si svegliava per colpa di uno di loro, allungava una mano dall'altra parte del letto, sperando di trovare un po' di conforto. Era sempre vuota.
    Decise di uscire dalla sua camera, non si sentiva meglio, però aveva bisogno di muoversi. Era talmente presto che nessuno lo avrebbe notato, la luce era ancora fioca e tutti stavano dormendo.
    Percorse tutta la strada che lo conduceva nel giardino, senza pensarci. Aveva solo bisogno di aria.
    Si fermò quando si rese conto di non avere idea di cosa fare, non aveva voglia di andare da nessuna parte. Non sapeva più nemmeno con quale forza si fosse alzato dal letto.
    Pensò di tornare sui suoi passi, ma una mano gli si posò sulla spalla.
    Si girò spaventato, ma si tranquillizzò subito quando vide che davanti a lui c'era Zefiro.
    «Come mai sei già sveglio?» domandò.
    «Non riuscivo a dormire... perché sei qui?»
    «Passavo per caso e ti ho visto.»
    Giacinto non chiese altro, non gli avrebbe mai detto la verità, lo sapeva che era inutile tentare di scoprire di più.
    Zefiro gli appoggiò una mano sulla guancia.

«Dovresti sorridere di più» gli disse. Giacinto annuì. Non era facile se *lui* non c'era. Perché nonostante tutto quello che succedeva, il suo pensiero non lo abbandonava mai.

Stava capitando quello che all'inizio temeva: stava tornando la persona che era diventato dopo la morte di Tamiri.

Il sole aveva smesso di illuminarlo.

Aveva affidato tutto se stesso alla persona sbagliata. Oppure, l'amore era qualcosa di non adatto a lui.

«Non pensarci» disse Zefiro.

Giacinto alzò la testa per poterlo osservare.

«Come sai a cosa sto pensando?»

«Non lo so, però vedo dalla tua espressione che non si tratta di qualcosa di bello.»

«Sto bene» rispose.

«Non è vero» riprese Zefiro. «Nessuno direbbe di star bene, senza che gli sia stato chiesto, a meno che non voglia convincere se stesso e gli altri.»

Giacinto scosse la testa e si passò una mano davanti al viso, stava bene. Forse se avesse continuato a ripeterlo, se ne sarebbe convinto.

Prima che se ne accorgesse, Zefiro lo prese alla sprovvista avvicinandosi per abbracciarlo.

Zefiro aveva passato molto tempo a studiare gli umani, così da sapere come comportarsi con loro in diverse situazioni.

Giacinto non provò a liberarsi, anzi, ricambiò l'abbraccio portando le mani ai suoi fianchi, cercando di evitare le ali.

«Andrà tutto bene» disse e forse era proprio quello che Giacinto aveva bisogno di sentirsi dire in quel momento.

Lo strinse più forte, era l'unica cosa che poteva fare. Non riusciva a parlare. Cosa avrebbe potuto dire? Sapeva che non sarebbe mai andato tutto bene, però aveva bisogno ancora di aggrapparsi a quella speranza.

Zefiro si allontanò da lui, anche se di poco, appoggiando le mani sulle sue spalle.

Giacinto si soffermò a guardarlo, i suoi occhi scuri lo stavano scrutando, in essi non vedeva niente che lo pregasse di guardarli ancora.

Però li trovava belli, erano profondi, gli sembrava di sprofondarci dentro.

Zefiro si fece avanti poco alla volta, come per volere testare una sua reazione e all'inizio Giacinto non capì cosa stesse facendo.

Allentò un po' la presa sui suoi fianchi, ma non si allontanò.

Non si ritrasse neanche quando le labbra di Zefiro si appoggiarono sulle sue.

Non sapeva che cosa stesse provando, ma le labbra di Zefiro erano straordinariamente fresche a contatto con le sue, era una percezione nuova.

Giacinto si sporse di nuovo per riprovare quella sensazione, era così diverso dal baciare Apollo o Tamiri.

Forse non era poi così male, in quel momento lo faceva sentire bene.

Zefiro si allontanò sorridendogli.

Giacinto rimase fermo, non era sicuro su ciò che avrebbe dovuto dire o fare. Non era neanche certo del perché lo avesse baciato.

Ma questo non gli impedì di farlo altre volte e di passare la giornata con lui. Cercò le sue mani e le sue labbra, come se tutto il resto non fosse mai esistito.

Quel giorno rimase confuso tra i suoi ricordi, così tanto che quando Zefiro se ne andò, quasi pensò di essersi sognato tutto.
Non era quella la verità.
Quella notte si chiese se ci fosse un modo per cancellare dalla sua memoria ciò che lo aveva fatto soffrire in tutta la sua vita, forse era davvero l'unico modo per rinascere.

Capitolo quarantadue

Anche l'ultima assemblea sull'Olimpo era stata sciolta.
Dopo un banchetto, il giorno prima, tutti gli dèi erano tornati a svolgere le loro mansioni come se niente fosse mai successo.
Apollo arrivò al palazzo di Sparta il pomeriggio seguente, si sentiva contento all'idea di rivedere Giacinto.
Quanto tempo era passato dall'ultima volta che lo aveva visto? Apollo non avrebbe saputo come quantificarlo nella percezione di un mortale.
Faceva più freddo e il sole calava più presto rispetto all'ultima volta che lo aveva visto.
Ormai era quasi inverno, di quello ne era sicuro.
Forse aveva davvero ignorato per troppo tempo i suoi doveri da dio. Si era ripromesso di non farlo più, avrebbe organizzato il tempo per poter fare tutto, così sarebbe riuscito anche a stare con Giacinto, senza attirare l'ira di suo padre.
Come primo posto provò a cercarlo nella sua camera, ma non lo trovò. Si guardò intorno per un po', prima di vedere la lira di Tamiri appoggiata sulla cassapanca. Sorrise, prima di andare in giardino.
Con tutto il tempo che aveva passato a fargli da servitore ormai sapeva bene ciò che era solito fare.

Per fortuna lo vide subito e nello stesso momento capì che gli era mancato molto più di quanto pensasse. Come aveva fatto a non accorgersene prima?

Si avvicinò di qualche passo, Giacinto aveva in mano un disco, però era seduto per terra e non sembrava avere davvero voglia di usarlo.

Si guardò intorno per assicurarsi che non ci fosse nessun altro, prima di iniziare ad avvicinarsi.

«Giacinto!» lo chiamò.

Il ragazzo si alzò da terra, lasciando cadere il disco, indietreggiando.

Apollo smise di sorridere.

«Stai bene? C'è qualcosa che non va?»

Per un momento Giacinto pensò di essere delirante, probabilmente lo stava solo immaginando. O forse aveva perso il senno da un bel po' e tutto quello che era successo fin dall'inizio, era stato solo uno scherzo della sua mente.

Sentì il respiro venire meno, ma non poteva e non voleva perdere il controllo.

Sapeva già però che non poteva nulla contro se stesso.

«Cosa... cosa ci fai qui?» chiese, guardandosi intorno per assicurarsi che nessuno fosse nei paraggi.

Non riusciva a guardarlo negli occhi.

«Volevo vederti» disse Apollo, cercando di avvicinarsi.

Giacinto mise le mani tese in avanti, non lo voleva vicino e sembrava a disagio.

Quella reazione lo ferì.

«Dimmi che non lo stai facendo» sussurrò Giacinto. «Dimmi che non stai fingendo di non sapere... o ancora peggio che tu non abbia neanche capito quanto mi hai ferito.»

Giacinto alzò lo sguardo per guardarlo negli occhi, anche se gli costava molto. Forse troppo.

«*Te lo giuro sullo Stige, Giacinto, non ti dimenticherò mai.*»

Quelle parole gli ritornarono alla mente come lame affilate e iniziarono a lacerarlo.

Studiò lo sguardo perso di Apollo e in quel momento capì tutto. Forse era il momento che Zeus gli facesse bere l'acqua dello Stige.

«Perché? Spiegami cosa sta succedendo, con calma.»

Giacinto si girò per andarsene, quello era troppo da sopportare.

Apollo gli afferrò il polso, deciso a non farlo andare via.

Il suo tocco caldo gli era mancato quasi con dolore, come tutto il resto in lui. Respirò a pieni polmoni, vietando alle lacrime di scendere, prima di girarsi.

«Apollo. Non mi toccare» disse a bassa voce, Apollo lo lasciò subito andare facendo qualche passo indietro.

«Per quanto tempo sono stato via?» chiese, con voce flebile. Forse si stava rendendo conto di cosa stava succedendo.

«Più di tre mesi. Non puoi non essertene reso conto... ti prego.»

«Ho avuto molto da fare. Mio padre mi ha cercato e...»

«E in tutto questo tempo, non ti è venuto in mente di dirmelo? Sarebbero bastati pochi secondi, giusto il tempo per non lasciarmi qui ad aspettarti inutilmente.»

Apollo avrebbe voluto difendersi, tuttavia Giacinto aveva ragione.

«Non era inutilmente. Sono qui ora.»

«Ora è troppo tardi» rispose Giacinto, le sue mani avevano iniziato a tremare, erano vani tutti i suoi tentativi di calmarsi. «Non mi hai pensato per mesi, tanto vale che continui a non farlo.»

Giacinto non riusciva più neanche a regolarizzare il suo respiro. Aveva perso il completo controllo sulle sue emozioni. Ed era l'ultima cosa che voleva. Si odiava anche per quello.

«Sai, prima di questi mesi, avrei fatto di tutto per noi.» La sua voce era tremante e dopo quella frase il suo sguardo si spense, lasciando lo spazio a un'ombra scura che gli oscurava gli occhi.

Apollo in quel momento comprese a pieno quello che aveva fatto.

«Giacinto, va tutto bene, tranquillizzati altrimenti finirai per non sentirti bene.»

«No» disse come se stesse parlando qualcun altro al suo posto, il suo sguardo era ormai lontano da lui e dalla realtà, intrappolato tra pensieri distruttivi. «Non credo sia possibile sentirsi peggio di così.»

«Perdonami» bisbigliò Apollo. «Perdonami ti prego, per me sei davvero importante, non era mia intenzione ferirti.»

«Non abbastanza importante per evitare di scomparire senza dire nulla. Non ti sei neanche reso conto di quello che hai fatto, come faccio a fidarmi di nuovo di te vivendo nella paura che succeda di nuovo?»

«Non succederà, non farò mai più una cosa del genere, te lo giuro...»

«No! Non giurare più niente. Lo dico per te.»

Apollo comprese ciò che Giacinto aveva pensato fin dall'inizio: «Non mi sono dimenticato di te.»

«Tu sai come mi sono sentito? Come mi sento?» domandò. «Sono tornato a non avere la forza di fare nulla, non riuscivo a fare nient'altro che pensarti e...» Fu interrotto da un suo singhiozzo, in quale momento aveva iniziato a piangere?

«Giacinto, respira» lo esortò Apollo e questa volta lui si lasciò prendere le mani tremanti, non aveva più la forza neanche per reagire.

Apollo gli strinse le mani, non sapendo come tranquillizzarlo, non gli era mai capitata una situazione simile.

«Scusa. È l'unica cosa che posso dirti, sperando che tu possa un giorno perdonarmi. Non ho provato mai per nessuno ciò che provo per te. E ho sbagliato, molto, ma non posso tornare indietro per quanto lo desideri.»

Giacinto sembrava non riuscire a smettere di piangere e non riusciva neanche a calmare il suo respiro e lui sapeva sempre meno come comportarsi.

«Vuoi rimanere da solo?»

Giacinto sembrò risvegliarsi dai suoi pensieri.

«No, no...»

Apollo si avvicinò di più, avvolgendolo tra le sue braccia e lui gli strinse forte il braccio.

«Non voglio rimanere di nuovo senza nessuno, non riesco più a far fronte alla solitudine. Non lo sopporterei un'altra volta.»

«Allora rimango qui, però tu calmati.»

Giacinto appoggiò la testa sulla sua spalla, allentando solo di poco la presa su di lui, non sembrava riuscire ancora a rilassarsi.

Chissà quanto doveva essersi sentito solo in tutta la sua vita, per stare così male solo al pensiero di essere lasciato da lui, anche dopo essere stato ferito in quel modo.

«Non andartene» sussurrò, ancora tra le lacrime e Apollo dovette farsi forza per non piangere a sua volta sentendo la sua voce distrutta. Da quando era così sensibile?

«Non andartene più» ripeté Giacinto.

Apollo lo guardò, lui aveva gli occhi chiusi e si stava stringendo a lui come se fosse l'unica cosa che lo tenesse ancora in piedi.

«Non importa quanto io ci abbia sperato, tu non tornavi mai. Però ora io non credo di riuscire a rimanere da solo...»

«Non sei solo, sono qui.»

«... ma non riesco neanche a perdonarti. Non so cosa fare.»

Apollo non rispose, non lo sapeva neanche lui. Quella volta non poteva aiutarlo.

Non sapeva per quanto tempo rimasero in quella posizione, prima che Giacinto tornasse a respirare senza quella fatica quasi disumana. Anche se non aveva ancora smesso di piangere.

«Non so come dimostrarti di essere dispiaciuto. Però posso dirti di non aver rotto il giuramento, se vuoi bevo l'acqua del fiume per dimostrartelo» riprese a parlare Apollo. «Non è vero che non ti ho pensato, l'ho fatto ogni singolo giorno. Ciò a cui non ho pensato era di venire ad avvisarti, ma sono stato travolto dagli eventi, e non mi sono reso conto del tempo che passava. Mi dispiace.»

Era la seconda volta che si trovava a chiedere scusa per i suoi sbagli a Giacinto, ma ancora una volta non se ne vergognava.

Giacinto non rispose, perciò Apollo continuò: «Credo sia meglio lasciarti un po' di tempo per pensare. Con questo non sto dicendo che ti sto lasciando solo, ti aspetto al fiume o se vuoi qui.»

Giacinto si scostò da lui e si asciugò le lacrime con il palmo della mano.

«Sì, ho bisogno di pensare, per il momento» disse. «Però tu non mi abbandonerai di nuovo, vero?»

«No.»
Apollo rimase immobile a guardare Giacinto allontanarsi da lui.

Capitolo quarantatré

Quel giorno Giacinto capì che le spalle che sorreggevano il suo dolore in quel mondo buio, colui che doveva essere il suo sole, era solo un'illusione.

Il giorno prima, era arrivato nella sua camera solo perché sapeva a memoria la strada e non perché volesse.

Da quel momento aveva evitato tutti come avrebbe fatto se si fosse trovato faccia a faccia con Thanatos. O forse erano gli altri a evitare lui.

Neanche Zefiro si era fatto vedere.

Si pentì di aver detto quelle cose ad Apollo, però si era sentito smarrito. E lui era lì, la persona a cui aveva donato il suo cuore, era davanti a lui.

Si sentiva più solo di prima, non c'era nessuno che lo abbracciasse e che gli dicesse che andava tutto bene.

Perché non andava tutto bene.

Quella notte non aveva chiuso occhio, spaventato dagli incubi che la sua mente avrebbe potuto generare, era rimasto tutto il tempo seduto sul letto fissando davanti a sé, perso nell'oblio dei suoi pensieri.

L'oblio che lo avrebbe risucchiato nelle sue viscere, finché di lui non sarebbe rimasto nulla.

Quando arrivò la mattina, si mise seduto sul bordo del letto, anche se non se la sentiva forse era meglio uscire dalla sua camera. Magari avrebbe trovato qualcosa da fare che gli tenesse la mente occupata, forse doveva andare a cercare Argalo o Cinorta, ignorando la possibilità di disturbarli.

Sentiva che stava tornando indietro nel tempo, il "come prima" che lui e Argalo usavano per indicare quando Tamiri era ancora vivo, ora era diventato il momento buio che aveva seguito la sua morte.

Quella volta lui non voleva tornare "come prima".

E pensare che era così felice mentre passava il tempo con Apollo.

Tutte illusioni.

Apollo stesso forse era un'illusione.

Proprio mentre lo pensava, il dio comparve nella stanza.

Giacinto decise di ignorarlo, magari sarebbe scomparso come era arrivato.

Gli aveva detto lui di non abbandonarlo, però in quel momento non si sentiva di avere una conversazione seria con Apollo.

Non sarebbe riuscito a reggere.

Cercò di alzarsi dal letto ma una vertigine lo colpì, lasciandolo destabilizzato e nel frattempo Apollo si avvicinò con cautela a lui.

«Siediti» disse con la voce piena d'affetto, suscitando in Giacinto solo la voglia di ricominciare a piangere.

Apollo si sedette al suo fianco e Giacinto sentì un brivido freddo attraversarlo.

«Come va?» chiese il dio.

«Male.»

Apollo sembrò ferito da quella risposta.

«Non ho voglia di parlare» continuò poi.

«Voglio solo aiutarti.»

«Non puoi.»

Apollo si alzò e sembrò sul punto di andarsene, però si fermò di colpo in piedi davanti a Giacinto.

«So di avere sbagliato, però credo che dovremmo parlare.»

«Ho bisogno di stare da solo.»

«Quando potremmo rivederci?»

Giacinto alzò lo sguardo su di lui e sentì la nausea aumentare, al pensiero di quello che stava per dire.

«Non lo so» rispose. «Al momento non so risponderti. Non me la sento di vederti ancora.»

Il viso di Apollo si oscurò, come se una freccia lo avesse appena colpito al cuore. Nella realtà non gli avrebbe fatto niente, dalla ferita sarebbe solo uscito un po' di icore dorato. Niente che non si sarebbe potuto sistemare.

«Io ho capito che ti ho fatto soffrire...» incominciò con voce sottile, come non gli aveva mai sentito. «Però questo non ti dà il diritto di fare la stessa cosa con me, non risolverebbe niente. Voglio solo aiutarti.»

«Lo stai facendo nel modo sbagliato.» Ormai pronunciava le parole senza pensarci, non era in grado di curarsene. Aveva perso il controllo su tutto.

«Scusami allora... dimmi tu come posso fare.»

Giacinto realizzò tutto quello che avevano passato insieme, le risate, le carezze, i baci.

Tutti quei momenti erano finiti.

Non voleva ferirlo e standogli vicino lo stava facendo, più di quanto potesse farlo se avesse deciso di non rivederlo più.

«Apollo» disse. «Vai via, per favore. E non solo per oggi, io credo che non ci dovremmo più vedere.»

«Cosa?» ci mise un po' a rispondere e la sua voce non era sicura come al solito.

«Mi hai sentito.»
Apollo cercò di stirare un sorriso, però non riusciva a farlo sapendo di dover fingere. Non ne era mai stato capace.
«D'accordo.»
Iniziò a indietreggiare, non sembrava contento di andarsene e Giacinto sperò che si rifiutasse di farlo, che andasse da lui per baciarlo come se fosse la prima volta.
Ancora un'ultima volta.
«È un addio?»
Temeva quel momento. Desiderava ancora un attimo, solo uno.
«Sì» disse Giacinto. «Tra due settimane mi sposo.»
Apollo annuì, per la prima volta si sentiva per davvero abbandonato.
Sapeva che si sarebbe dovuto sposare, eppure, per un attimo aveva sperato in un finale diverso per loro.
«Giacinto» lo chiamò, lui rialzò la testa per guardarlo, sembrava sul punto di iniziare a piangere. «Ti aspetterò anche per anni se ce ne sarà bisogno.»
Poi scomparì nel nulla e con lui anche un pezzo del cuore di Giacinto si volatilizzò, forse la parte più importante.
Infine anche l'ultima fiamma che lo teneva in vita si stava spegnendo, perché l'unico che aveva giurato di tenerla accesa, non era più al suo fianco.

Apollo si ritrovò davanti al fiume Eurota senza neppure accorgersene, non sapeva dove andare. Si era abituato a quel luogo e a Sparta, era tutto più tranquillo rispetto all'Olimpo.
Aveva appena detto addio alla persona a cui aveva donato il suo cuore.

Ma non se ne preoccupava più di tanto, le sue ferite si sarebbero rimarginate. Quelle fisiche in poco tempo e per quelle emotive aveva secoli per poter riuscire a risanarle.

Però aveva visto Giacinto rompersi tra le sue braccia, mentre lo pregava di non lasciarlo solo perché non lo avrebbe sopportato.

Forse aveva sbagliato a dargli retta, però si era trovato in una situazione nuova per lui e non aveva saputo reagire come avrebbe voluto.

Se gli altri dèi avessero scoperto la sua nuova decisione lo avrebbero deriso per secoli.

Però lui ormai non voleva più cambiare idea: lo avrebbe aspettato finché avesse saputo che poteva ancora sentire il respiro di Giacinto sulle sue labbra.

Capitolo quarantaquattro

Sentì Zefiro chiamarlo, mentre stava camminando nel giardino del palazzo, non usciva dalla sua camera da tre giorni e per lui era come aver appena ricominciato a respirare.

Aveva capito che stare per la maggior parte delle ore chiuso in una stanza non gli giovava, anzi lo faceva sentire ancora più escluso da tutto.

«Come mai sei qui?» chiese, una volta che il dio gli fu di fianco, le loro spalle si toccavano.

«Volevo vedere come stavi, sono stato impegnato e non sono riuscito a venire prima» spiegò mentre continuavano a camminare.

Rispetto ad Apollo, Zefiro non aveva abbandonato tutto per lui.

Giacinto si limitò ad annuire, torturandosi le dita. Non sapeva cosa fare. Non era riuscito a prendere nessuna decisione nei suoi confronti, anche perché non sapeva cosa pensare.

Non comprendeva i sentimenti da cui era stato guidato l'ultima volta che aveva passato del tempo con lui. Forse era soltanto un po' scosso da quello che era successo e gli serviva qualcuno che lo facesse sentire desiderato.

Zefiro smise di camminare e Giacinto lo imitò mettendosi di fronte a lui per guardarlo in volto.

Aveva notato che il dio sorrideva solo stirando di poco le labbra e in quel momento lo trovò davvero rassicurante. Gli dava un senso di conforto, anche se non sapeva spiegarsi bene il motivo.

«Se sono qui è perché sono convinto che tra noi ci potrebbe essere qualcosa di importante, non so se anche tu hai questa sensazione.»

Giacinto non rispose, non provava nulla e non sapeva come spiegarglielo.

Zefiro si avvicinò per baciarlo e, nonostante tutto, lui non si ritrasse. Anzi, si avvicinò a lui finché non sentì le sue mani stringergli la vita.

Non sapeva perché, ma gli era sembrata l'unica cosa giusta da fare.

Ma il soffio che in quel momento stava riempiendo il suo vuoto, era lo stesso che prima o poi avrebbe finito per distruggerlo.

Giacinto si scostò e Zefiro gli accarezzò il viso con la punta delle dita.

Davanti a sé per un secondo rivide Apollo, fu come un fulmine, affascinante e pericoloso allo stesso tempo.

Si avvicinò per appoggiare le sue labbra su quelle di Zefiro, cercando di cancellare l'immagine di Apollo.

Zefiro al tocco era proprio come una folata di vento primaverile, però lui aveva bisogno di qualcosa che lo scaldasse da dentro, facendo scomparire tutto il resto.

Giacinto si allontanò brusco e Zefiro lasciò cadere le braccia per lasciarlo andare.

«Cosa succede?» chiese confuso, sembrava andare tutto bene qualche attimo prima.

«Io... non ci riesco» disse, ma Zefiro non sembrava capire. «Ci ho provato e non sai quanto vorrei riuscirci, però non riesco a dimenticare Apollo.»

Zefiro non rispose, però si allontanò di qualche passo. Aveva già compreso tutto.

«Credo che non ci riuscirò mai, per me lui è ancora molto importante... mi dispiace.»

Giacinto aveva capito che stava dando amore al dio sbagliato.

Non c'erano parole che poteva usare per spiegare quell'affetto che gli faceva bruciare il petto, tutte le volte che pensava o vedeva Apollo.

Gli mancava e non poteva negare oltremodo i suoi sentimenti per lui. Non sarebbe stato giusto per nessuno dei tre.

«Non è giusto quello che stavo facendo. Ti stavo e mi stavo illudendo e questo è sbagliato per entrambi.»

Quello forse era il momento giusto per andare a cercare Apollo e dirgli tutto quello che provava.

Tuttavia la realtà era un'altra.

«Non sono io a doverti dire cosa fare. Però l'unica cosa che posso dirti è che Apollo non ti merita.»

«Non è questo il punto... io sto per sposarmi, niente di tutto quello che è successo fino a ora potrà continuare.»

Era meglio chiudere con tutti e ricominciare da capo, da solo.

Zefiro annuì, non c'era nessuna emozione che traspariva dalla sua espressione.

«Tra quanto?»

«Poco più di una settimana.» Troppo poco tempo. «Mi scuso per non avertelo detto prima, però quella del matrimonio non è stata una mia scelta.»

Ormai stava cercando scuse per rimediare a tutto ciò che aveva creato.

Per un attimo si chiese cosa fosse successo se Tamiri non se ne fosse andato. Magari, in quel momento, sarebbero stati lontani da Sparta, da Apollo, da Zefiro e dalla sua famiglia. Tamiri lo avrebbe di certo portato in Tracia, per fargli vedere il luogo in cui era nato e magari avrebbero continuato a vivere lì, insieme.

Invece era a un passo dallo sposarsi e innamorato incondizionatamente di un dio dell'Olimpo.

«D'accordo Giacinto. Allora ci rivedremo al tuo matrimonio» fu l'ultima cosa che disse Zefiro, prima di andarsene.

Giacinto rimase immobile, niente di tutto quello che avrebbe potuto fare da quel momento in poi lo avrebbe reso felice.

Capitolo quarantacinque

Laodamia era tornata dall'Arcadia solo per il matrimonio di Giacinto. Lei e suo marito erano già in attesa del primo figlio ed era seguita ovunque da servitrici. Ai suoi occhi era subito sembrata cambiata, forse più adulta.
Aveva la voce più impostata e i capelli scuri erano cresciuti fino ad arrivarle ai fianchi. Però gli occhi erano ancora identici ai suoi, tuttavia avevano quella scintilla di vita che lui non era ancora riuscito a riconquistare.
Giacinto si stava guardando allo specchio, si sentiva strano in quei panni, con la tunica porpora fin troppo preziosa e il diadema a fascia d'argento tra i capelli.
Sentì Laodamia ordinare alle sue servitrici di uscire dalla stanza.
«Cosa ti turba?» domandò.
Giacinto si girò verso di lei, sapeva di avere un aspetto orribile.
Da quando Zefiro se ne era andato, non si era più occupato di niente, in compenso Argalo e Cinorta avevano capito che c'era qualcosa che non andava ed erano tornati a controllarlo.
Laodamia doveva aver parlato con loro.
«Nulla.»
«Non è vero.»

Giacinto sospirò: «Sono successe un po' di cose da quando te ne sei andata, ma non importa più. Sto per sposarmi e cambiare vita. Non ne voglio parlare.»
«Non sapevi neanche chi era la tua sposa.»
«Non ho voluto saperlo.»
«Allora non sei così felice di questa decisione.»
«Perché non è stata una mia decisione» rispose e si voltò un'ultima volta verso lo specchio.
C'era qualcosa di sbagliato in tutto quello. In lui.
«Questo atteggiamento ha a che fare con il tuo servitore?»
Giacinto riportò tutte le sue attenzioni su Laodamia.
«Ho parlato con Argalo e mi ha raccontato del tuo servitore, ha detto che quando se ne è andato sei stato davvero male.»
«È vero. Mi ero illuso che avrebbe potuto funzionare. Ovviamente mi sbagliavo, non parliamone più» aggiunse, non avrebbe mai nascosto nulla a Laodamia, teneva troppo a lei.
Laodamia si avvicinò a lui.
«Magari riuscirai a trovare la felicità.»
«Magari.» Lo disse pur essendo certo che non sarebbe mai successo, era una convinzione che con il passare degli anni si era sempre di più insidiata in lui, arrivando al punto di non riuscire neanche più a contrastarla.
Qualcuno bussò alla porta, Polibea entrò subito dopo.
«Argalo mi ha detto che nostro padre ti cercava» disse, guardandolo.
Giacinto annuì: «Per quale motivo?»
«Devi andare da lui, sono arrivati gli Olimpi.»
Per un attimo sperò di aver sentito male.
«Sì... arrivo.» Si sentiva più agitato del dovuto. Le sue mani tremavano.

Polibea uscì dalla stanza e lui si voltò verso Laodamia, l'unica a cui poteva aggrapparsi in quel momento.

«Quali Olimpi ci sono?» domandò, con fin troppa enfasi e preoccupazione.

«Non lo so, immagino gli stessi che c'erano al mio matrimonio.»

La sua sposa era una discente di Zeus, proprio come il marito di Laodamia.

«Devo sapere chi c'è, con certezza.» *Devo sapere se c'è lui.*

«É così importante?»

«Non sai quanto.»

Giacinto si lasciò cadere sul letto. Non sapeva se volesse che fosse presente anche lui.

Una parte di lui si ripeteva che il problema non si sarebbe posto, Apollo non si sarebbe mai presentato al suo matrimonio.

Perché avrebbe dovuto? E poi, se fosse stato Apollo a un passo dal matrimonio, lui non sarebbe mai riuscito a reggere la vista della cerimonia.

Se Apollo fosse stato lì di certo sarebbe stato solo per dovere.

Laodamia si sedette al suo fianco, guardandolo preoccupata.

«Cosa c'è che non va?» domandò.

Giacinto la guardò, il suo sguardo trasmetteva angoscia e anche un po' di timore: «Devo raccontarti una cosa.»

Apollo guardò la grande sala del palazzo, aveva imparato a conoscerla bene in tutti i suoi particolari.

Se era lì, era solo per un motivo: Giacinto.

Voleva stare al suo fianco anche in quell'occasione, l'ultima volta.

Magari, dopo averlo visto in compagnia della sua nuova moglie, sarebbe riuscito a dimenticarlo.

Un ragazzo entrò nella sala e Apollo si girò, sperando di trovarselo davanti. Ma era solo Argalo, si inchinò davanti a loro e poi si avvicinò al re Amicla.

Aveva fatto bene a fare in modo che nessuno lo riconoscesse, riconducendolo ad Akesios. Avrebbe avuto troppo da spiegare.

Argalo disse qualcosa a bassa voce al padre, prima di chinarsi un'altra volta, pronto per andarsene.

«Mi scuso, mio figlio sarà qui tra poco.»

Era abitudine ai matrimoni che lo sposo andasse da loro per ringraziarli della presenza con un inchino.

Il fatto che Giacinto ritardasse non fece altro che preoccuparlo. Era successo qualcosa? Magari non stava bene o forse aveva saputo della sua presenza.

Tornare a Sparta non era stata una buona idea.

Ermes gli si avvicinò: «Se non fossi immortale, dalla tua espressione direi che tu sia sul punto di morire da un momento all'altro.»

«Sai bene a cosa sto pensando.»

«Se sei venuto qui solo per riconquistarlo, ti conviene lasciar perdere. Si sta per sposare e probabilmente ti odia.»

Apollo si girò verso il fratello.

«Lo so» disse. «Volevo soltanto stargli vicino.»

«Allora goditi questi ultimi momenti, perché poi non potrai più farlo.»

Apollo non rispose.

Giacinto entrò in quel momento nella sala, cercò di sembrare tranquillo, tuttavia non era per niente semplice.

Si inchinò davanti agli Olimpi, cercando di evitare i loro visi.

Però sapeva di poter identificare Apollo solo dal modo in cui si muoveva o da come teneva le braccia lungo i fianchi.

Lo riconobbe dal colore della tunica: arancione. Quelle degli altri non sarebbero mai stati colori che Apollo avrebbe usato come prima scelta.

Ringraziò per la presenza e sperò che sia il padre che gli dèi gli dessero il permesso di andarsene, prima che potesse fare qualcosa di cui si sarebbe pentito.

Tuttavia mentre suo padre parlava, ringraziando a sua volta, Giacinto non riuscì a evitare che i loro occhi si incontrassero.

Apollo gli sorrise in modo gentile, sembrava stesse ancora cercando di chiedergli scusa.

Non riuscì a ignorarlo.

Annuì in modo quasi impercettibile perché non voleva che nessun altro lo notasse, ma cercò di farglielo capire: *non sono più adirato con te, non ne sono in grado.*

Apollo lo osservò con attenzione, cercando di coglierne ogni più piccolo particolare per non dimenticarselo.

Si accorse di conoscerli e ricordarseli già tutti alla perfezione.

Rimase fermo a fissarlo, cercando di immaginare come sarebbe stata la sua pelle sotto al suo tocco.

Era bellissimo, come sempre. Indossava una delle tuniche che teneva chiuse nella cassapanca in camera sua, perché diceva che erano troppo preziose. Apollo pensava che di certo non avrebbe avuto bisogno di una di quelle per differenziarsi dagli altri, per far vedere di essere un principe. I suoi lineamenti dolci, la sua postura impeccabile, la sua voce gentile erano inimitabili e riconoscibili tra mille.

Aveva perso la persona più preziosa che avesse mai conosciuto.

I loro occhi si incontrarono un'ultima volta, prima che Giacinto lasciasse la stanza.

Capitolo quarantasei

Era difficile trovarsi davanti al proprio sole e ignorarlo. Giacinto si chiuse la porta alle spalle, Laodamia gli fu subito accanto.

«Tutto bene?»

Annuì, la voglia di sposarsi si era ridotta ancora di più e fino a quel momento non pensava che la cosa fosse possibile.

«Devi finire di prepararti?»

«No» rispose, si girò verso la porta alle sue spalle, sperando di vederla aprirsi. Come avrebbe dovuto aspettarsi fin dall'inizio, non successe.

La prossima volta che sarebbe entrato in quella stanza, sarebbe stato per sposarsi e avrebbe dovuto farlo con la consapevolezza che Apollo era a qualche passo da lui.

Laodamia gli toccò la spalla e gli fece segno di seguirla e uscirono in giardino. Anche se era inverno, a Sparta il clima non era mai troppo freddo e quello era l'unico luogo dove in quel momento potevano stare soli. Il palazzo era pieno di persone che aspettavano di presiedere alla cerimonia.

«Ti ha detto qualcosa?» gli domandò Laodamia.

«Ovviamente no, è qui solo in qualità di figlio di Zeus. È stato sicuramente costretto a presentarsi.»

Laodamia gli sorrise, poi si fermò a guardare qualcosa davanti a loro.

«Sai spiegarmi anche chi è lui?»

Giacinto spostò lo sguardo, incontrando quello indifferente di Zefiro.

Superare quel giorno, stava diventando sempre più difficile.

Sospirò, non aveva pensato all'eventualità che anche lui si presentasse. Sopportare la presenza di Apollo era già abbastanza per lui.

«Aspetta un attimo» disse, diretto a Laodamia, poi si avvicinò a Zefiro.

Zefiro sorrise leggermente, come era solito fare.

«Non pensavo che ti avrei più rivisto.»

«Sono venuto a salutarti.»

Giacinto annuì, si girò per qualche attimo verso la sorella, sperando che notasse il suo imbarazzo e lo togliesse da quella situazione con una scusa.

Non pensava che ritrovarsi davanti a Zefiro sarebbe stato così strano, quasi di più che stare nella stessa stanza di Apollo.

Si sentiva ancora in colpa per quello che era successo tra di loro, si era comportato in modo infantile e ingiusto.

«Giacinto» lo chiamò Laodamia. «Dobbiamo andare.»

Giacinto tornò a guardare Zefiro, i loro occhi si incontrarono un'ultima volta.

«Devo finire di prepararmi» mentì

«Certo, ci vediamo dopo la cerimonia.»

Questo voleva dire che non stava facendo altro che evitare il problema, un'altra volta. Avrebbe dovuto affrontare di nuovo Zefiro e forse anche Apollo. Sperava che il secondo non lo andasse a cercare dopo il matrimonio, non avrebbe saputo come comportarsi e i suoi sentimenti, che stava cercando in tutti i modi di inabissare, si sarebbero intricati un'altra volta.

Si inchinò davanti a Zefiro, voleva rimanere distaccato da lui, arrivato a quel punto non c'era più bisogno di fingere.
Zefiro lasciò una carezza sul braccio di Giacinto, prima di incominciare a camminare.
Anche Laodamia si inchinò quando Zefiro le passò accanto per entrare nel palazzo.
Tornò da sua sorella, che lo stava guardando curiosa.
«Come fate a conoscervi?»
«L'ho incontrato per caso.»
Non aggiunse altro.
«Credi di essere pronto a entrare?» gli domandò dopo pochi minuti di silenzio, in cui gli aveva lasciato il tempo per riorganizzare i suoi pensieri.
Giacinto sospirò e annuì: «Sì, andiamo.»
La porta alle loro spalle si aprì.

Apollo non si era mosso, neppure quando la stanza aveva iniziato a riempirsi di persone.
Tutti gli passavano intorno, qualcuno lo riconosceva e si inchinava davanti a lui, altri gli camminavano accanto senza neanche guardarlo.
Aveva ignorato anche Zefiro e fissava la porta nella speranza che il prossimo a entrare fosse Giacinto. Anche se di certo non sarebbe stato per unirsi a lui.
Il re e la regina di Sparta erano già lì, così come i fratelli di Giacinto e le rispettive mogli. C'era anche il marito di Laodamia, ma non lei. Giacinto gli aveva parlato spesso di lei, immaginava che fossero insieme.
Si rese conto di riconoscere quasi tutte le persone che vivevano nel palazzo di Sparta, altre non le aveva mai viste, però sapeva che erano lì per la giovane che stava per sposare Giacinto.

Arrivarono anche i genitori della sposa e Apollo uscì dalla sala.
Forse aveva davvero fatto male a presentarsi. A cosa stava pensando quando aveva preso quella decisione? Uscì percorrendo i corridoi che conosceva troppo bene.
Aprì la porta che portava in giardino, deciso a tornare sull'Olimpo e dimenticarsi di tutto quello che era successo a Sparta il prima possibile.
Alzò lo sguardo, proprio nel momento in cui la persona davanti a lui si voltò.

Capitolo quarantasette

L'addio di Tamiri fu più doloroso rispetto a tutti gli altri, ma anche quando Apollo si era alzato dal letto, lasciandolo solo, fu per Giacinto come perdere una parte di se stesso.

Ancora più angosciante fu voltarsi e trovarselo davanti, pochi minuti dall'inizio della cerimonia del suo matrimonio.

Chiuse gli occhi con respiro tremante. Quello era del tutto diverso dal loro incontro di prima, erano soltanto loro due, uno davanti all'altro. Sentì Laodamia dire qualcosa, ma gli sembrò solo un rumore di sottofondo, in lontananza.

Si guardarono a lungo, nessuno dei due con il coraggio di dire qualcosa.

Si rivide nei suoi occhi e comprese fino in fondo quello che aveva perso e fin dove lo avevano portato le sue azioni.

Davvero sarebbe riuscito ad andare avanti con la sua vita, consapevole di tutto quello? Del suo amore per Apollo?

Si girò verso Laodamia: «Puoi lasciarci soli per qualche minuto?»

Lei annuì e poi rientrò dalla porta alle spalle di Apollo, dopo averlo salutato con un inchino, a cui il dio non

sembrò nemmeno fare caso, troppo impegnato a guardarlo.
E lì rimase a fissarlo, mentre Giacinto si dirigeva verso di lui.
«Apollo» lo salutò in imbarazzo, senza avere idea di cos'altro dire.
«Come stai?»
«Meglio.»
Apollo annuì: «Ne sono contento.»
«Anch'io.»
Si guardarono per diversi secondi, senza dire niente.
«Io...» riprese Giacinto. «Scusami. L'ultima volta che ci siamo visti non pensavo davvero quello che ho detto. Non volevo neppure mandarti via, eri la persona più importante della mia vita.»
Apollo non rispose, perciò Giacinto ricominciò a parlare: «Quando ti ho incontrato ero stanco di tutto, però tu mi hai fatto sentire bene, mi hai fatto rivivere. Ma la paura di rimanere da solo non scompariva, c'era sempre una voce in me che diceva che presto tutti mi avrebbero dimenticato ancora una volta. La cosa mi ha sempre fatto soffrire e quando tu te ne sei andato, mi sono sentito perso e abbandonato e più i giorni passavano più mi convincevo che tu non saresti tornato. Sei la cosa più bella che mi sia mai capitata.»
Una lacrima sfuggì dal suo controllo, questa volta però c'erano le dita di Apollo a raccoglierla.
«Per tutti questi anni, dalla morte di Tamiri, volevo solo essere ascoltato e amato da qualcuno, però non ho mai fatto nulla affinché succedesse, mi sono chiuso in me stesso, convincendomi che così nessun altro avrebbe potuto ferirmi di nuovo. Per me perderlo è stato come morire, non riuscivo a prendere in mano la mia vita perché

era come se essa non esistesse più. Poi sei arrivato tu e tutto è cambiato.»

Calò il silenzio per alcuni minuti, Giacinto non aveva mai detto quelle cose a qualcuno e sentì un grande peso liberare il suo cuore.

Apollo si schiarì la voce, catturando la sua attenzione prima di parlare, consapevole anche lui di non aver mai ammesso a nessuno ciò che stava per dire: «Nella mia esistenza ho compiuto diverse azioni, ho ucciso, ho odiato, sono stato crudele, però ho anche amato. Ho amato diverse persone, per questo dalla prima volta che ti ho visto ho capito che non potevo lasciarti andare. Ho aspettato anni, secoli, per incontrare te. Non so più come chiederti scusa per quello che è successo.»

«Non sei proprio come mi immaginavo» commentò Giacinto, cercando di dissolvere l'imbarazzo, non avendo idea di come rispondere a quella confessione.

Apollo ridacchiò: «Perché come mi immaginavi?»

Giacinto lo guardò per un po', ripensando ai racconti di Tamiri.

«Un dio che andava in giro con l'arco e le frecce a uccidere.»

«Se vuoi posso farlo, però non so quanto lo apprezzeresti.»

«No, ti preferisco così quando sei con me» rispose, sorridendo.

Anche Apollo sorrise, ma tornò subito serio. Le cose tra di loro non erano ancora sistemate.

«Ho di nuovo il permesso di toccarti?» domandò Apollo.

Giacinto non rispose, ma si avvicinò per abbracciarlo, cercando di trasmettergli tutto l'affetto che provava per lui. Ed era davvero tanto, mai prima di conoscerlo si sarebbe immaginato di comportarsi in quel modo con un dio. Gli avevano sempre messo molta soggezione, come era giusto che fosse, però forse neanche loro erano capaci di evitare i sentimenti.

«Non fare mai più una cosa del genere» sussurrò Giacinto.

Apollo ricambiò l'abbraccio.

«Mi hai perdonato tutto quindi?»

«Ti avevo già perdonato nell'esatto momento in cui ti ho rivisto.»

Giacinto appoggiò la testa sulla sua spalla, prima di ricominciare a parlare: «Non posso permettermi di perderti per questo. L'hai detto tu che la concezione del tempo per noi è diversa, non è vero? Per te essere impegnato per molto tempo è una cosa normale, basta che la prossima volta mi avvisi.»

«Sì, non ti voglio più vedere piangere e neanche stare male.»

«Ho esagerato.»

«No, ne hai passate tante e io ti ho lasciato solo. È normale che tu abbia reagito con la paura e la rabbia.»

Giacinto si avvicinò di più a lui.

«Non parliamone più, per favore.»

Apollo lo strinse più forte di rimando.

«Certo.»

Rimasero in silenzio per un po', anche la tranquillità era piacevole e in quel momento più importante di qualsiasi parola.

«Io credo... che tutti ti stiano aspettando» disse Apollo.

Giacinto scosse la testa, sperando che comprendesse: *non voglio andare.*

«Cosa hai intenzione di fare?» domandò Apollo.

«Siamo al tuo matrimonio.»

Giacinto si allontanò e alzò il volto, per poterlo guardare negli occhi.

«Non voglio più allontanarmi da te.»

Apollo sorrise e il sole alle sue spalle, freddo e offuscato per l'inverno, sembrò splendere un po' di più.

Per un attimo a Giacinto sembrò fosse tornata la primavera che li aveva fatti incontrare.

Al sorriso di Apollo, seguì il suo respiro sulle sue labbra che subito si incontrarono, creando un momento che Giacinto avrebbe ricordato per sempre.

Sapeva che stava facendo la cosa sbagliata, dietro la porta c'era sua sorella che lo aspettava per accompagnarlo fino alla sala dove si sarebbe dovuto sposare. Tutti attendevano il suo arrivo da un momento all'altro, era di sicuro già in ritardo.

E nonostante all'inizio si era detto di accomiatarsi un'ultima volta da Apollo, non c'era riuscito.

Non poteva essere felice, senza di lui.

Quello era l'esatto istante in cui si erano ritrovati.

«Andiamocene» sussurrò Apollo. «Non sposarti. Vieni via con me.»

Non servì nessuna risposta.

Quello non era il suo posto e forse non lo era mai stato, aveva sempre desiderato andarsene, anche solo per poco.

E forse quel momento era arrivato.

Apollo era nuovamente al suo fianco e null'altro gli sembrava importante.

Le loro mani si incontrarono.

Si lasciò alle spalle tutto ciò che c'era di brutto.

Parte quattro
Hyákinthos

Capitolo quarantotto

La fuga non era mai stata così attraente e pericolosa allo stesso tempo.
Fu come nascere di nuovo, *un'ultima volta.*
L'ultima volta che Apollo lo avrebbe salvato da se stesso e dagli altri. Un'ultima volta che gli sarebbe stata preziosa per l'eternità.
Apollo lo aveva portato sull'Olimpo.
Aveva detto che nessuno li avrebbe disturbati e per un po' sarebbero stati tranquilli.
Erano subito entrati nel suo palazzo, ogni Olimpo ne aveva uno dove viveva.
Giacinto notò pochi particolari, camminava con la testa bassa al fianco di Apollo che ancora gli stringeva la mano, aveva quasi paura che qualcuno lo notasse e gli dicesse che fosse nel posto sbagliato. Però nessuno sembrava curarsi di loro. Mentre arrivavano al palazzo avevano incontrato pochi dèi che non sembravano neppure averlo notato. Era del tutto diverso dal palazzo in cui era cresciuto, tutto era più luminoso, più prezioso.
Apollo si fermò, erano in una stanza, quasi del tutto vuota se non fosse per un camino spento e una cetra appoggiata su un divano. Le pareti erano ricche di dipinti, riconobbe alcune vicende legate ad Asclepio, alle spalle di Apollo.
«Va tutto bene?» domandò. «Sei silenzioso.»

Giacinto annuì: «È strano essere qui. E poi stavo pensando a cosa stesse succedendo adesso a Sparta.»
«Ti stai pentendo di avermi seguito?»
«No! Però non posso fare a meno di pensare a cosa succederà una volta che capiranno che sono fuggito, sempre se non l'abbiano già scoperto.»
Apollo sorrise e si avvicinò per baciarlo.
Giacinto si allontanò quasi subito: «Non ci saranno problemi per te, se io sono qui?»
Apollo scosse la testa.
«Non devi preoccuparti.»
«È solo molto strano» ammise Giacinto.
«Non ti senti a tuo agio?»
Davvero dei mortali potevano esserlo in un luogo come quello? Credeva che spesso gli dèi proprio non riuscissero a capire alcune delle cose che li differenziavano dagli umani.
«Mi sento un po' fuori posto... tutto qui.»
«Non devi.» Apollo gli prese di nuovo la mano e lo condusse per gli altri corridoi.
Pensò che per un mortale fosse difficile assimilare tutta l'arte che circondava quel palazzo, perché gli parve tutto molto confuso.
Arrivarono in una camera, sul soffitto sopra al letto, c'erano rappresentate altre scene di avvenimenti che Giacinto non riuscì a riconoscere.
Immaginava che gli umani non sapessero tutto sugli dèi, anche se lo credevano.
Era sincero quando aveva detto che non si sarebbe mai immaginato che Apollo fosse così come aveva imparato a conoscerlo, nonostante alcuni racconti di Tamiri su di loro, non pensava davvero che un mortale e un dio potessero

amarsi. Però stava provando sulla sua pelle che era davvero possibile.

Apollo gli sorrise, mentre si sedeva sul letto, Giacinto lo seguì.

Apollo allungò il braccio per sistemargli la fascia d'argento, che ancora teneva tra i capelli e che quasi non si ricordava nemmeno di indossare.

Giacinto sorrise sentendo il tocco dolce di Apollo tra i suoi capelli, gli sembravano passati giorni da quando si era preparato per la cerimonia.

Apollo lo abbracciò, quasi temendo che da un momento all'altro sarebbero stati di nuovo costretti a dividersi o, peggio, che lo cacciasse via.

Ma non successe nulla di tutto ciò, Giacinto portò le mani sui suoi fianchi e lo baciò.

In quell'istante si sentì rinato, potendo stare accanto ad Apollo.

Ormai aveva avuto la conferma che la sua felicità era legata saldamente a quella di Apollo, perché facevano parte dello stesso spirito.

Capitolo quarantanove

Laodamia si era accostata al muro, mentre aspettava Giacinto.
Nel corridoio del palazzo era tutto molto silenzioso.
Era preoccupata per lui, aveva visto il suo sguardo mentre si accorgeva che Apollo era davanti a loro. Non vedeva quelle emozioni trasparire dal suo viso da tanto tempo, da quando Tamiri era ancora vivo.
Le era dispiaciuto andarsene da Sparta, quando lui stava ancora male, lontana non avrebbe potuto aiutarlo. Si ricordava con terrore quando il ragazzo, che aveva scoperto ormai essere Apollo, lo aveva riportato a palazzo dopo il suo tentativo disperato di togliersi la vita.
Per un periodo aveva avuto paura di poterlo perdere, era cresciuta con lui e il pensiero che si sarebbero dovuti separare per un motivo come quello, la terrorizzava.
Glielo aveva detto, ma Giacinto era nel suo periodo peggiore e Laodamia credeva che non se lo ricordasse nemmeno.
Vedere il fratello che solitamente era gentile e sorridente, con il quale da piccola giocava sempre, sdraiato sul letto quasi incapace di ordinare al suo corpo di muoversi, era stato insopportabile anche per lei.
Dal corridoio sentì avvicinarsi dei passi, poco dopo Argalo fu davanti a lei.

Argalo era stato mandato dal re per cercare Giacinto. La sposa era già pronta, mancava solo lui e non potevano lasciar attendere gli invitati e soprattutto gli dèi ancora per molto.

Sarebbe stato disonorevole per tutta la famiglia.

«Giacinto?» domandò. «Stiamo aspettando solo lui.»

«Stava parlando con... una persona» rispose Laodamia, lui si girò verso la porta che la sorella aveva indicato.

«Mi dispiace per lui, però non ha più tempo. Nostro padre inizia a spazientirsi.»

«Immagino. Però era una cosa importante» replicò Laodamia, poi si avvicinò alla porta.

Quando l'aprì non c'era nessuno.

«Dov'è andato?» domandò Argalo.

Laodamia scosse la testa: «Non lo so.»

«Cerchiamolo.»

Argalo era abituato ormai al fratello e capiva il suo desiderio di fuggire, era stato al suo fianco negli anni in cui anche solo stare in giardino ad allenarsi con gli altri ragazzi era per Giacinto un'agonia. Però forse avrebbe dovuto pensarci prima di arrivare a un passo dal suo matrimonio.

«No. Non si sta nascondendo, se n'è andato.»

Si girò verso Laodamia, che lo guardava seria.

«In che senso?»

«Hai presente Akesios?»

Cinorta era fuori dalla sala, camminava avanti e indietro, agitato. Sentiva che c'era qualcosa che non andava. Giacinto era sempre puntuale.

Per molti anni non avevano avuto un grande rapporto. Con tutto il tempo che aveva passato al suo fianco però aveva imparato a conoscerlo e a preoccuparsi per lui, aveva riscoperto il fratello minore che aveva sempre ignorato.

E la cosa aveva fatto bene a entrambi.

Argalo e Laodamia si avvicinarono, non sembravano tranquilli.

«Cosa sta succedendo?» domandò.

«Dopo ti spiego» disse Argalo, lanciando un'occhiata alla sorella. «Ora devo parlare con nostro padre.»

Entrò nella sala.

«È successo qualcosa a Giacinto?»

«Ti spiego tutto, però non lo raccontare a nessun altro.» Rispose Laodamia, insicura.

Qualcosa la turbava.

Amicla guardò suo figlio avvicinarsi.

«Quindi?» domandò.

Argalo guardò entrambi i genitori: «Giacinto non si presenterà.»

«Questo cosa significa? Se è uno dei suoi soliti capricci, vai a dirgli che non gli conviene comportarsi in questo modo proprio adesso o le conseguenze saranno serie.»

Giacinto tra i suoi figli era sempre stato quello che gli aveva causato più problemi. Quello che preferiva passare tempo con un ragazzo arrivato a Sparta per caso, invece di imparare a fare il principe. Si affezionava alle persone sbagliate e con troppa facilità. Era inaffidabile.

«Non posso» rispose Argalo.

Amicla fece segno alle guardie di avvicinarsi e gli ordinò di andare a cercare il figlio.

«Al momento non si trova a palazzo» disse Argalo, ma il re non lo stava già più ascoltando.

Diomeda, al suo fianco, guardò il figlio preoccupata. Sapeva di non poter fare nulla per fare cambiare idea al marito, tuttavia aveva anche già compreso che Argalo stesse dicendo la verità.
Non ci sarebbe stato nessun matrimonio.

Zefiro si guardò intorno, si era avvicinato agli Olimpi e poco dopo aveva notato la mancanza di Apollo, che invece era presente quando lui era entrato nella sala.
Gli era sembrato un po' strano, ma non gli aveva detto nulla.
Quel giorno, con il matrimonio di Giacinto, entrambi avevano perso.
Però Apollo più di lui, di questo era certo.
Quando vide le guardie uscire dalla stanza, capì cosa stesse succedendo.
Apollo non cambiava proprio mai e Giacinto teneva troppo a lui.
Sospirò.
«Penso che dovremmo andarcene» disse, ad alta voce. «Credo che il matrimonio non si farà.»
Qualcuno gli toccò il braccio, si voltò trovandosi di fronte a Ermes.

Ermes aveva capito che Apollo non avrebbe lasciato andare quel ragazzo così facilmente, però non pensava nemmeno sarebbe arrivato a tanto. Perché anche senza che nessuno glielo avesse riferito, era ovvio cosa fosse appena successo.
Guardò Zefiro.
«Non dire una parola di più, ci penso io» disse.
Zefiro sorrise furbo, togliendo il braccio dalla sua presa.

«Sai tutto?» domandò.
«Come tutti, ormai» rispose Ermes.
«Comunque ha ragione, questo matrimonio non avverrà» si intromise Artemide, qualche passo dietro di lui.

Una notizia come quella avrebbe fatto il giro di tutti gli dèi in poco tempo, come aveva fatto la notizia che Apollo si incontrasse sempre con un mortale.

Apollo aveva combinato un grande guaio, forse più delle altre volte.

Ermes si girò verso Artemide: «Voi tornate sull'Olimpo.»

Artemide annuì, allontanandosi seguita da Demetra, Afrodite e da Zefiro.

Ermes rimase solo.

Non sapeva perché lo stesse facendo, però qualcuno doveva sistemare o almeno in parte migliorare quella situazione.

Si stava per avvicinare al re e alla regina di Sparta, quando cambiò idea. Si affiancò ad Argalo.

Appena lo vide si inchinò, Ermes spostò il caduceo da una mano all'altra, aspettando che si rialzasse.

«Credo tu lo abbia già capito...» disse. «Ma Giacinto non si presenterà, e io credo di sapere dove sia al momento. A lui e ad Apollo ci penso io, tu fai in modo di fare andare via tutte queste persone, senza troppi problemi.»

Detto ciò, se ne andò anche lui.

Arrivò al palazzo di Apollo e gli bastò ben poco a trovarli.

«Avete creato proprio un bel problema.»

Giacinto fu il primo a voltarsi, probabilmente si era spaventato nel sentire la sua voce. Si stava per alzare dal letto forse per inchinarsi, ma Apollo lo fermò toccandogli un braccio.

«Cosa ci fai qui, Ermes?» chiese.

«Se lo sposo non si presenta al matrimonio è difficile che la cerimonia vada avanti.» Si girò verso Giacinto e lo studiò per qualche secondo.

«Non hai risposto alla domanda» gli fece notare Apollo.

«Sono venuto qui per dirvi che al momento la cerimonia sta per essere annullata, voi non potrete nascondervi per sempre, quindi...» Si girò di nuovo verso Giacinto. «Mi dispiace, ma quando tornerai dovrai sostenere una discussione piuttosto interessante con tuo padre.»

Il ragazzo non si mosse e non parlò, però il suo viso sembrò rabbuiarsi.

Apollo appoggiò una mano sulla schiena di Giacinto.

«Siamo consapevoli di ciò che abbiamo fatto, quindi se non ti dispiace...»

«Me ne vado» concluse Ermes.

Apollo si voltò verso di lui, appena Ermes scomparve. Giacinto non si sarebbe mai abituato a vederli arrivare e svanire con così tanta facilità.

«Va tutto bene?» domandò.

Giacinto annuì.

Apollo gli accarezzò una guancia.

«Dal tuo sguardo non sembra.»

«No, sto bene... solo che non avevo pensato bene alle conseguenze del mio gesto.»

«Vuoi tornare?»

La tunica che Giacinto indossava, iniziò a essere davvero scomoda e pesante.

«No, ormai è troppo tardi e comunque l'unica scelta che avrei sarebbe quella di sposarmi e io non voglio.»
«Allora non ci pensare, ti aiuterò ad affrontare le conseguenze quando arriverà il momento.»
Giacinto annuì e Apollo si avvicinò per baciarlo con dolcezza.

Capitolo cinquanta

Giacinto si sdraiò sul letto al fianco di Apollo.
Si era cambiato la tunica della cerimonia, con una che gli aveva prestato Apollo.
Nonostante tutto non riusciva a calmarsi, gli avvenimenti successi lo stavano tormentando lasciandolo scosso. Continuava solo a pensare cosa stesse succedendo a Sparta.
Apollo si girò su un fianco per essere di fronte a lui, gli sorrise e poi si avvicinò, appoggiandogli una mano sul fianco.
Giacinto si disse che non doveva pensare a null'altro che ad Apollo.
Apollo lo fissò per un po', poi smise di sorridere.
«Mi sento fortunato ad averti incontrato» cominciò, certo di star per fare un discorso che pochi dèi avrebbero mai solo pensato di pronunciare. «Ho passato tutti i miei anni, e ti posso giurare che non sono affatto pochi, a cercare qualcuno che mi comprendesse e mi completasse. La prima volta che ti ho incontrato ancora non lo sapevo, non rientravi nei miei progetti. Ma quando ci siamo rincontrati al fiume, dopo anni, ho capito subito che quel qualcuno eri tu.»
Giacinto sorrise dolcemente.
«Perché mi stai dicendo questo?»

«Mi sembra il momento giusto» disse. «Ci hai pensato? La prima volta che ti ho visto era al matrimonio di Argalo, e ora ci siamo ritrovati al tuo.»

Giacinto annuì e il silenzio cadde tra di loro, Apollo si sdraiò sulla schiena e lui si avvicinò di più.

Gli era mancato poterlo abbracciare durante la notte.

Giacinto aveva appena chiuso gli occhi, quanto Apollo ricominciò a parlare.

«Ora tocca a te dire qualcosa» disse, muovendo la spalla sinistra su cui Giacinto si era appoggiato.

«Cosa?» Giacinto riaprì gli occhi. «Non so cosa dirti.»

Apollo si fermò per assaporare il suo respiro calmo e regolare. Era una delle sue cose preferite, significava che era tranquillo e che stava bene.

«La prima cosa che ti viene in mente» sussurrò.

Giacinto rimase immobile forse per troppo tempo, anche il suo respiro si era fermato e Apollo pensò di aver fatto o detto qualcosa di sbagliato.

Non ebbe però il tempo di aggiungere altro.

«Amami» mormorò. «È l'unica cosa che voglio.»

«Lo sto già facendo» rispose, girandosi verso di lui.

Poi cominciò a baciarlo.

Quel giorno Giacinto capì che, per quanto avrebbero potuto essere distanti, si sarebbero sempre ritrovati. Perché solo insieme potevano trasformare le paure in forza, le lacrime in sorrisi, l'odio in affetto, la solitudine in compagnia e i baci in amore.

Apollo si era addossato un po' del suo dolore e aveva sollevato il peso per lui, proprio nel modo in cui Atlante sosteneva la volta del cielo. Inoltre, gli stava facendo una muta promessa dicendogli che, da quel momento in poi, per lui ci sarebbe sempre stato, dimostrandogli il suo amore. E non importava quanto fosse negato nel farlo, cercava di farglielo capire in tutti i suoi gesti.

C'era amore quando lo sfiorava, quando gli accarezzava la guancia o gli toccava i capelli o quando lo baciava.

C'era amore anche in tutte le parole che si dicevano o che si sussurravano, l'amore era anche riflesso nel loro sguardo.

Quel giorno Giacinto si lasciò stringere tra le sue braccia perché era l'unica cosa di cui gli importava e che gli dava forza.

I loro corpi si cercavano per dimostrare l'amore che provavano uno per l'altro.

Aveva sperimentato sulla sua pelle la paura di perderlo e ora che gli era accanto voleva conoscere ogni parte di lui. Si spogliò di ogni suo timore e comprese che tutte le sue ferite venivano alleviate, quando Apollo le sfiorava con le proprie dita.

Non vedeva nulla se non i suoi occhi azzurro intenso, non sentiva nient'altro che non fosse il suo tocco caldo, non provava niente che non fosse amore attraverso i loro baci.

Apollo era colui che avrebbe amato per sempre e, mentre si stava per addormentare, glielo sussurrò piano all'orecchio per non rompere quella bolla di amore che avevano creato intorno a loro.

Capitolo cinquantuno

Buio. Era l'unica cosa che vedeva intorno a sé.
Buio opprimente che gli toglieva il respiro.
Quando aprì gli occhi si spaventò nello scoprire di non essere in grado di vedere.
Quella notte nemmeno la luna era di aiuto.
Iniziò ad agitarsi, il respiro era irregolare e la stanza gli sembrava sempre più piccola, quasi volesse schiacciarlo.
Non riusciva neanche a comprendere i suoi pensieri, rimanevano un secondo e quello dopo erano già cambiati e non riusciva ad afferrarne nemmeno uno. Passavano da Apollo, Tamiri, Zefiro, al suo matrimonio, ma nulla in quel momento sembrava avere significato.
Sentiva qualcosa sul suo volto, però non riusciva a dare una spiegazione nemmeno a quello.
«Respira. Va tutto bene, sono qui.»
Era l'unica cosa che riusciva a comprendere, parole appartenenti a una voce lontana e confusa.
Cercò di muoversi ma era come se fosse paralizzato. La sua voce incastrata in gola.
Sentiva il suo nome essere chiamato da un suono famigliare, ma troppo distante.
Qualcosa gli toccò le spalle e i suoi occhi riuscirono ad abituarsi pian piano all'oscurità finché riuscì a vedere una sagoma indistinta.

In quell'istante si rese conto di quello che stava succedendo. Gli ritornarono alla mente i ricordi del giorno prima. La prima volta che aveva fatto prevalere le sue decisioni su quelle del padre, decidendo di scegliere l'amore per Apollo.

Fu solo un attimo, un solo nome impresso nella sua mente, però fu abbastanza.

«Apollo» sussurrò con voce rotta e spaventata.

«Sì, sono qui» rispose e la voce ora era accanto a lui.

Lo sentì avvicinarsi e grazie al contatto tra la loro pelle, iniziò a tranquillizzarsi.

«Apollo» ripeté, come se fosse l'unica cosa sensata che fosse capace di dire. Poi gli cinse le braccia intorno al collo, avvicinandolo a sé.

Apollo si era svegliato e non aveva più avuto voglia di riaddormentarsi.

Si era fermato a guardare i lineamenti dolci e delicati di Giacinto, rilassato dal sonno e con i riccioli neri che gli ricadevano sulla fronte.

Il ragazzo dormiva appoggiato a lui e con una mano gli stringeva il braccio, come per paura che sarebbe scomparso di nuovo da un momento all'altro.

Non aveva intenzione di fare nulla del genere, sapeva che avergli proposto di rimanere lì era stata una delle più belle decisioni che avesse mai preso.

Perché lo amava.

A un certo punto però, Giacinto, aveva iniziato a divincolarsi tra le sue braccia e lui lo aveva lasciato andare.

Poi aveva iniziato ad annaspare in cerca di aria, come se quella nella stanza non fosse più abbastanza.

Non sembrava però sul punto di svegliarsi e Apollo gli aveva posato la mano sulla guancia e con l'altra aveva

iniziato ad accarezzargli il fianco, non sapendo come rassicurarlo.
Non capiva cosa stesse succedendo, però l'ultima volta a palazzo, abbracciarlo aveva funzionato.
Poi aveva aperto gli occhi e Apollo non si era spostato. Giacinto guardava davanti a sé ma non pareva che lo vedesse, come se stesse vivendo qualcosa che solo lui potesse percepire.
Il respiro non si tranquillizzava e Apollo si chiese se si stesse rendendo conto di quello che stava succedendo.
Aveva provato a calmarlo con le parole ma neanche quelle sembravano arrivargli.
Gli aveva spostato le mani sulle spalle, dicendo il suo nome. Era l'ultima cosa che gli veniva in mente.
Poco dopo, sembrava aver ripreso coscienza della realtà e lui aveva deciso di lasciarsi stringere, facendolo a sua volta.
«Va tutto bene?» chiese, quando sembrava che il suo respiro si fosse regolarizzato.
Aveva paura di muoversi, temendo di spaventarlo o, forse, peggio farlo di nuovo agitare. Parlava e lo toccava con dolcezza per paura di spezzarlo, come se avesse tra le mani qualcosa di davvero prezioso.
Giacinto non rispose di nuovo e Apollo si chiese se adesso lo sentiva.
«Giacinto, se mi senti fa qualcosa, qualsiasi cosa.»
«Mi sono spaventato» rispose lui, strascicando le parole. «Mi sembrava di annegare.»
Non ne avevano mai parlato con chiarezza, ma da quella frase capì che ancora non era riuscito a superare e a dimenticare quello che era successo al fiume.
Aveva compreso nel tempo, che quando i mortali si avvicinavano alla morte, facevano fatica a riprendersi.

Spesso non ci riuscivano.

«Stai bene, ci sono io qui con te» disse, lasciandogli un bacio sulla fronte pieno di apprensione. «È una cosa che ti capita spesso?»

«No. Di solito non riesco ad addormentarmi. Mi è capitata solo un paio di volte» spiegò quasi trascinando le parole. «Anzi, quattro. Questa è la quinta.»

Apollo si sentì un po' in colpa, magari averlo portato lì non era stata una buona idea, dormire in un posto che non era il solito forse lo aveva destabilizzato, soprattutto dopo quello che era successo il giorno prima. Però non avrebbe nemmeno saputo trovare un'altra soluzione.

«Per fortuna sei qui» aggiunse poi Giacinto.

Apollo lo strinse di più e si promise di non lasciarlo più solo. Mai più.

Provò in tutti i modi a farlo riaddormentare, all'inizio era stato fermo, poi aveva cominciato ad accarezzargli piano i capelli.

Infine era crollato per la stanchezza, e lui aveva continuato a cullarlo tra le sue braccia.

La prima cosa che Giacinto avvertì una volta sveglio fu la presenza di Apollo al suo fianco e le sue braccia che lo tenevano stretto.

Quando si decise a guardarlo, l'unica cosa che Apollo fece fu baciarlo.

Quel bacio fu come un sigillo su un patto silenzioso: non parlare più di quello che era successo.

Giacinto non voleva farlo e Apollo non voleva vederlo soffrire al pensiero. Entrambi erano d'accordo.

Capitolo cinquantadue

In dieci giorni, avevano ricominciato tutto da capo.
Le giornate erano piene dei loro discorsi e del loro amore. A entrambi andava bene così, era come essere in un sogno, qualcosa che non avevano potuto neppure immaginare, ma che era diventato davvero bello. Perfetto.
Il tempo sembrava passare più lentamente sull'Olimpo, i primi due giorni li avevano trascorsi nel palazzo di Apollo, cercando di riprendere il loro rapporto da dove era stato interrotto.
Giacinto non aveva più avuto incubi, anche se a volte i pensieri sulla sua famiglia a Sparta lo assillavano.
Il terzo giorno, Apollo, gli aveva mostrato tutto il suo palazzo spiegandogli alcune delle scene che erano raffigurate sulle pareti.
Per la prima volta, Giacinto gli aveva svelato delle storie che Tamiri era solito narrargli. Apollo aveva sorriso, chiedendo di raccontargliene alcune.
Il quarto e quinto giorno, erano usciti dal palazzo. Giacinto si era guardato intorno per molto tempo, meravigliato dalla bellezza dell'Olimpo.
«Ti piacerebbe se ti insegnassi a tirare con l'arco?»
Giacinto, dopo un attimo di esitazione aveva accettato.
A Sparta gli era stato insegnato a usare la spada e a duellare, ma in nessuna lezione gli avevano mostrato come essere un arciere, o forse quella faceva parte di una delle

nozioni che aveva evitato nel periodo in cui si trovava travolto dal suo dolore.

Apollo aveva recuperato l'arco e le frecce prima di tornare da lui. Giacinto non aveva più timore di rimanere da solo. Se qualcuno lo vedeva non diceva nulla: la notizia che Apollo avesse portato sull'Olimpo un ragazzo che era fuggito da un matrimonio, si era diffusa in davvero poco tempo.

Apollo lo aveva avvisato: tutti sapevano sempre tutto.

Si erano posizionati davanti a un albero e Apollo gli aveva passato un arco, tenendo la faretra per sé, poi gli aveva dato anche la prima freccia. Giacinto l'aveva presa continuando a guardarla per un po' rigirandosela tra le mani.

Apollo gli si era avvicinato sorridendo, per poi prendergli le mani e guidarlo nei gesti fino a riuscire a fargli scoccare la prima freccia.

Era incantevole vedere quanta passione ci metteva a spiegargli cosa dovesse fare.

Giacinto si sorprese a desiderare che il suo essere mortale non cambiasse mai il loro rapporto. Perché quello era l'unico particolare che davvero lo spaventava, prima o poi lui sarebbe invecchiato, il suo sole avrebbe iniziato a tramontare mentre quello di Apollo sarebbe sempre stato nel punto più alto.

Il sesto giorno, Apollo gli aveva raccontato alcuni particolari del tempo che avevano trascorso separati e Giacinto invece che era stato costretto a partecipare ai giochi atletici, poiché era un principe.

«Quale disciplina?» aveva chiesto Apollo, curioso, mentre gli accarezzava il braccio. Erano sdraiati l'uno di fianco all'altro.

«Lancio del disco, lo odio.»

«Non so perché, ma me lo aspettavo. Se vuoi ti posso aiutare a esercitarti.»
«E perché io mi aspettavo che tu fossi bravo anche in questo?» Giacinto aveva scosso la testa, prima di fare incontrare le loro labbra.

Erano rimasti in silenzio per un po' di tempo e Giacinto aveva iniziato a giocare con i capelli di Apollo, quando il dio ricominciò a parlare: «Quindi, quando ti vorresti allenare con il lancio del disco?»

«Mai.»

Apollo aveva riso, prima di baciarlo di nuovo.

Quella notte Giacinto era più agitato delle precedenti, sentiva che il loro tempo da soli stava per finire. Si stava per addormentare quando Apollo lasciò la presa sul suo fianco, lui aprì subito gli occhi. La paura di rimanere da solo non lo abbandonava. Apollo sembrò accorgersene e tornò al suo fianco per poterlo abbracciare.

«Non devi preoccuparti» aveva detto. «Ci sono io con te, *mio caro Giacinto*.»

Giacinto si era ritrovato a sorridere. Aveva trovato colui che lo avrebbe affiancato fino alla fine, che lo avrebbe amato fino all'ultimo secondo.

Il nono giorno, Giacinto, si era svegliato al suono della lira di Apollo. La melodia sembrava sempre più celeste alle sue orecchie ogni giorno che passava.

Giacinto, sorridendo, si era girato su un fianco per poterlo guardare. Era così bello.

Quando si era accorto del suo sguardo su di lui, Apollo aveva smesso di suonare, sorridendogli a sua volta.

«Cosa vuoi fare oggi?»

«Rimaniamo qui. Credo che domani dovrei tornare a Sparta, prima che mio padre decida di ripudiarmi in modo definitivo.»

Apollo fece un'espressione offesa e Giacinto rise.

«Anche tuo padre potrebbe farlo, ti converrebbe tornare ai tuoi doveri.»

«Perché hai sempre ragione tu?»

Giacinto non aveva risposto e in cambio si era avvicinato per dargli un bacio.

Quei giorni lontani da tutti lo avevano aiutato a prendersi una pausa dalla sua vita a palazzo.

Una volta tornato, se ce ne fosse stato il bisogno, avrebbe raccontato tutto, non aveva più intenzione di nascondere il suo amore per Apollo a nessuno.

Capitolo cinquantatré

Apollo riaccompagnò Giacinto a Sparta.
Non si era reso conto che erano passati così tanti giorni.
Quando erano insieme era come se tutto il resto fosse distante. Non sapeva come spiegare cosa sentisse in quei momenti, ma era la sensazione migliore che avesse mai provato.
«Sei sicuro che posso aspettare al fiume?»
Giacinto annuì.
«Non preoccuparti, ti raggiungo appena avrò sistemato tutto.»
Apollo gli diede un ultimo bacio, prima di andarsene.
Rimasto solo, Giacinto, si cambiò la tunica che gli aveva prestato Apollo con una delle sue, prima di uscire dalla sua camera.
Non fece quasi in tempo a chiudere la porta, che qualcuno lo chiamò. Si girò, trovandosi davanti Cinorta.
Suo fratello gli si avvicinò e l'unica cosa che fece, prima ancora di fargli domande, fu abbracciarlo.
Non era mai successo e Giacinto rimase immobile, non trovando il coraggio di stringerlo a sua volta.
«Dove sei stato?» gli chiese, allontanandosi.
«Ero con...»
«Apollo. Laodamia mi ha spiegato tutto.»
Giacinto annuì: «Mi dispiace essermene andato così.»

«Nostro padre è su tutte le furie.»

«Lo immaginavo» disse. «Vado a parlargli.»

Tutte le persone che incrociò sul suo cammino lo osservavano con stupore, come se nessuno credesse davvero che potesse essere lì a palazzo. Chissà cosa avevano pensato quando si era sparsa la notizia che se ne era andato. Magari avevano creduto che si fosse trasformato in un nuovo Ganimede, rapito e portato sull'Olimpo per un amore che non aveva richiesto.

Chiedendo a un paio di guardie, Giacinto riuscì a trovare suo padre con facilità.

Era nella stessa stanza in cui aveva visto per la prima volta Tamiri. Per un attimo rivide quel ragazzino, con lo sguardo scaltro che cercava di trattenere una risata. Era da quel momento che tutto era iniziato.

Amicla si voltò verso di lui, quando sentì la porta chiudersi. Diomeda non c'era.

Fece un leggero inchino e, senza alzare lo sguardo, andò a sedersi davanti a lui.

Fissò per lunghi attimi le proprie mani, prima che suo padre decidesse di parlare. Fino a quel momento lo aveva solo studiato.

«Vedo che finalmente ti sei degnato di tornare.»

Giacinto non rispose, rifiutandosi di spostare lo sguardo.

«Ho perso il conto dei giorni in cui non ti sei fatto vedere» continuò. «E mi sembrava di averti insegnato che guardare la persona che parla è una forma di rispetto.»

Giacinto alzò a fatica la testa, con il desiderio di non irritarlo ancora di più.

Non avrebbe saputo dire che età avesse Amicla, però gli sembrava invecchiato di anni nel tempo in cui lui era stato sull'Olimpo.

«Spero tu abbia una scusa buona per aver rovinato il matrimonio.» Non stava urlando, la sua voce era fredda e calcolata.

«Non ho nessuna scusa» disse, con voce tremante. «Non ho mai voluto sposarmi, ho trovato una via di fuga e ne ho approfittato...»

«Preferisco non sapere» rispose nervoso. «Devi ricordare di essere un principe e che non puoi lasciare tutto e tutti da un momento all'altro. O sei così stolto da non riuscire nemmeno a comprendere il guaio in cui mi hai lasciato?»

Giacinto riabbassò lo sguardo, sentiva quella sensazione di colpa ormai famigliare annidarsi nel suo petto, qualcosa che non aveva mai saputo controllare.

«Sei sempre stato una delusione. Questa volta avresti almeno potuto renderti utile, sposando quella ragazza.»

Giacinto provò a ricordarsi cosa gli aveva detto di fare Tamiri, in quei momenti. Doveva pensare ad altro, immaginare di trovarsi altrove. Pensare che le sue parole non fossero vere.

Ma suo padre aveva ragione, era una delusione. Le sue parole continuavano a rimbombargli nelle orecchie.

«Quando questa storia sarà dimenticata, ti troverò una nuova sposa, una qualsiasi, assicurandomi solo che tu te ne vada lontano da Sparta. Il più distante possibile da me, non salirai mai sul trono di questa città.»

Giacinto continuò a rimanere immobile, a testa bassa, non poteva permettere che suo padre vedesse le lacrime che si stavano formando nei suoi occhi.

Non permettere a un erede maschio di salire al potere della propria città, era come disconoscerlo come figlio. Si sentiva come se lo avesse appena schiaffeggiato in pieno viso. Anzi, forse uno schiaffo gli avrebbe fatto meno male.

«Non hai niente da dirmi?»
Per i secondi che passarono, Giacinto si sforzò di parlare più di una volta senza riuscirci davvero. La voce gli rimaneva aggrappata alla gola. Scosse la testa.
«Allora puoi andare.»
Si alzò all'improvviso, fermandosi subito dopo. Non riusciva neppure a capire quello che stava facendo, quindi si costrinse a fare tutto con calma, prima che le sue emozioni prendessero il sopravvento. Non voleva che succedesse, non in un momento come quello.
Tremante, si inchinò davanti al padre. Poi uscì dalla stanza quasi di corsa.
Poteva andare in un unico luogo: da Apollo.

Capitolo cinquantaquattro

La prima cosa che fece quando lo vide in lontananza, fu correre verso di lui.
Apollo stava guardando l'orizzonte, sulla spalla destra era legata la faretra e la mano sinistra stava rigirando una freccia con fare distratto. Si dondolava soprappensiero sui piedi e non si era nemmeno reso conto che Giacinto ormai si trovava lì.
Non ci pensò due volte prima di avvicinarsi per abbracciarlo.
«Da quando sei così espansivo?» rise Apollo, raggiante come al solito.
Giacinto pensava che neanche Elio, Titano dell'astro solare, avesse la sua stessa aurea luminosa o il suo stesso calore, quando lo si toccava. Anche se fosse, per quanto si sarebbero potuti assomigliare, Apollo ai suoi occhi avrebbe avuto sempre qualcosa di più, qualcosa in cui nessuno sarebbe mai riuscito a eguagliarlo.
«C'è qualcosa che non va?» Il tono di Apollo era diventato serio. «Stai piangendo?»
Giacinto non rispose. Forse avrebbe potuto ricavare un po' di conforto in quel calore.
Apollo lasciò correre per qualche minuto, poi lo costrinse a spostarsi e a sedersi al suo fianco sull'erba.
«Mi dici cosa sta succedendo?» parlò con voce calma, cercando di convincerlo.

Giacinto dovette ragionarci molto prima di riuscire a formulare una frase che poteva avere senso.
«Mio padre...» disse. «Lui...»
Apollo gli accarezzò la schiena, per tranquillizzarlo.
Giacinto scosse la testa, non riusciva a parlare, il comportamento di suo padre nei suoi confronti lo aveva sempre turbato, e quel giorno non era capace di fargli fronte.
Apollo rimase in silenzio, non sapeva bene come comportarsi, non aveva mai dovuto consolare nessuno.
Le divinità con cui passava più tempo erano gli altri Olimpi e di certo non avevano mai avuto bisogno di rassicurazioni.
Qual era l'ultima volta che era successo qualcosa a un dio? Forse quando Persefone era stata rapita da Ade era stato l'unico momento in cui una dea si era davvero afflitta. In fondo Demetra aveva fatto scendere l'inverno per mesi, oltre a rifiutarsi di tornare sull'Olimpo. C'erano pochi altri episodi, collegati quasi tutti alla morte di un umano che però si tendevano a dimenticare in fretta. Erano dèi immortali e non si permettevano di soffrire troppo per colpa di un mortale.
«Non so cosa fare» ammise Giacinto, attirando la sua attenzione.
«È colpa mia» disse Apollo, più che consapevole del peso delle sue parole. «Non avrei dovuto portarti sull'Olimpo.»
Giacinto tornò ad abbracciarlo, continuando a piangere.
Si sentiva indifeso, soffocato dai suoi pensieri. Non voleva che succedesse, ma non riusciva nemmeno a reagire, come se il suo corpo si rifiutasse di prestare attenzione alle sue volontà.
«Ricordati che qualsiasi cosa succeda, io sono qui.»

Giacinto annuì piano, appoggiò la testa sul suo petto e Apollo continuò ad avvolgerlo con le sue braccia. Purtroppo, era l'unica cosa che potesse fare in quel momento.

Dopo fin troppo tempo, Giacinto iniziò a calmarsi. Si allontanò per guardarlo e Apollo lasciò che le loro labbra si sfiorassero, prima di riavvicinarlo a sé.

Apollo aveva ormai capito da tempo che non aveva mai tenuto a nessuno come a Giacinto. Si era reso conto che non solo ci teneva, ma che senza la sua presenza le giornate non sarebbero state le stesse, così come non lo sarebbe stato quel luogo.

Sparta gli sarebbe sembrata una città vuota, se non avesse avuto lui accanto.

E mentre guardava i suoi occhi scuri ancora bagnati di lacrime, si era detto che doveva almeno provare a fare qualcosa.

Perché Giacinto, per lui, non era mai stata una persona qualunque e aveva già sofferto abbastanza.

Fu in quel preciso momento che capì che sarebbe stato lui il primo dio a dover essere consolato, perché comprese che prima o poi la loro fine sarebbe inevitabilmente arrivata.

Capitolo cinquantacinque

Il giorno prima, Zefiro, aveva osservato Apollo consolare Giacinto forse per troppo tempo.
Apollo doveva essersi innamorato davvero quella volta.
Zefiro aveva capito abbastanza bene cosa stesse succedendo, anche senza poter sentire quello che si dicevano, poiché era rimasto lontano per fare in modo che non lo notassero.
Quando Giacinto si era calmato e all'ennesimo bacio che si erano dati, aveva deciso di voltare le spalle alla scena, andandosene.
Ma il giorno dopo era di nuovo davanti all'Eurota. Non avrebbe lasciato perdere così facilmente.
Apollo era già lì, seduto per terra a suonare la sua lira.
Zefiro sapeva di dover apparire tranquillo, quando gli avrebbe parlato. Se Apollo avesse anche solo sospettato il suo risentimento, non avrebbe ascoltato una singola parola di quello che gli avrebbe raccontato.
«Apollo?»
Il dio si girò confuso, interrompendo la melodia a metà, prima di appoggiare la lira sull'erba e alzarsi per affrontarlo.
«Zefiro, cosa ci fai da queste parti?»
Zefiro sospirò: «Speravo di incontrare il principe, a dire la verità.»
«Il principe?» chiese, stava facendo finta di non capire.

«Sì.» Mosse qualche passo verso di lui. «Giacinto.»
Apollo annuì: «Come mai lo cercavi?»
Apollo stava provando a essere il più distaccato possibile ed era bravo a non far trasparire nessuna emozione dal suo tono, Zefiro però sapeva di star per colpire il suo punto debole.
«Ho immaginato che dovremmo chiarire alcune cose che sono successe.»
«Cosa esattamente?»
Apollo sembrava confuso, stava andando tutto come Zefiro si era immaginato. Giacinto non gli aveva raccontato nulla di ciò che era successo tra di loro e qualsiasi fosse il motivo, ora gli si sarebbe ritorto contro.
«Giacinto aveva bisogno di qualcuno con cui passare il tempo.»
Apollo sorrise, forse nessuno gli aveva mai detto che il suo sorriso non era credibile quando non era genuino. Era un ottimo modo per capire quando mentiva, neanche gli Olimpi erano così invincibili come volevano far credere, dopotutto.
«Passavi molto tempo con lui?»
«Abbastanza, abbiamo passato giorni insieme, credevo proprio che tra di noi avrebbe potuto nascere qualcosa.»
Apollo non sembrò indugiare neanche per un secondo, forse aveva il sospetto che stesse mentendo. Peccato che non fosse così.
«Davvero?»
Zefiro annuì.
«L'ho baciato e lui non mi era sembrato contrariato. Poi mi ha baciato anche lui, diverse volte, e abbiamo passato un'intera giornata insieme.»
Apollo non poté trattenere un'espressione ferita, si voltò cercando di non farglielo notare.

«Allora dovresti ringraziarmi di averlo portato via dal suo matrimonio.»

«Ancora non mi è chiaro perché tu lo abbia fatto.»

Apollo alzò le spalle, in un gesto prettamente umano che ormai aveva assimilato: «Sapevo che non era d'accordo con l'idea di sposarsi e pensavo anch'io che tra di noi potesse esserci qualcosa.»

Zefiro stirò le labbra, se Apollo aveva iniziato a mentire, significava che credeva almeno in parte alle sue parole.

«È difficile non rimanere affascinati dalla sua bellezza. In ogni caso non mi sembra intenzionato ad arrivare e io ho da fare, nel caso tu lo veda, digli che lo stavo cercando e che tornerò.»

Senza aspettare risposta, spiccò il volo.

Apollo tornò a sedersi, ma non aveva più voglia di suonare.

Zefiro decise di non allontanarsi troppo, voleva vedere il risultato di quello che aveva raccontato.

Lui sarebbe sempre stato lì per consolare Giacinto.

Giacinto arrivò poco tempo dopo e si sedette al fianco di Apollo, sorridendo come faceva solo in sua compagnia. Non aveva più parlato con il padre e aver passato tempo con Apollo lo aveva fatto tranquillizzare molto.

Aveva capito che non lo avrebbe lasciato solo neanche quella volta, qualora ce ne fosse stato bisogno lo avrebbe portato di nuovo sull'Olimpo, anche per sempre.

Lo baciò, ma a differenza delle altre volte, Apollo interruppe subito il contatto.

Giacinto notò la sua espressione, cupa rispetto al solito.

«È successo qualcosa?» chiese, con una mano appoggiata sulla sua guancia.

I suoi occhi, erano distaccati rispetto al solito e, incrociandoli con i propri, sentì un fremito attraversarlo.

«Prima ho parlato con Zefiro.»

«Zefiro? Perché?» chiese, lasciando cadere la mano, non voleva che quell'errore commesso con Zefiro rovinasse quello che aveva appena ricreato con Apollo. La voce aveva ripreso ancora una volta a tremare, dopo tutto quel tempo Apollo avrebbe dovuto capire che gli succedeva sempre quando si sentiva a disagio o poco bene. Però si vergognava ancora al pensiero che lo potesse sapere.

«Mi ha detto di essere venuto qui perché ti stava cercando, ne sai qualcosa?»

«No» rispose quasi senza lasciargli finire la frase.

Prese un respiro profondo, per provare a tranquillizzarsi, aveva già avuto più volte la conferma che se si faceva prendere troppo dai sentimenti, le cose gli sfuggivano di mano.

«No...» disse con più calma. «Non so perché mi cercava. Ci siamo visti un paio di volte, però...»

Apollo non lo lasciò continuare: «Però cosa, Giacinto?»

Lo domandò con un tono calmo ma accusatorio e Giacinto capì che sapeva già tutto. Zefiro lo aveva ingannato, sapeva benissimo cosa provasse per Apollo, glielo aveva detto con onestà e nonostante tutto era andato a raccontargli ciò che era successo tra di loro.

Però, rimaneva comunque colpa sua. Nasconderlo ad Apollo non sarebbe stato giusto, lo sapeva, eppure non aveva mai avuto il coraggio di iniziare il discorso.

«Però... credo che tu già lo sappia» ammise.

Si morse forte le labbra, il silenzio che era calato tra di loro era troppo opprimente. Apollo non lo guardava neanche più.

Giacinto si avvicinò un po' e si rilassò quando lui non si scostò, neanche mentre gli afferrava la mano destra iniziando ad accarezzargli le nocche con il pollice.

«Non... non avrei mai dovuto avvicinarmi a lui.»

«Quindi non lo hai fatto?» il suo tono era piatto, non aveva emozioni. Non lo aveva mai sentito parlare in quel modo.

«L'ho fatto, non voglio mentirti. Però non mi ha lasciato niente, era il periodo in cui ero convinto che tu mi avessi abbandonato, l'unica cosa che lui mi ha fatto capire era che volevo stare con te. L'ho detto anche a Zefiro, mi dispiace che tu lo sia venuto a sapere così.»

Apollo annuì, poi tornò a guardarlo.

«E non hai pensato di dirmelo?»

«In realtà sì. Ma è stato tutto così bello quando eravamo sull'Olimpo, ero così felice di poterti rivedere che non volevo rovinare tutto.» Emise un sospiro tremante, appoggiando la fronte sulla sua spalla.

«Mi dispiace» sussurrò.

Sentì Apollo togliere la mano dalla sua presa e per un attimo temette che se ne andasse, poi lo sentì accarezzargli i capelli.

«Ti credo.» Espirò. «In fondo io non c'ero e quando sono tornato tu mi hai detto che non volevi più vedermi, quindi credo vada bene così. L'importante è che tu sia qui con me ora.»

Apollo si sentiva quasi estraniato da se stesso, non provava gelosia e nemmeno il desiderio di vendicarsi o comunque di fare qualcosa che potesse ritorcersi verso

Giacinto. In passato si era spesso comportato in quel modo, ma gli sembrava di non esserne più capace.

Giacinto alzò la testa, sorridendo e avvicinandosi per baciarlo con tutto l'affetto che poteva trasmettergli.

Si sdraiarono sull'erba, ed erano così assorti l'uno dall'altro, che non sentirono nemmeno Zefiro volare via.

Erano tornati a esistere solo loro, la loro pelle che si sfiorava, i loro baci e i loro sorrisi.

La sensazione più bella che potessero mai provare.

Capitolo cinquantasei

Da quando era nato, Apollo ammetteva senza problemi di non avere mai ricevuto né visto, delle vere dimostrazioni d'amore.

In fondo sua madre aveva dovuto girare per metà Grecia prima di trovare un posto dove partorire lui e sua sorella, tutto perché la moglie di suo padre – e come biasimarla – non voleva vedere o dare vita facile né all'amante né ai nuovi figli che sarebbero nati.

Nel corso degli anni era probabile che anche il re degli dèi avesse perso il conto dei suoi tradimenti.

Anche per Era non doveva essere facile continuare ad avere davanti agli occhi Apollo e i suoi fratelli a ricordarle l'infedeltà di Zeus.

Un po' ciò dispiaceva ad Apollo, però non aveva di certo scelto lui di nascere da un adulterio.

Così come nessun altro.

Ma da quando aveva incontrato Giacinto, aveva iniziato a capire di più che cosa significasse amare.

Ormai quando qualcuno esprimeva i propri sentimenti nei confronti di qualcun altro, lui pensava a Giacinto e non più a sua madre lasciata a soffrire da sola.

Giacinto gli aveva completamente cambiato la vita, non lo negava. Non poteva.

Si trovavano al palazzo di Sparta, Giacinto era sdraiato al suo fianco con gli occhi chiusi, dal suo respiro però era sicuro che non stesse dormendo.

Gli passò una mano dietro alla schiena accarezzandolo con dolcezza, prima di parlare.

«Sai...» iniziò, aspettando che il ragazzo aprisse gli occhi, prima di continuare. «Il pensiero che tu te ne possa andare mi distrugge.»

«Cosa intendi?» chiese Giacinto.

Non ne comprendeva il motivo ma per Apollo era davvero difficile spiegare cosa gli stava passando per la testa.

«Intendo che io sono un dio, tu no.»

Giacinto ridacchiò.

«Te ne sei accorto soltanto ora? Ti pensavo più perspicace.»

Apollo sospirò, prima di ridere a sua volta.

Poi decise di mettersi seduto sul letto e Giacinto lo imitò.

«Cerco di spiegarmi meglio.»

Giacinto annuì.

«Quello che sto cercando di dire è che... un giorno tu invecchierai e poi morirai, perché è così che è la vita dei mortali.» Evitò il suo sguardo. «Però io non voglio che finisca in questo modo, non mi puoi lasciare.»

Giacinto gli appoggiò una mano sul viso.

Per la prima volta il concetto di immortalità, non era più bello come un tempo. Perché dover continuare a vivere per secoli senza quella persona che lo rendeva felice?

Ammirava la forza che avevano i mortali, quando perdevano qualcuno. Non capiva come potessero continuare a vivere, con la consapevolezza che un giorno sarebbe finito tutto.

Anche Giacinto, seppur dopo anni, era riuscito a superare quasi del tutto la morte di Tamiri, e Apollo sapeva benissimo quanto avesse sofferto per lui.

Apollo aveva sempre trovato difficile pensare che tutte le cose che vedeva o le persone che incontrava sarebbero scomparse.

Aveva avuto la prima prova in precedenza, quando Dafne si era trasformata, sotto ai suoi occhi e al suo tocco.

Non aveva mai compreso quanto fosse veloce la vita dei mortali fino a quel momento, per quanto la ragazza fosse una Ninfa e non fosse proprio morta come di consuetudine.

Si ricordava di aver pianto, più di quanto gli piaceva ammettere, ai piedi dell'alloro che aveva preso il posto di Dafne.

Era stata la prima persona di cui si era innamorato, anche se per colpa di una freccia di Eros.

Alla fine a fatica si era rimesso in piedi e si era fatto una corona prendendo le foglie dell'alloro, solo dopo averlo reso un sempreverde. Non poteva vivere con il pensiero che un giorno anche quella pianta, che conteneva ancora un po' della vita di Dafne sarebbe morta.

Per un bel po' si era rifiutato di togliersi quella corona dal capo, perché così gli sembrava di averla ancora vicina.

Tuttavia, sapeva che non era così, ed era anche colpa sua se lei era morta.

Solo molto tempo dopo aveva compreso che il loro amore non era stato davvero così speciale.

Lui si era innamorato perché non aveva pensato troppo prima di prendersi gioco di Eros. Lei non lo aveva mai amato, anzi lo detestava, sempre per colpa di Eros e questo odio l'aveva portata a preferire la trasformazione in pianta, piuttosto di essere raggiunta da lui.

Se era stato così male per quella storia, non riusciva nemmeno a immaginare come avrebbe reagito, se fosse successa la stessa cosa a Giacinto.

Appoggiò la testa sulla sua spalla, lasciandosi accarezzare, aveva bisogno di quel tocco.

«Sai che un giorno dovrà succedere. Anch'io preferirei passare l'eternità con te.»

«Allora fallo» disse speranzoso, alzando di nuovo il viso per guardarlo negli occhi. «Diventa immortale e passa l'eternità al mio fianco» concluse abbracciandolo.

Il cuore di Giacinto perse un battito, la sua mente si riempì di confusione e un sorriso spontaneo comparve sul suo viso.

Subito dopo la gioia lasciò spazio all'incredulità: cosa gli aveva appena chiesto?

«È possibile una cosa del genere?»

Apollo annuì, non staccandosi dal suo abbraccio.

«Se non sei destinato a diventarlo sarà difficile, ma non impossibile. Ci sono dei modi per far sì che accada.»

Giacinto lo strinse di più a sé. Aveva ragione: il fatto che un giorno si sarebbero dovuti allontanare per forza era ingiusto.

Ma non succedeva a tutti i mortali, in fondo?

«Non lo so, dico davvero.»

Apollo si allontanò di poco da lui, l'azzurro dei suoi occhi si mostrava più spento rispetto al solito.

«Perché? Non vorresti sapere che potrai passare ancora tutto il tempo che vuoi con me? Anzi non ci dovrai pensare, perché il tempo non sarà più un problema.»

«Lo so, non sai quanto mi piacerebbe. Però si tratta della mia vita e di quello che sto vivendo ora, e non so come sentirmi al pensiero che potrebbe cambiare tutto. Non dovrei più pensare che questo momento non tornerà più, perché potremmo averne tutti quelli che vogliamo. Forse è proprio questo il problema, io sono nato per morire e cambiare le cose non è facile, dovrei modificare tutti i miei pensieri, le mie azioni e non è una cosa immediata.»

«Hai ragione è una scelta davvero importante e non dovrei insistere. Se deciderai di diventare immortale sarai tu a chiedermelo. Fino a quel momento, se mai ci sarà, non ne parleremo più» rispose avvicinandosi per un bacio, prima di abbracciarlo.

Giacinto non poteva sapere se aveva davvero capito il suo punto di vista, lui non era mai stato nella posizione di dover decidere una cosa del genere. Apollo era nato così, perciò l'immortalità per lui era la cosa più naturale del mondo.

Da come lo stringeva tra le sue braccia e da come continuava a baciarlo, la paura di perderlo non gli era passata.

Poi sussurrò quelle parole che già sapeva che si sarebbe ricordato per tutti i secoli a venire, qualsiasi sarebbe stata la sua scelta, le avrebbe custodite nei suoi ricordi nascosti gelosamente nel suo cuore. Come ogni parte di Apollo.

«Io sarò sempre con te, *mio caro Giacinto.*»

Capitolo cinquantasette

Giacinto camminava avanti e indietro, fuori dalla camera di Argalo.
Il giorno prima gli aveva detto di incontrarsi la mattina successiva, ma come la maggior parte delle volte lo stava facendo attendere.
Argalo aprì la porta, pochi attimi dopo.
«Sono in ritardo?» domandò.
Giacinto non rispose, camminando verso di lui.
Da quando era tornato dall'Olimpo Argalo voleva parlargli, ma non aveva trovato mai il tempo per farlo.
Erano ormai arrivati in giardino quando iniziò a parlare.
«Sei tornato da quasi una settimana e credo sia arrivato il momento di spiegarmi la storia di Akesios.»
Giacinto annuì, prima di raccontargli tutto.
Iniziò spiegandogli che era stato lui a salvarlo dalle acque dell'Eurota e di come avesse tenuto nascosto di essere un dio.
Poi gli raccontò dei loro discorsi, di quando aveva scoperto la verità. Dell'inizio del loro amore e della sua scomparsa.
E infine del suo ritorno e della loro fuga.
Non raccontò nulla del discorso avuto con il padre.
Come ultima cosa gli spiegò della proposta che gli aveva fatto alcuni giorni prima.

«E tu cosa hai risposto?»
Giacinto scosse le spalle: «Non so cosa fare.»
«Devi pensarci bene, non è una scelta che si prende alla leggera, però...»
«Però?»
«Sei felice con lui. Se gli dai una risposta negativa potresti pentirtene, se accetti magari avrai trovato ciò che ti farà stare bene per sempre.»
«Ma se le cose tra di noi un giorno cambiassero?» domandò. «Non potrò più tornare indietro.»
Argalo gli sorrise.
«Non credo che succederà.»

Apollo camminava avanti e indietro sulla sponda dell'Eurota, pensando a come avrebbe potuto far combaciare al meglio la sua vita con Giacinto e i suoi impegni da dio.
Il vento soffiava tranquillo e portava più freddo del solito.
Era piacevole, rendeva tutto calmo.
Almeno finché Zefiro non comparve di fronte a lui.
Apollo ebbe l'impulso di tornarsene sull'Olimpo, senza degnarlo di una parola.
Però la curiosità di quello che aveva da dirgli era troppa, visto che ormai sapeva già tutto quello che era successo tra lui e Giacinto.
Zefiro lo salutò con tono piatto e Apollo sorrise.
«Ancora da queste parti? Stai di nuovo cercando il principe?» cercò di non far trasparire la presa in giro dal suo tono.
«No, stavo pensando proprio a te mentre mi recavo qui.»
«Come mai?»

«Per la nostra ultima conversazione.»

Le parole di Zefiro non sembravano più amichevoli come l'ultima volta, Apollo studiò un attimo il dio dalle ali scure, cercando di capire cosa avesse in mente.

«Perché continui a insistere?»

«Ci ho pensato un po'...» disse Zefiro con fare riflessivo. «E un ragazzo che mi bacia, per poi fermarsi dicendo che è innamorato di un altro dio, non mi sembra molto convinto.»

«Mi ha seguito sull'Olimpo. Credo proprio che sia molto convinto.»

Zefiro lo osservò per qualche secondo, non avrebbe desistito. Apollo era un dio come lui, avrebbe potuto continuare a parlare di amore all'infinito, ma nemmeno lui avrebbe mai compreso fino in fondo il vero significato di quella parola.

Inoltre, per Zefiro, Giacinto era stato solo un gioco come tanti altri. Un gioco che aveva perso, nell'esatto momento in cui Giacinto aveva deciso di scappare con Apollo.

«Almeno gli hai detto alcune delle cose che hai fatto o lo hai lasciato completamente all'oscuro? Gli hai mai raccontato di Marsia o di Dafne o ancora meglio di Coronide?» Rise, come se fossero dei racconti divertenti. «Sai, mi sembra un ragazzo molto sensibile, non credo che gli piacerebbero molto queste storie.»

Apollo si sentì confuso per un attimo dopo tutte quelle affermazioni. Pensava che tutti conoscessero quei fatti, però non era sicuro che Giacinto sapesse che fossero veri. Quando gli aveva raccontato di lui aveva omesso sia quelle che altre parti del suo passato.

Nel caso di Dafne era anche colpa di Eros, però era stato solo lui a far legare Marsia a quell'albero per scorticarlo vivo e sempre lui aveva ucciso con una freccia Coronide, dopo aver saputo del suo tradimento.

L'aveva amata ma non era riuscito a trattenere la sua gelosia.

Voleva che Giacinto lo sapesse? No, non voleva essere odiato da lui. E magari quelle fossero state le uniche cose di cui era colpevole!

Giacinto gli aveva già perdonato la punizione di Tamiri e l'abbandono, non avrebbe potuto continuare a contare sul suo amore se continuava a deluderlo.

Zefiro a quel punto doveva aver notato la sua preoccupazione, perché aveva un'espressione vittoriosa disegnata sul viso.

Apollo non voleva perdere Giacinto per nessuna ragione, tantomeno a causa della sua stupidità. Era comunque la persona che aveva amato di più e non voleva nemmeno che gli succedesse qualcosa per colpa sua. Non sarebbe riuscito a superarne la perdita questa volta.

«Zefiro» disse. «Nonostante ciò che tu desideri, Giacinto è innamorato di me. Tu non farai niente per spaventarlo o per farmi detestare, sarà una mia scelta raccontargli di cose che mi riguardano.»

«Non userei mai questi metodi per farvi allontanare, ho altri modi per farti dimenticare da lui.»

«Non provare più ad avvicinarti a Giacinto.» Ormai la voce di Apollo non aveva più neanche un filo della tranquillità che aveva cercato di preservare all'inizio, sapeva di cosa fossero capaci gli dèi per gelosia, lui stesso ne era un esempio.

Temeva che Zefiro non avrebbe avuto scrupoli a fare del male a Giacinto.

«Non ho bisogno di avvicinarmi, per toglierlo dalle tue braccia» chiarì, poi si avvicinò a lui abbastanza da potergli sussurrare il resto: «Non permetterò che lui continui ad amarti.»

Dopo quella frase volò via, lasciando Apollo da solo.

Quando Giacinto arrivò, Apollo stava fissando assorto l'acqua del fiume davanti a sé.

Appena vide il sorriso dolce di Giacinto, si sentì quasi in colpa nei suoi confronti.

Chi era lui per mentirgli?

Giacinto si sedette al suo fianco, baciandolo come solo lui poteva fare.

«Ti ho mai detto quanto sei importante per me?» chiese Apollo, dopo essersi allontanato.

Giacinto si avvicinò per appoggiare di nuovo le labbra sulle sue e Apollo gli fece passare le braccia dietro alla schiena, per abbracciarlo con tutto l'affetto che poteva trasmettergli.

Lo tenne stretto per molto tempo e lui non sembrava esserne infastidito.

A un certo punto Giacinto si sdraiò, portandosi dietro anche lui, poi iniziò ad accarezzargli il viso, prima di prendere tra le dita una sua ciocca bionda.

«Cosa succede?» chiese poi.

«Cosa?» domandò Apollo a sua volta, forse un po' troppo preoccupato.

«Sei sicuro che vada tutto bene?»

«Sì... no.»

«Devi proprio imparare a spiegarti meglio.» Giacinto sorrise, divertito.

«Ho fatto tante cose che a te non piacerebbe sapere e ho paura che potrebbero diventare un problema» spiegò, appoggiandosi sui gomiti per poterlo vedere in viso.

Giacinto si acciglió: «Non ne avevamo già parlato? Lo so benissimo, basta che non fai nulla finché ci sono io.»

Apollo sorrise, ancora Giacinto non sapeva la parte peggiore ma sembrava conscio che ci fosse e forse aveva ragione, non ci sarebbe stato nessun problema.

«È proprio per questo motivo che dico che sei speciale.»

«Magari un giorno mi racconterai tutto, abbiamo tempo, e ti assicuro che non mi arrabbierò.»

Apollo appoggiò di nuovo la testa sul suo petto, lasciandosi sfiorare.

«Non smettere mai di amarmi» bisbigliò.

Giacinto rispose con un dolce bacio sui capelli, che valeva più di tutte le parole che avrebbe potuto pronunciare.

Forse era vero che finché ci fosse stato il sole, neanche l'amore sarebbe tramontato.

Allora era davvero fortunato a essere il dio del sole.

Capitolo cinquantotto

Apollo guardava Giacinto dormire al suo fianco.
Il pomeriggio del giorno prima era andato a trovarlo a palazzo perché la mattina l'aveva dovuta passare sull'Olimpo, per una nuova discussione che per fortuna si era risolta in poco tempo.
Alla fine, erano riusciti comunque a passare il resto del tempo insieme e lo aveva convinto, non sapeva neanche lui come, a esercitarsi con il lancio del disco.
Apollo era rimasto sorpreso quando aveva scoperto che in realtà Giacinto era bravo in quella disciplina, se si impegnava.
Finita la cena, Giacinto lo aveva raggiunto in camera sua dove Apollo aveva deciso di aspettarlo.
Dopo poco Apollo si era messo a suonare la lira di Tamiri e Giacinto si era addormentato, sdraiato al suo fianco.
Apollo aveva appoggiato lo strumento per terra, prima di voltarsi verso di lui e fargli passare un braccio intorno alla vita.
Sorrise mentre Giacinto apriva piano gli occhi, poi gli diede un bacio sulla fronte.
«È già mattina?» fu la prima cosa che chiese Giacinto, chiudendo di nuovo gli occhi.

«Sì» rispose. «Io devo andare, ci incontriamo al fiume oggi pomeriggio?»

Giacinto annuì, ancora mezzo addormentato e Apollo, prima di andarsene, si chiese se lo avesse davvero ascoltato.

Lo baciò un'ultima volta sulla fronte prima di andarsene.

Giacinto fu il primo ad arrivare sulla riva dell'Eurota.

Il fiume era calmo e limpido come al solito e stare lì, gli faceva dimenticare sempre di tutto il resto.

L'inverno era finito ed era quasi passato un anno da quando Apollo era diventato il suo servo, da quando era incominciato tutto.

Si ricordava ancora quando andava lì per avere un posto dove stare da solo e provare a salvarsi da se stesso, poi le cose erano inevitabilmente cambiate e ora andava in quel luogo per avere la sua compagnia.

Sarebbe rimasto sdraiato lì per sempre, se solo avesse potuto. Se un giorno fosse morto, desiderava ancora che succedesse nella tranquillità di quel luogo. Quella volta però, non avrebbe forzato le cose.

Giacinto aprì gli occhi e si mise a sedere quando sentì dei passi avvicinarsi, Apollo era davanti a lui con le braccia incrociate al petto.

Era cambiato in quei mesi, forse stava diventando più umano. Giacinto non sapeva come spiegarlo, ma credeva che passare molto tempo con lui lo avesse un po' influenzato e che si notasse da come si comportava.

«Credo che tu sia un po' in ritardo» disse Giacinto.

Apollo si sedette al suo fianco: «Ho avuto dei compiti da sbrigare sull'Olimpo.»

Giacinto si sporse per baciarlo, poi si concesse di ridere.

Era felice. Apollo lo rendeva felice.

«Un giorno vorrei capire qualcosa in più del tuo mondo» parlò, lasciando la sua mano appoggiata alla guancia di Apollo.

«Stai meglio qui a Sparta, non ti conviene sprecare secondi importanti della tua vita.»

Giacinto spense il suo sorriso e spostò la mano.

«E se non dovessi sprecare niente?» mormorò.

Apollo lo guardò confuso: «In che senso?»

«Se non devo più preoccuparmi del tempo che scorre, non dovrò sprecare nulla.»

«In che senso?» ripeté Apollo, più piano, ancorando i suoi occhi, accesi da una nuova speranza, a quelli di Giacinto.

«Continuiamo a stare insieme» proseguì Giacinto, nei suoi occhi si leggeva soltanto l'affetto.

«Sempre» rispose Apollo, scoprendo di aver capito subito quello che stava per chiedergli, poi si avvicinò per appoggiare le sue labbra su quelle di Giacinto. Sentiva che era l'unica cosa di cui aveva bisogno.

Giacinto lo abbracciò.

«Sei sicuro della tua scelta?» chiese Apollo, facendolo annuire.

«Sì, ci ho pensato molto e sono arrivato alla conclusione che avevi ragione, non è giusto passare tutti i giorni sapendo che potrebbe essere l'ultimo. Voglio avere un punto fermo nella mia vita e voglio che quello sia tu, anzi, voglio che sia il pensiero di avere l'eternità da trascorrere al tuo fianco.»

Apollo gli posò le labbra sulla tempia, prima di allontanarsi per guardarlo di nuovo negli occhi.

Inclinò di poco il capo pensando che la paura, che da quando erano scappati insieme provava nel guardarlo, era scomparsa. Non aveva più timore che lui se ne andasse da un momento all'altro come un riflesso sull'acqua.

Era lì con lui e lo sarebbe stato per sempre.

Giacinto sospirò sollevato, prima di avvicinarsi per un bacio. Sentiva di essere stato dissolto da tutte le sue paure e che quelle che rimanevano non erano così male, sapendo che Apollo non lo avrebbe mai lasciato.

Mentre sentiva di nuovo il suo tocco su di lui, pensò che il sole di Apollo ora aveva iniziato a illuminare e a scaldare solo lui.

E anche se ormai il sole di Giacinto stava per tramontare, dentro di loro era rinata la speranza di poter continuare a vivere insieme quel sogno.

Non c'era nulla che potesse spegnere la loro luce.

Capitolo cinquantanove

«Giacinto!»

Apollo lo fermò, intrappolandolo tra le sue braccia, prima che potesse tornare a sedersi per terra.

«Non ho voglia» si lamentò Giacinto, cercando di allontanarsi da Apollo, senza successo.

«Solo per poco tempo, per favore. Lo faccio per te.»

Giacinto sbuffò e Apollo sapeva di avere avuto la meglio.

«Poco» mise in chiaro Giacinto.

Apollo sorrise per poi baciarlo con tenerezza sulle labbra, prima di allontanarsi vittorioso, recuperando il disco da terra.

I giochi atletici ormai erano vicini e Giacinto ancora li detestava. Invece Apollo adorava qualsiasi cosa li riguardasse e non voleva che il principe facesse una brutta impressione alla gara del lancio del disco, perciò si era ostinato a volerlo aiutare.

Non era facile però: quando Giacinto si impuntava su qualcosa era quasi impossibile fargli cambiare idea.

Si conoscevano da un anno, ed era tutto perfetto.

Apollo aveva deciso di aspettare un po' prima di rendere Giacinto immortale, voleva essere sicuro che lui non se ne pentisse. Però gli aveva anche promesso che sarebbe successo prima che l'estate di quell'anno si concludesse.

Apollo lanciò il disco che Giacinto non provò nemmeno a prendere, lasciandolo cadere ai suoi piedi. Poi lo recuperò, rilanciandolo svogliatamente verso di lui.

Apollo lo prese senza nessuna fatica: «Potresti almeno fingere un po' di interesse.»

«No, mi dispiace. Vuoi fare questa cosa? Te lo concedo, però non aspettarti che io ne sia entusiasta.»

Apollo sorrise, scuotendo il capo mentre guardava l'espressione infastidita di Giacinto.

«Non mi lamento più» disse, tirando il disco.

Giacinto sorrise, afferrandolo al volo.

«Vedi? Quando vuoi, sei bravo.»

«Avevi detto che non ti saresti più lamentato» lo ammonì Giacinto.

«Non lo sto facendo. Era un'osservazione» rispose. «Dai, tira il disco.»

«No.»

«Giacinto!»

«Sei stancante, Febo.» *Splendente, luminoso.*

Aveva iniziato a chiamarlo in quel modo da poco e Apollo sorrideva, senza accorgersene, tutte le volte che lo faceva. Sapeva che molti lo chiamavano in quel modo, ma sentirlo pronunciare da Giacinto sembrava quasi avere un suono diverso, era unico.

Giacinto rise, appena prima di lanciare il disco.

Era così bello stare sulle rive del fiume con lui. Pensava che nulla avrebbe mai potuto oltrepassare la felicità e l'amore che provava in quel momento.

Così era stato.

Apollo lanciò il disco verso Giacinto.

Una forte folata di vento cambiò direzione.

Zefiro decise di andarsene, non aveva bisogno di guardare quello che sarebbe successo dopo.

Aveva avvisato Apollo che non avrebbe mai permesso che Giacinto continuasse ad amarlo.

Ad Apollo sembrò di svenire, perdendo all'improvviso tutte le sue forze, quando Giacinto cadde a terra.

Il disco lo aveva colpito alla tempia.

Le luci e le ombre iniziarono a mischiarsi, impedendo a Giacinto di comprendere bene la situazione.

Gli sembrava di essere tornato sommerso nell'acqua del fiume, si era quasi dimenticato di quella sensazione fino a quel momento.

Si sforzò di aprire gli occhi, solo quando sentì Apollo avvicinarsi a lui.

La sua vista era offuscata, ma poteva lo stesso leggere la preoccupazione negli occhi del dio.

Quegli occhi azzurro cielo che ora contenevano anche un pezzo della sua anima.

Avvertì che lo stava spostando, facendogli posare la testa sulle sue gambe.

«Giacinto...» lo chiamò con voce rotta e solo in quel momento capì che Apollo stava piangendo.

Giacinto sentiva l'energia mancargli sempre di più e sembrava che il suo corpo non gli appartenesse.

«Giacinto... parlami» disse Apollo, accarezzandogli una guancia, anche Giacinto avrebbe voluto fare la stessa cosa con lui ma non riusciva a muoversi.

Avrebbe anche voluto baciarlo.

Ancora una volta. Un'ultima volta.

Prima che l'oscurità lo avvolgesse sussurrò con la poca voce che gli rimaneva, sperando che lui potesse ancora sentirlo: «Amami.»

«Lo sto già facendo» rispose Apollo, singhiozzando.

Dopodiché il silenzio avvolse Giacinto.

Lo stesso silenzio che lo spaventava, ma che era stato sovrastato dalle parole e dalle risate di Apollo.

Aveva capito che stava morendo, però il dolore non era per quello, ma bensì per il pensiero di lasciare per sempre Apollo.

Lo aveva amato e avrebbe continuato a farlo, anche se non poteva stare al suo fianco.

Il loro amore era troppo forte per essere sconfitto dalla morte.

Giacinto amava il sole.

E quel sole era riuscito a toccarlo e sentirlo.

Anche nell'Ade si sarebbe ricordato del suo sorriso, del suo tocco caldo e dei suoi baci.

Il sole che tanto amava era da sempre stato Apollo.

Apollo aveva capito dal momento esatto in cui lo aveva toccato che per lui non c'era più nulla da fare, le Moire avevano ormai deciso di recidere il suo filo. Neanche con il suo dono per la medicina poteva aiutarlo.

Non riusciva a fare altro che stare lì a piangere, pensando che Giacinto non era più insieme a lui.

Ed era colpa sua, lui lo aveva ucciso.

Se solo avesse potuto scegliere, sarebbe morto insieme a lui e forse un po' era stato così, una parte del suo cuore sarebbe per sempre stata sepolta lì, davanti al fiume che li aveva visti amarsi.

Appoggiò la mano sul sangue che era sgorgato dalla ferita alla testa di Giacinto e che era finito sulla sua tunica, come per incolparlo delle sue azioni.

Ma era davvero colpa sua? Lui aveva solo amato. Il loro amore non era destinato a durare per sempre anche se aveva fatto di tutto per cambiare le cose, purtroppo invano.

Era una colpa aver amato?

Dal sangue di Giacinto nacque un fiore, rosso brillante.

Apollo aveva sempre pensato che per lui Giacinto era un bellissimo fiore, e ora lo avrebbe rivisto tutte le primavere, quando sarebbe sbocciato nello stesso periodo in cui si erano incontrati.

Capitolo sessanta

Non fu per niente facile all'inizio.

Faticò molto ad alzarsi per andarsene dal fiume.

Appena smise di piangere, portò il ragazzo inerme nella sua camera a palazzo, spostandogli un'ultima volta i capelli che gli erano ricaduti sulla fronte.

Poi iniziò a cercare il padre di Giacinto.

Quando Amicla lo vide entrare nella sala del trono restò per un attimo immobile a fissarlo, prima di inchinarsi.

Quando il re di Sparta si rimise in piedi, Apollo gli fece segno di non muoversi.

«Io...» non riuscì a trattenere le lacrime. «Mi dispiace, tuo figlio...»

Ormai stava di nuovo singhiozzando, però non gli importava.

Avrebbe solo voluto chiudere anche lui gli occhi e addormentarsi, magari per sempre, così da non sentire più quel dolore che gli stava invadendo il petto.

Gli doleva così tanto, da indurlo a pensare che se fosse stato mortale lo avrebbe ucciso.

«Mio figlio?»

«Giacinto» disse, anche il suo nome provocava dolore. «È nella sua camera.»

«Come mai sei qui? E perché piangi?»

Apollo scosse la testa: «Non mi è facile allontanarmi dalla persona che ho amato di più.»

«Dalla persona che hai amato di più?»
«Giacinto...» ripeté, come se fosse il suono più bello che potesse esistere, lo pronunciava piano come per paura che potesse rovinarsi. «È stato davvero importante per me, sono venuto a dare la notizia, ora credo di dover andare.»
«Aspetta» lo fermò Amicla. «È con te che era fuggito il giorno del suo matrimonio?»
«Sì» fu l'ultima cosa che disse, prima di scomparire.

Dopo poco meno di una settimana, il tempo che avevano dovuto aspettare perché Laodamia raggiungesse Sparta, ci fu il suo funerale.
Apollo c'era. Era in disparte, guardava i fratelli di Giacinto, senza sapere come comportarsi.
Aveva passato giorni interi a piangere, senza fare nient'altro. Erano stati così vicini a vivere l'eternità insieme, e ora tutto si sarebbe dissolto, quando la sua pira sarebbe stata bruciata.
Argalo fu il primo a notarlo e si avvicinò a lui, si inchinò e Apollo distolse lo sguardo.
Stava male, troppo, ma non voleva mostrarlo.
Se quel dolore era anche solo la metà di ciò che aveva provato Giacinto alla morte di Tamiri, non si spiegava come fosse riuscito a superarlo.
Lui non poteva dire di esserne in grado. Giacinto era sempre stato molto forte, lo sapeva, ma non gliel'aveva mai detto e ora se ne pentiva.
C'erano ancora tante di quelle cose che avrebbe voluto dirgli.
Anche potergli sussurrare un'ultima volta quanto fosse bello o quanto lo amasse, sarebbe bastato.
«Grazie di essere qui» disse Argalo, anche lui sembrava affranto dalla perdita.

«Credo sia mio dovere.»

Argalo annuì.

«Grazie» ripeté poi, però non stava più parlando della sua presenza.

«Per cosa?»

«Giacinto mi ha raccontato tutto. Lo hai salvato e non intendo solo fisicamente. Lo hai salvato da se stesso, lo hai fatto rivivere, lo hai fatto tornare ad amare. Non credo potrò mai ringraziarti abbastanza.»

«Non hai pensato che potrebbe essere colpa mia, il fatto che lui non sia più qui?»

Argalo scosse la testa, la sua voce era rotta e tremante: «Non lo avresti mai fatto. Giacinto voleva diventare immortale per te.»

Apollo annuì, sforzandosi di non piangere.

«Se solo avessimo avuto più tempo, sarebbe successo. Non riuscirò mai a perdonarmi di averlo lasciato solo, in questo modo.»

Argalo scosse la testa.

«Tu non potrai più incontrarlo, è vero, però sono sicuro che nell'Ade ritroverà un'altra persona.»

«Tamiri?» domandò Apollo «Io... lo spero. Giacinto ne sarebbe proprio felice.»

«Però Tamiri dovrà fronteggiare una cosa che non conosceva quando era in vita.»

«Cosa?»

«L'amore di Giacinto per te. Sono sicuro che non smetterà mai di amarti.»

"Nemmeno io smetterò, mai." pensò Apollo.

Proprio in quel momento Cinorta si avvicinò a loro.

«Dobbiamo bruciare la pira» disse guardando Argalo, dopo essersi inchinato davanti ad Apollo.

Argalo annuì, poi tornò a dargli attenzione.

«Vuoi farlo tu?»
«Io?» domandò Apollo.
«Mio padre ha chiesto a me di farlo, ma io credo che Giacinto vorrebbe lo facessi tu» spiegò.
«Lo credo anch'io» disse Cinorta, gli sorrise triste e poi gli fece segno di seguirlo.
Laodamia gli si posizionò di fianco, prima di passargli la fiaccola.
Apollo guardò per un attimo il giardino del palazzo di Sparta che conteneva tantissimi loro ricordi. Non riuscì a guardare l'ultima volta il viso di Giacinto.
Nel vederlo lì, tutti i presenti avrebbero avuto prova del loro amore, durato fino alla morte.
Appoggiò la fiamma sulla pira che prese subito fuoco.
Quel giorno anche per Apollo il sole tramontò, tuttavia poco a poco la fiamma si sarebbe riaccesa, ravvivata da tutti quei ricordi che aveva di Giacinto.
I suoi occhi, il suo sorriso, la sua risata, la sua voce, il suo amore. Erano tutte cose di cui non si sarebbe mai potuto dimenticare.
Erano memorie che gli scaldavano il cuore.
Prima di andarsene rimase a osservare le persone che avevano fatto parte della vita di Giacinto.
Amicla, Diomeda, Argalo, Cinorta, Laodamia, Polibea.
Si sarebbe ricordato per sempre anche di loro.
Andò un'ultima volta nella camera di Giacinto, che ancora sapeva del suo profumo, e aprì la cassapanca all'angolo della stanza.
Prese la lira di Tamiri e se ne andò.

Giacinto sarebbe sempre rimasto al suo fianco, quando chiudeva gli occhi poteva ancora vederlo davanti a lui.

*I ricordi e i sentimenti non si sarebbero mai persi.
Facevano parte di lui, come un po' del cuore di Giacinto.
Poteva ancora sentirlo pronunciare il suo nome.
Apollo amava e amerà per sempre Giacinto.*

Epilogo

Erano secoli che non andava più in quel luogo.
Quando rivide l'Eurota davanti a sé, il suo primo impulso fu quello di fuggire.
Poi però si soffermò a guardarsi intorno, non era più come all'epoca, però aveva preservato la sua tranquillità.
Quasi sembrava essere stato lì ad aspettare il suo ritorno.
Sparta gli era mancata, nonostante tutto aveva dei bellissimi ricordi legati a quel luogo.
Si sedette per terra, guardando l'orizzonte e gli venne spontaneo voltarsi, per vedere se al suo fianco ci fosse qualcuno. Sapeva che tornare ad attendere, sarebbe stato inutile.
Poi si girò ancora e sorrise quando notò un bellissimo fiore, proprio sulle sponde del fiume.
Rosso brillante, come il sangue del suo amato.
Quell'amato che, non importava quante altre persone c'erano state dopo di lui, sarebbe sempre rimasto il più importante.
Sapeva che se avesse potuto parlargli sarebbe stato orgoglioso di lui: era riuscito ad andare avanti, anche se a fatica.
Dopo il suo funerale era tornato sull'Olimpo e aveva pian piano ripreso i suoi doveri, scoprendo che le riunioni

con gli altri Olimpi non erano poi così malvagie. Lo distraevano.

Da allora le cose erano decisamente cambiate.

Però anche l'ultima luce si stava affievolendo.

I mortali erano vulnerabili, cambiavano idea rapidamente.

Lui lo diceva da tempo: ci sarebbe stata anche un'era dopo la loro e forse stava per arrivare.

Magari un giorno, molto lontano, qualcuno avrebbe ritrovato qualcosa che riconduceva a loro.

Forse sarebbero rimasti solo dei miti o magari quell'antica fiamma si sarebbe riaccesa.

Ormai avevano deciso di vedere come si sarebbe evoluta la storia, senza intervenire.

E a lui andava bene così.

Era bello non avere più tutti quei fardelli da dover sopportare.

Sarebbe stato meglio se Giacinto fosse stato al suo fianco, i suoi problemi li avrebbe sopportati e risolti senza fatica.

Gli sarebbe bastato ancora poco tempo e in quel momento avrebbe potuto davvero essere lì con lui.

Era lì lo stesso, avvertiva ancora la sua presenza in quei luoghi.

Poco dopo la morte di Giacinto aveva rivisto Zefiro che gli aveva confessato quello che aveva fatto.

Era stata colpa di Zefiro, non sua. Non aveva permesso che Giacinto continuasse ad amarlo.

Apollo non era riuscito a reagire alle sue parole, non gli aveva nemmeno risposto e aveva solo abbassato la testa.

Era ancora una ferita aperta e non riusciva ancora a comprendere che non lo avrebbe più rivisto.

Poco dopo, quando Ermes era dovuto andare nel suo palazzo a cercarlo per una riunione a cui lui non si era presentato, lo aveva trovato sdraiato sul suo letto a piangere.

Si ricordava vagamente di avergli chiesto se c'era un modo per cancellare la sua immortalità, per seguire Giacinto. I ricordi erano confusi, si ricordava però che per la prima volta lo aveva abbracciato.

Doveva essergli apparso davvero disperato, e lo era.

Si ricordava anche di aver pregato in silenzio suo padre, per chiedergli di renderlo mortale e fare così in modo che potesse raggiungere Giacinto nell'Ade.

Ovviamente era stato tutto inutile.

Da quel giorno aveva evitato Zefiro e, anche se si incontravano cercava di non rivolgergli mai la parola.

Era stato doloroso, però era riuscito a superarlo.

Si alzò per raccogliere un giacinto, prima di tornare a sedersi.

Giacinto e il suo fiore avevano lo stesso profumo.

«Giacinto, sono io. Sai, mi manchi ancora e c'è stato un momento in cui non sapevo come andare avanti senza di te. Poi mi sono detto che tu non avresti mai voluto questo per me e mi sono sentito un po' meglio. Non avresti dovuto lasciarmi solo, ma non è stata colpa tua e neanche mia: ciò mi fa sentire meglio.»

Apollo si alzò e si avvicinò al fiume.

«Ti penso sempre, anche se non posso vederti. Purtroppo, la nostra storia è finita, ma io ricordo benissimo ogni tuo singolo particolare, ogni parola che mi hai detto.»

Si fermò un attimo a osservare il movimento calmo dell'acqua.

«Dopo la tua morte a Sparta sono successe tante cose, poco tempo dopo Argalo è salito al trono, quando tuo padre è morto. Posso dirti con sicurezza che nessuno dei tuoi fratelli si è mai dimenticato di te. Spero che tu li abbia potuti incontrare di nuovo tutti e anche che tu sia riuscito a fare pace con tuo padre, oltre che a riabbracciare tua madre. E spero tu ti sia ritrovato con Tamiri, anzi di questo ne sono sicuro.»

Apollo si chinò, diede un bacio al fiore per poi posarlo sull'acqua limpida, continuando a tenerlo stretto tra le dita.

«Ti amo.»

Apollo sospirò, asciugandosi una lacrima con la mano libera.

«Ti amo Giacinto» riprese. «Possiamo essere stati separati dalla morte, ma rimarremmo comunque uniti da questo sentimento. Non importano tutte le cose che sono successe, tu sei rimasto la persona più importante a essere entrata nella mia vita. Te l'avevo giurato sullo Stige e non ho mai avuto intenzione di rompere il giuramento: non ti dimenticherò mai.»

Lasciò andare il fiore che venne trasportato lontano dalla corrente.

«Non ti dimenticherò mai, *mio caro Giacinto*.»

Rimase a fissare l'acqua per un po', prima di alzarsi e incamminarsi per andare via.

Non aveva più niente da fare a Sparta.

Alzò lo sguardo verso il cielo azzurro, sopra la sua testa, per un attimo ebbe la certezza che in un altro luogo, in un altro tempo si sarebbero incontrati.

Perché lui lo avrebbe aspettato oltre la storia e oltre la morte.

Apollo continuò a camminare, gli occhi persi nei ricordi.

Poi la sentì. Quella sensazione di felicità che negli anni non era più riuscito a provare.

E fu solo un attimo, l'attimo in cui i suoi occhi incontrarono quelli di un ragazzo seduto a terra.

Tra le sue mani stringeva un giacinto.

Mio caro Giacinto

Le feste in onore Giacinto celebravano la sua morte e la sua rinascita. Il culto si festeggiava ad Amicle in Laconia, un villaggio nei pressi di Sparta, sotto il nome di feste Giacinzie, tenute ogni anno per tre giorni.

Più tardi il suo rito venne affiancato a quello di Apollo, la cui statua si trovava nei pressi della tomba di Giacinto.

Questo libro prende spunto dal libro X delle *Metamorfosi* di Ovidio, in cui il poeta latino narra della morte di Giacinto e dell'amore di Apollo nei suoi confronti.

Tamiri, mitico cantore, fu riconosciuto come uno degli amanti di Giacinto, oltre che il primo essere umano ad avere amato una persona del suo stesso sesso.

Dalla prima pagina è quasi tutto frutto di fantasia, è il racconto di come potrebbe essere stata la vita di Giacinto.

I miti riguardanti ogni personaggio sono stati tagliati, modificati e ricuciti tra di loro, così da creare dei personaggi quasi completamente nuovi.

Giacinto nasce come un personaggio solare e felice, cresce con i suoi fratelli a palazzo ed è un principe molto amato, anche se il padre cerca più volte di fargli intendere che non sia così. Finché è con Tamiri, per quanto quelle parole lo feriscano, riesce sempre in qualche modo a non lasciarsi abbattere.

In questo libro si parte molto prima del mito che Ovidio racconta, si narra del suo amore per Tamiri, con il quale cresce e poi si riprende quello che Omero scrive nell'*Iliade*: "Là dove le Muse / fattesi avanti al tracio Tàmiri tolsero il canto, / mentre veniva da Ecalia, da Eurito Ecaleo, / e si fidava orgoglioso di vincere, anche se esse, / le Muse cantassero, figlie di Zeus egíoco! / Ma esse adirate lo resero cieco e il canto / divino gli tolsero, fecero sí che scordasse la cetra."[1]

Giacinto cresce con Tamiri ed entrambi si innamorano. Hanno quattro anni di differenza e Giacinto ha solo tredici anni quando lui muore, ma l'amore che li lega va contestualizzato nell'epoca in cui vivono. Era un amore acerbo, che non va oltre a qualche bacio e che sarebbe potuto fiorire solo con il passare degli anni.

Per quanto Giacinto sia ancora giovane e immaturo, ben presto dovrà fare per la prima volta i conti con gli dèi, anzi, proprio con Apollo, al quale non piace il modo di vantarsi che ha Tamiri.

Tamiri, qui, ha un dono della preveggenza che neanche lui comprende fino in fondo, discende da Apollo e da lui oltre al dono della musica ha ereditato anche quello. Vede e sa fin da subito cosa succederà a se stesso e a Giacinto, ma non riesce a comprenderlo. L'ultima cosa che vede prima di morire è proprio un giacinto sulle sponde del fiume Eurota, lì dove secoli dopo Apollo lo raccoglierà per salutare ancora una volta l'amato.

Tamiri è di sicuro uno dei personaggi ad avere subito più cambiamenti, qui non suona una cetra ma bensì una lira e non perde anche la voce che poteva essere l'unica cosa a tenerlo ancora in contatto con Giacinto, ma solo la

---

[1] Omero. *Iliade*. Versione di Rosa Calzecchi Onesti. Torino: Einaudi, 2014, vv. 594-600, p. 71.

capacità di cantare. Inoltre non sfida le Muse ma viene solo punito da quest'ultime per la sua arroganza.

Giacinto è cresciuto con Tamiri e crede sia l'unico che lo possa capire, inoltre è convinto che l'unica cosa che possa fare è seguirlo nella morte. Non sa come sopravvivere senza di lui.

Da quel momento il personaggio di Giacinto cambia radicalmente, anzi è già cambiato dal momento in cui Argalo lo informa della morte di Tamiri.

Inizia il suo periodo buio, quello da cui crede di non poter uscire.

Dovranno passare cinque anni per far sì che si ritrovi con il personaggio fulcro di questa storia. Apollo c'è sempre stato, ma Giacinto non ha mai fatto caso a lui. Si scorda di Apollo anche quando lui lo salva da morte sicura nel fiume.

Apollo invece è a conoscenza dell'estrema bellezza di Giacinto, che lo porta a innamorarsene quasi subito.

Quando diventa il suo servitore il nome che usa, Akesios, non è altro che un epiteto con cui il dio viene chiamato, dal significato di guaritore, in quanto dio della medicina, dono con il quale ha salvato Giacinto dal suicidio.

Apollo sa che Tamiri è una parte di Giacinto, in cuor suo continuerà ad amarlo e ad Apollo va bene così. L'ultima cosa che fa a Sparta è proprio prendere la sua lira, in cui rimangono tanti ricordi di Giacinto e per questo la vuole tenere con sé per sempre.

Zefiro è l'ultimo personaggio importante a essere presentato, la sua gelosia è quella che metterà fine alla storia. Non ha mai veramente accettato che Giacinto lo abbia rifiutato e non crede che Apollo sia meritevole di stare con lui. Per gelosia e vendetta fa in modo che Apollo uccida Giacinto.

La storia del matrimonio di Giacinto è invece del tutto inventata. Mette un punto a tutto quello che era successo fino a quel momento. Con il matrimonio, Tamiri, Apollo e Zefiro avrebbero dovuto essere dimenticati. La sposa di Giacinto non ha né un volto né un nome, perché fin dall'inizio Giacinto è destinato a non incontrarla.

Le tradizioni legate ai matrimoni dell'epoca non sono spiegate nei particolari, o sono modificate, per non appesantire la storia e per coerenza con le scelte e i pensieri di Giacinto.

L'immortalità che Apollo è pronto a donargli invece è menzionata nelle *Metamorfosi*: "Anche tu, Giacinto, figlio di Amicla, saresti stato portato in cielo, da Febo, se il tuo infelice destino gli avesse dato il tempo di farlo."[2]

I personaggi di Laodamia, Diomeda e Polibea sono presenti in più di un avvenimento importante, per rappresentare le donne che durante le feste Giacinzie avevano una rilevanza particolare.

Per quanto riguarda Giacinto, anche il suo mito vede delle incongruenze, partendo dai suoi genitori, suo padre potrebbe essere Amicla o Ebalo (qui figlio di Argalo) o Piero, così come delle volte al posto di Zefiro viene citato Borea.

Anche la sua storia è stata modificata affinché si adattasse bene al resto.

Giacinto soffre di gravi disturbi, ma è in un'epoca in cui nessuno può capirlo. Non sono stati spiegati e specificati proprio per questo: nessuno avrebbe potuto comprendere il motivo per cui Giacinto non aveva

---

[2] Ovidio. *Metamorfosi*. A cura di Piero Bernardini Marzolla. Torino: Einaudi, 2015, p. 395.

neanche la forza di alzarsi dal letto. L'incomprensione e il sottovalutare i suoi comportamenti è anche il motivo per cui impiega così tanto tempo a superare la morte di Tamiri.

Apollo non è di certo caratterialmente crudele, come può apparire in altri racconti. È un dio che sembra buono e dolce. Qui Apollo non ha nessun motivo per mostrarsi insensibile, non è in guerra, nessuno gli manca di rispetto, è un momento di pace, sia per lui che per Sparta.

Anche parte della sua storia è tratta dalle *Metamorfosi*: "Delfi situata al centro della terra restò senza il dio suo signore, all'epoca in cui veniva a trovarti sull'Eurota, a Sparta non cinta di mura. Più nulla gli importava né della cetra né delle frecce. Dimentico di se stesso, non disdegnava di trasportare le reti, di andare con i cani al guinzaglio, di accompagnarti per le balze di un'impervia montagna."[3]

Nel libro oltre ad Apollo viene nominato anche Elio. In molti miti è Elio a essere il dio del sole, qui invece i due hanno una funzione parallela: se Apollo è il dio del sole, Elio, seguendo fonti più tarde, diventa un Titano.

Infine, il titolo, *Mio caro Giacinto*, viene ripreso dalle parole che prima Tamiri e poi Apollo, gli rivolgono. Sono le due persone che Giacinto ha amato di più e Apollo riporta quelle parole nella vita di Giacinto, anni dopo la morte di Tamiri.

Ed è quando Apollo gli rivolge quelle parole che Giacinto comprende che l'amore di Tamiri non gli serve più, ha trovato qualcuno che lo amerà sopra ogni altra cosa, per l'eternità.

---

[3] *Ibidem*

La storia è volutamente modernizzata ma rimane comunque ambientata nell'antichità, per superare i momenti difficili serve aiuto e nessuno deve avere paura di chiederlo.

Glossario Personaggi

Ade: figlio di Crono e di Rea, dio regnante sull'oltretomba, sulle ombre e sui morti.
Admeto: re di Fere in Tessaglia. Apollo fu condannato a servirlo per nove anni, dopo che uccise i Ciclopi per vendicare suo figlio Asclepio.
Afrodite: figlia dell'unione tra Urano e la schiuma del mare, oppure di Zeus e Dione. Dea dell'amore, della bellezza e della buona navigazione.
Amicla: re di Sparta, succedette al padre Lacedemone. Secondo alcune versioni fu padre di Giacinto. Fondò la città di Amicle, sul fiume Eurota.
Ampelo: giovane amato da Dioniso, che trovò la morte per la caduta da un albero o, secondo un'altra versione, per colpa di un toro. Fu trasformato in vite da Dioniso.
Apollo: figlio di Zeus e Leto, fratello gemello di Artemide. Dio della luce, delle arti, della musica, della poesia, della profezia, della conoscenza, della malattia e della medicina, dell'ordine e del tiro con l'arco. Spesso viene identificato anche come il dio del sole. Uno dei miti riferiti al dio era quello della sua storia d'amore con il principe spartano Giacinto, narrato nel X libro delle *Metamorfosi* di Ovidio.
Argalo: figlio primogenito di Amicla e Diomeda, erede del trono di Sparta. Fratello di Giacinto. Ebbe

come figlio Ebalo (in alcune versioni figlio di Cinorta) che lo succedette sul trono di Sparta.

Artemide: figlia di Zeus e Leto, sorella gemella di Apollo, dea vergine della luna, della caccia, della verginità, del tiro con l'arco e di tutti gli animali del bosco.

Asclepio: figlio di Apollo e Coronide. Venne affidato alle cure del Centauro Chirone. Quando egli riuscì a ridare vita ai morti, Zeus lo folgorò come punizione per essere andato contro le leggi divine. Successivamente, sotto richiesta di Apollo, Zeus lo collocò fra le stelle e così incominciò a essere venerato come dio della medicina.

Atlante: figlio del Titano Giapeto e dell'oceanina Climene oppure dell'oceanina Asia. Esiodo narra che Atlante fu costretto da Zeus a tenere sulle spalle il peso della volta celeste dopo che lui decise di allearsi con Crono, guidando i Titani contro gli dèi dell'Olimpo.

Caronte: traghettatore dell'Ade, che trasportava le anime dei morti da una riva all'altra del fiume Acheronte

Cinorta: figlio di Amicla e Diomeda, quarto re di Sparta. Fratello di Giacinto e padre di Periere e, in alcune versioni, anche di Ebalo o di Tindaro.

Coronide: figlia di Flegias e madre di Asclepio, figlio avuto da Apollo. Durante la sua assenza, Apollo, lasciò un corvo di guardia alla ragazza che tornò da lui a riferirgli che Coronide lo aveva tradito con Ischi, di cui si era innamorata. Il dio, arrabbiato, tramutò le piume del corvo da bianche a nere e poi uccise Coronide con una freccia. Dal suo corpo senza vita Apollo (o in altre versioni Ermes) riuscì a salvare il figlio che venne chiamato Asclepio, divenuto poi il dio della medicina.

Crono: era il più giovane dei Titani, figlio di Urano e Gea. Mutilò il padre che teneva in prigionia i figli per paura di essere rimpiazzato al potere. Sposò Rea e, temendo a sua volta che i figli lo spodestassero, iniziò a divorarli appena nati. Al sesto Rea gli dette una pietra da ingoiare riuscendo così a salvare il figlio che, dopo aver costretto il padre a rigettare i cinque figli ingoiati, darà il via alla Titanomachia. Fu rinchiuso nel Tartaro insieme agli altri Titani.

Dafne: figlia del dio fluviale Ladone o di Peneo e della Naiade Creusa. Un giorno Eros, per vendicarsi delle prese in giro di Apollo sulle sue qualità di arciere, lo colpì con una delle sue frecce facendolo innamorare della Ninfa. Colpì successivamente Dafne con un'altra freccia facendo in modo che lei rifiutasse l'amore del dio. Inseguita da Apollo, chiese aiuto al padre che la tramutò in una pianta di alloro. Apollo da quel momento fu solito ornarsi i capelli con le foglie di alloro, che rimase simbolo del suo primo amore.

Demetra: figlia di Crono e Rea, dea della fertilità, dell'agricoltura e delle piante. Madre di Persefone, avuta da Zeus. Quando la ragazza fu rapita da Ade la dea fece diventare la terra sterile rifiutandosi di andare sull'Olimpo finché la figlia non fosse tornata. Dopo l'accordo con Ade, dove Persefone sarebbe stata sei mesi sulla terra e sei negli inferi, Demetra tornò sull'Olimpo facendo tornare feconda la terra.

Diomeda (o Diomedea): seconda regina di Sparta, figlia di Lapite. Madre di Argalo, Cinorta, Giacinto, Laodamia e Polibea.

Dioniso: figlio di Zeus e della mortale Semele. La ragazza, per sua volontà o sotto consiglio di Era, chiese a Zeus di apparire nella sua vera forma divina rimanendo così incenerita. Zeus riuscì a salvare Dioniso che ancora non era nato, cucendolo nella propria coscia. Successivamente venne fatto ascendere sull'Olimpo.
Ebalo: re di Sparta, figlio di Cinorta o di Argalo, secondo una versione del mito fu invece padre di Giacinto.
Efesto: figlio di Zeus ed Era. Fabbro degli dei, dio del fuoco, della metallurgia, della tecnologia, e delle armi appena forgiate. Venne gettato giù dall'Olimpo fino all'isola di Lemno dove fu accolto dalle Ninfe Eurinome e Teti.
Elio: figlio di Iperione e Teia, dio del sole. Ogni mattina partiva da oriente sulle acque del fiume Oceano per guidare nel cielo il carro del sole. In epoca più tarda avverrà la identificazione di Elio con Apollo. Inoltre, iniziò a essere considerato un Titano, in quanto loro discendente.
Era: figlia di Crono e Rea, sorella e sposa di Zeus e regina degli dèi. Dea del matrimonio, della famiglia, dei legami e delle unioni.
Ermes: figlio di Zeus e della Pleiade Maia. Messaggero degli dei, dio del commercio, dell'eloquenza e dei ladri.
Eros: figlio di Afrodite e Ares, dio dell'amore fisico e del desiderio.
Estia: figlia primogenita di Crono e Rea, dea vergine della famiglia, della casa e del focolare. Lasciò il suo posto sull'Olimpo a favore di Dioniso.

Eurota: fu un re della Laconia. Prosciugò la pianura paludosa dove sarebbe poi nata Sparta, chiamò il fiume che era rimasto con il suo nome.
Filammone: cantore e indovino, figlio di Apollo e di Chione. Fu padre di Tamiri.
Ganimede: figlio di Troo, re dei Troiani, e di Calliroe. Secondo il mito più noto, Zeus, innamoratosi di lui, si trasformò in aquila e lo rapì. Venne portato sull'Olimpo, dove diventò coppiere degli dèi.
Gea: divinità primordiale della terra, sposa di Urano e madre dei Titani.
Giacinto: figlio di Amicla e di Diomeda, principe di Sparta. Fu amato per la sua bellezza da Tamiri, Apollo e Zefiro (o da Borea). Venne ucciso da Apollo durante il lancio del disco per errore o per gelosia da parte di Zefiro. Dal sangue di Giacinto, sparso sul terreno, il dio fece nascere un fiore omonimo. Sul fiore comparvero le lettere AI AI, che esprimevano il dolore per la perdita del ragazzo. Il culto di Giacinto nacque ad Amicle, dove annualmente venivano festeggiate le sacre feste Giacinzie.
Laodamia (o Leanira): figlia di Amicla e Diomeda, sorella di Giacinto. In alcune versioni sposò Arcade, re di Arcadia.
Leto (o Latona): dea figlia del Titano Ceo e della Titanide Febe, madre di Apollo e Artemide.
Marsia: satiro che sfidò Apollo in una gara musicale di flauto. In seguito alla vittoria del dio per punirlo della sua insolenza, visto che si era vantato di essere più bravo di lui, Apollo lo fece legare a un albero per poterlo scorticare vivo.
Moire: figlie di Zeus e di Temi o di Ananke. Tessitrici della vita, che assegnavano il destino a ogni

persona al momento della nascita. Cloto reggeva il filo durante la vita, Lachesi decideva la sorte degli uomini e Atropo tagliava il filo della vita, quando doveva giungere la morte.

Persefone: figlia di Zeus e Demetra. Regnava con il consorte Ade nell'oltretomba. Secondo il mito principale passava sei mesi all'anno con Ade, governando con lui l'oltretomba (autunno e inverno) e i restanti mesi li passava con Demetra facendo fiorire la terra (primavera e estate).

Polibea: figlia di Amicla e Diomeda. Sorella di Giacinto, raffigurata sull'altare della città di Amicle.

Poseidone: figlio di Crono e Rea, dio signore del mare, di tutte le acque, dei terremoti, dei cavalli e delle sorgenti.

Prometeo: Titano, figlio di Giapeto e Climene. Rubò il fuoco agli dèi per portarlo agli uomini, per questo subì la punizione di Zeus, che lo incatenò a una rupe, dove ogni giorno un'aquila giungeva a divorargli fegato che poi ricresceva di notte.

Rea: Titanide figlia di Gea e Urano, moglie di Crono e madre di Estia, Demetra, Era, Ade, Poseidone e Zeus. Salvò l'ultimo figlio facendo ingoiare a Crono una pietra al posto del bambino.

Tamiri: cantore e poeta, figlio di Filammone e della Ninfa Argiope. Sfidò le Muse dicendo di essere più bravo a cantare di loro. Per punizione perse la memoria e venne accecato, oltre che privato del canto. Alla sua morte fu trasformato in un usignolo. Fu indicato come uno degli amanti di Giacinto e per questo inventore della pederastia.

Thanatos: figlio della Notte e fratello del Sonno, personificazione della morte.

Urano: divinità primordiale, personificazione del Cielo. Spodestato dal figlio Crono.

Zefiro: figlio di Astreo e di Eos, personificazione del vento che soffia da ponente soprattutto in primavera. Secondo un mito si innamorò del principe spartano Giacinto che si contese con Apollo. Un giorno accecato dalla gelosia deviò un disco lanciato dal dio che colpì Giacinto, uccidendolo.

Zeus: minore tra i figli di Crono e Rea. Re degli dèi, sovrano del monte Olimpo e marito di Era. Dio del cielo, dei fulmini e dei fenomeni atmosferici.

Albero genealogico di Sparta basato su Mio caro Giacinto e Quando il giorno lasciò spazio alle tenebre

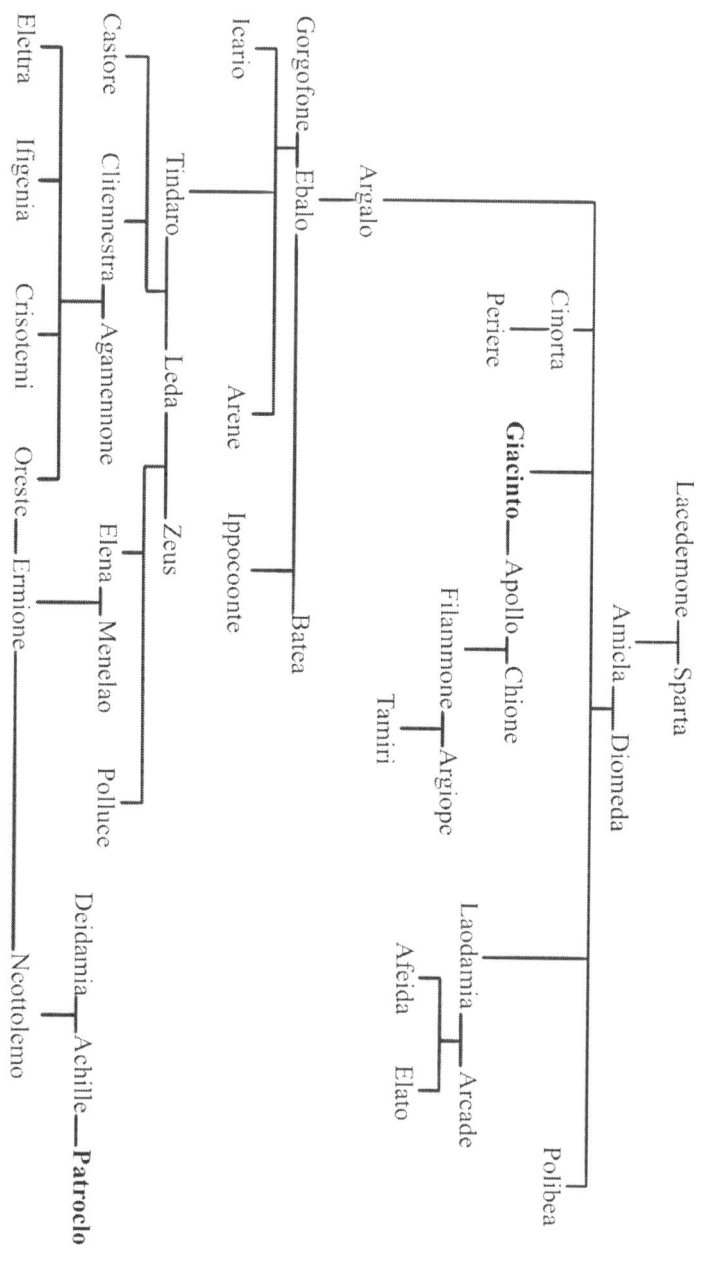

- Laecedemone — Sparta
  - Amicla — Diomeda
    - Cinorta
      - Periere
      - Ebalo — Gorgofone
        - Argalo
          - Batea
        - Ippocoonte
        - Arene
        - Tindaro — Leda — Zeus
          - Clitennestra — Agamennone
            - Elettra
            - Ifigenia
            - Crisotemi
            - Oreste — Ermione
          - Elena — Menelao
          - Polluce
          - Castore
        - Icario
    - **Giacinto** — Apollo — Chione — Filammone
      - Tamiri
      - Argiope
  - Laodamia — Polibea
    - Afeida
    - Elato
    - Arcade
  - Deidamia — Achille — **Patroclo**
    - Neottolemo

Grazie a tutte le persone che hanno creduto in me e che ci sono sempre state.

Grazie a Giacinto che mi ha fatto capire che anche quando si tocca il fondo, non importa quanto tempo ci si metta, si può sempre trovare la forza per rialzarsi.

Printed by Amazon Italia Logistica S.r.l.
Torrazza Piemonte (TO), Italy